古典詩歌研究彙刊

第十一輯

龔鵬程 主編

第 10 冊

馮延巳詞接受史（下）

薛乃文 著

國家圖書館出版品預行編目資料

馮延巳詞接受史（下）／薛乃文 著 — 初版 — 新北市：花木
蘭文化出版社，2012〔民101〕
目 2+174 面；17×24 公分
（古典詩歌研究彙刊 第十一輯：第 10 冊）
ISBN 978-986-254-728-1（精裝）
1.（南唐）馮延巳 2.唐五代詞 3.詞論
820.91 101001261

ISBN-978-986-254-728-1

9 789862 547281

古典詩歌研究彙刊
第十一輯　第十冊　　　　　　ISBN：978-986-254-728-1

馮延巳詞接受史（下）

作　　者　薛乃文
主　　編　龔鵬程
總 編 輯　杜潔祥
出　　版　花木蘭文化出版社
發 行 所　花木蘭文化出版社
發 行 人　高小娟
聯絡地址　新北市永和區中正路五九五號七樓
　　　　　電話：02-2923-1455／傳真：02-2923-1452
網　　址　http://www.huamulan.tw 信箱 sut81518@gmail.com
印　　刷　普羅文化出版廣告事業
初　　版　2012 年 3 月
定　　價　第十一輯 30 冊（精裝）新台幣 42,000 元

馮延巳詞接受史（下）

薛乃文 著

目

次

第四章　馮延巳詞的批評接受
——人品與詞品

　　詞學批評，係批評者在一般讀者對文本閱讀的基礎上，以相關的詞學理論或審美意識爲指導原則，通過確切的文字敘述，對詞學進行分析、研究與評價的思考過程。或基於自成體系的理論架構，或出於主觀好惡的審美感受，均能在單純的文本鑑賞之上，有更深一層的藝術審視。詞學批評者與文本之間的關係，不僅是讀者與作品單一層面的關係，就另一層面而言，文本受評論者批評，其內在的文學價值，自然有所改變。通過詞學批評資料的研究，詞人及其作品在歷代的文學定位，便更清晰。

　　歷代詞學批評資料豐富且多樣，近代學者朱崇才《詞話學》通稱爲「詞話」，依形式分，包含詞話專著、詞籍序跋題記、單篇詞話論文、言之成話的詞作小序，以及從詩話、筆記小說、別集、總集、類書中輯錄出來的條目式的話詞之語；按實際內容分，則有記事、論述、評點、引用等類型。〔註1〕臺灣學者黃雅莉《宋代詞學批評專題研究》中，將詞學批評的文本形式，分爲五類，即詞話專書和詞學專著、詞籍序跋和題記、雜於筆記、詩話、方志、野史等單篇詞評材料、選本

〔註1〕　朱崇才：《詞話學》（臺北：文津出版社，1995年1月），頁33

批評與詞學觀念、詞集目錄及其附評。〔註2〕程志媛《宋代詞學批評研究——批評形式與文化詮釋》將詞學批評分為三種：一為言談的批評，包含散見於各種詩話、筆記、漫錄等話詞、論詞之言談文字，以及成章、成篇之詞話議論專著；二為書寫的批評，包含詞集（籍）序跋、詞作小序、論詞絕句及論詞長短句、史書或志書之記載等；三為選本的批評，包含選本中的詞人小傳、註解及評點。〔註3〕綜上所述，研究詞學批評，材料之蒐羅十分重要，凡心力可及之處，皆不能忽視。

　　自宋迄清，評論馮延巳及其詞者，不可盡數。論其生平，可從史籍、方志、筆記等史料記載著手；論其作品，可從詞話專著、詞集序跋、評點資料、論詞作品等相關記載著手。林林總總，紊亂無章，縱使蒐羅詳全，欲如何凸顯馮延巳及其詞在歷史上的評價，仍須費周章。於是筆者決定在歷代詞學批評資料的基礎上，擬定：「人品與詞品」、「藝術風格與詞學成就」兩大議題，探究馮延巳及其詞在歷代的批評接受，進一步分析、歸納批評家對馮延巳及其詞作的價值批判，以凸顯馮延巳詞在評論家挑剔眼光及嚴格審視下的文學定位。本章首要探討馮延巳批評接受的第一部曲——「人品與詞品」。

　　馮延巳的人品與詞品，頗受爭議，鄭騫先生《詞選》中論及馮延巳曰：

> 延巳工文章，多材藝，學問淵博，辯說縱橫。然性頗熱中，急於功利，恃才傲物，故嫉之者眾，至詆為憸人。晚年務為平恕，人望漸迴，而史書記載，毀譽猶參半云。〔註4〕

鄭騫先生一席話，點出馮延巳人品與詞品之間的矛盾。馮延巳在文學素養上，學問淵博、口才縱橫；在政治表現上，熱中功名、善媚好妒，至晚年，由自屬轉為平恕，替蕭儼求情一事，頗受稱許。然人品之缺

〔註2〕黃雅莉：《宋代詞學批評專題研究》（臺北：文津出版社，2008 年 4 月），頁31～39。

〔註3〕程志媛：《宋代詞學批評研究——批評形式與文化詮釋》（南投：暨南國際大學中國文學系碩士論文，2000 年），頁11。

〔註4〕鄭騫：《詞選》，頁15。

陷，使得馮延巳在史書記載上，留下不名譽之污點，鄭騫先生雖言「毀譽參半」，實則毀多於譽。以下將通過兩大方向，釐清歷代評論家對於馮延巳人品與詞品的接受態度：

第一節　史學家筆下的嚴厲定奪

　　史書、方志、詩話、筆記等史料文字記載，係直接瞭解馮延巳人品的最佳途徑，評論家亦藉史料內容之呈現，對馮延巳人品下一定奪。故探討史料內容的真實性，實屬首要。

　　馮延巳生平記載，最早見於史虛白次子某〔註5〕所撰的《釣磯立

〔註5〕　《釣磯立談》一卷，作者或題〔南唐〕史虛白、或論定為其次子作。《四庫全書總目提要》記載：「是書世有二本，此本為葉林宗從錢曾家宋刻抄出。後題『臨安府太廟前尹家書籍鋪刊行』。不著撰人名氏。前有自序云：叟山東一無聞人也。清泰年中，隨先校書避地江表，始營釣磯於江渚。割江之後，先校書不祿。叟嗣守敝廬，不復以進取為念。王師弔伐，時移事往，將就蕪沒。隨意所向。迹之於紙，得二百二十許條，題之曰《釣磯立談》云云。別一本為曹寅所刊，卷首佚其自序。又卷首有『楊氏奄有江淮』、『趙王李德誠』二條，其餘亦多異同，而題曰史虛白撰。蓋據《宋史‧藝文志》之文。考馬令《南唐書》，虛白山東人。中原多事，同韓熙載渡淮，以詩酒自娛，不言其有所著述。觀書中『山東有隱君子者』一條，稱與熙載同時渡淮，以書干烈祖，擢為校書郎，非其所願，遂卒不仕。又『唐祚中興』一條云，有隱君子作〈割江賦〉以諷，又有〈隱士詩〉云：『風雨揭卻屋，渾家醉不知』云云，與虛白傳悉合。則隱君子當即虛白。序中兩稱先校書，則作書者當為虛白之子。《宋志》荒謬，不足為據。曹氏新本竟題虛白者，殊未考也。又南宋費樞亦嘗撰《釣磯立談》，今尚載陶宗儀《說郛》中，其文與此迥別。則又名同而實異者矣，其書雜錄南唐事迹。附以論斷，其中徐鉉一條，稱鉉方奉詔與湯悅書江南事，慮鉉與潘佑不協，或誣以他詞。則亦雜史中之不失是非者也。」又《釣磯立談‧鮑廷博跋》云：「予以自序及他書考之，蓋虛白仲子之筆，虛白在烈祖時，曾為校書郎，故〈序〉稱先校書。又龍袞《江南野史》云：『虛白二子長早卒，舉進士，孫溫成平中擢第』，今〈序〉有云：『使小子溫成誦于口』，知其出於仲氏矣。」龍袞《江南野史》：「史虛白……有二子，次舉進士，長早喪，孫溫成平中擢進士第。」《釣磯立談‧序》有云「使小子溫成誦於口。」溫咸、溫成疑為同一人。〔清〕紀昀等編：《四庫全書總目提要》，卷

談》，此書觀點影響深遠。到了宋代，史籍載馮延巳傳記者，有歐陽脩《新五代史》、司馬光《資治通鑑》、馬令、陸游二家《南唐書》等，其中又以《資治通鑑》及二部《南唐書》爲要。其他相關史料、詩話、筆記、方志，有龍袞《江南野史》、陳彭年《江南別錄》、袁樞《通鑑紀事本末》、沈樞《通鑑總類》、《五代史平話》等，但論及馮延巳生平或行事者，大多不出《資治通鑑》及《南唐書》範圍。馮延巳之生平事蹟、藝文行事、政治經歷等，通過史料內容之呈現，斑斑可考。後世史料記載，如〔元〕脫脫等撰《宋史》、〔明〕陳霆《唐餘紀傳》、清《續通志》、〔清〕吳任臣《十國春秋》等，均根據兩宋史料而編撰。故本節將焦點側重於兩宋文獻上，再輔以後代史料，從三方面重現史學家筆下的馮延巳：

一、才學素養

有關馮延巳的文學素養，見載於《釣磯立談》：

> 叟聞長老說馮延巳爲人，亦有可喜處。其學問淵博，文章穎發，辯說縱橫，如傾懸河暴而聽之，不覺膝席之屢前，使人忘寢與食。〔註6〕

《釣磯立談》引長老言馮延巳可喜處有二：一、學問淵博、文章穎發；二、辯說縱橫，如傾懸河，使人廢寢忘食。此書極力詆毀馮延巳，多間雜朋黨恩怨，失之公允；〔註7〕然卻引長老之言，稱讚馮延巳才學，若非事實，作者難以卸下心防。惜此書未能進一步舉例，以證馮延巳

66，頁1785。〔宋〕史虛白子某：《釣磯立談》，頁30。〔宋〕龍袞《江南野史》，見《中國野史集成》委員會、四川大學圖書館編：《中國野史集成》（成都：巴蜀書社，1993年11月），冊4，卷8，頁567。

〔註6〕 〔宋〕史虛白子某：《釣磯立談》，頁11。以下凡引用《釣磯立談》原文出處者，均於引文後附上頁數，不再另行註釋。

〔註7〕 林文寶：《馮延巳研究》（新嘉水泥公司文化基金會研究論文，1971年），頁17。史虛白與韓熙載於後唐明宗天成六年（926）奔吳，是時，南唐烈祖李昇爲吳左僕射參政事，宋齊丘最爲李昇倚重，史虛白則聲言要取代宋齊丘，因而爲宋齊丘排擠，馮延巳正與宋齊丘之黨有好，史虛白之子撰《釣磯立談》，自失之公允。

才學素養之淵博。今查其他重要史料，亦可見相關記載。〔北宋〕司馬光《資治通鑑》載：

> 延巳工文辭。

> 唐主好文學，故熙載與馮延巳、延魯、江文蔚、潘佑、徐鉉之徒皆至美官。〔註8〕

馬令《南唐書》載：

> 馮延巳，……及長，有辭學，多伎藝，烈祖以爲祕書郎，
> 使與元宗遊處，累遷駕部郎中，元帥府掌書記。〔註9〕

馮延巳父親名令頵，歷任廣陵郡軍史，歙州鹽鐵院判官，官至吏部尚書。馮延巳出生於官宦之家，自小受到良好的教育薰染，才學素養自有根基。南唐烈祖李昇好文學，馮延巳因而受到高度提拔；少時白衣見烈祖，累遷駕部郎中、元帥府掌書記，可見元宗之厚愛與信任。馬令又載孫晟之言云：

> 晟文筆不如君也，伎藝不如君也。（卷21，頁139）

孫晟與馮延巳齊封爲相，歐陽脩《新五代史》載：「李昇方篡楊氏，多招四方之士，得晟，喜其文辭，使爲教令，由是知名。晟爲人口吃，遇人不能道寒暄，已而坐定，談辯鋒生，聽者忘倦。昇尤愛之，引與計議，多合意，以爲右僕射，與馮延巳並爲昇相。」〔註10〕孫晟自有才學，卻對馮延巳云「文筆不如君也，伎藝不如君也」，雖後一句接著云「詼諧不如君」、「諛佞不如君」，諷刺意味深厚，確也凸顯馮延巳文筆、伎藝之才能。類似的記載，又見陸游《南唐書》：「晟云：『鴻筆藻麗十生不及君，詼諧歌酒百生不及君』」，〔註11〕皆是其例。

〔註8〕　〔宋〕司馬光：《資治通鑑》（北京：中華書局，1996年7月），卷290，頁9475。

〔註9〕　〔宋〕馬令：《南唐書》，卷21，頁139～140。以下凡引用馬令《南唐書》原文出處者，均於引文後附上卷數及頁數，不再另行註釋。

〔註10〕　〔宋〕歐陽脩撰、徐無黨注：《新校本新五代史附十國春秋》（臺北：鼎文書局，1980年10月），卷33，頁365。以下凡引用《新五代史》原文出處者，均於引文後附上卷數及頁數，不再另行註釋。

〔註11〕　〔宋〕陸游：《南唐書》，卷11，頁238。以下凡引用陸游《南唐書》

馮延巳的才學素養，可細分四項說明：

（一）善言辭

史書多載孫晟與馮延巳之對話，馬令《南唐書》載孫晟云「談諧不如君也，諛佞不如君也」（卷 21，頁 139）；陸游《南唐書》云：「談諧歌酒百生不及君，諂媚險詐累劫不及君」（卷 11，頁 238），撇除諂佞險詐的缺點不論，兩部《南唐書》均道出馮延巳口才靈活，詼諧幽默的個性。馬令《南唐書》又載：

> 時刺史滑言病甚，中外不知存否，人心恟恟，延巳年十四，徒步入見言，復傳言教，出謝將吏，人情乃安。（卷 21，頁 138～139）

此一記載，又見〔明〕陳霆《唐餘紀傳》、〔清〕吳任臣《十國春秋》。《唐餘紀傳》云：「刺史滑言病篤，或言已死，人情頗詢詢。延巳年十四，以父命入問疾，出以言命謝將吏，外賴以安。」〔註12〕當時刺史滑言病甚，軍民議論紛紛，甚至有傳言說刺史已逝，延巳以父命進房探問，一出便替刺史答謝諸位將吏之關心，因而使民心安定。此事正說明馮延巳口才之好，自小如此。馬令《南唐書》復載：

> 元宗樂府詞云：「小樓吹徹玉笙寒」，延巳有「風乍起，吹皺一池春水」之句，皆為警策，元宗嘗戲延巳曰：「吹皺一池春水，干卿何事。」延巳曰：「未如陛下『小樓吹徹玉笙寒』」，元宗悅。（卷 21，頁 140）〔註13〕

馮延巳反應之快、善於奉承，元宗自當了然於心。所舉二例，可作為馮延巳善於言辭之明證。

（二）工書法

馬令《南唐書·宋齊邱》（齊邱亦作齊丘）記載馮延巳工書法：

原文出處者，均於引文後附上卷數及頁數，不再另行註釋。

〔註12〕〔明〕陳霆：《唐餘紀傳》，卷9，頁583。〔清〕吳任臣：《十國春秋》，卷26，頁364。

〔註13〕又見〔宋〕胡仔《苕溪漁隱詞話》，唐圭璋編：《詞話叢編》，冊1，卷2，頁169。

馮延巳亦工書，遠勝齊邱，而佯爲師授以求媚。齊邱謂之
曰：「子書非不善，然不能精意，往往似虞世南。」（卷20，
頁134）

馮延巳翰墨之才，是倍受肯定的。清代《御定佩文齋書畫譜》亦記載：

馮延巳，字正中，……延巳工書遠勝宋齊丘，齊丘謂曰：「子
書往往似虞世南」。〔註14〕

虞世南（558～638）爲初唐文人，是著名書法家，幼年學書於王羲之
七世孫，即著名書法家僧智永，受其親傳，妙得「二王」及智永筆法，
故其書筆致圓融豐腴，外柔內剛，血脈暢通。《南唐書》及《畫譜》
均引宋齊丘讚語，將馮延巳比之虞世南，馮延巳又名列《畫譜》之下，
其書法之工，應可採信。

（三）好詩文

陸游《南唐書》稱馮延巳：

延巳工詩，雖貴且老不廢。（卷11，頁242）

〔清〕吳任臣《十國春秋》亦載此事。〔註15〕陸游謂馮延巳身分地位
崇貴，老而作詩不廢，道出馮延巳創作之態度。今見《全唐詩》卷七
三八，馮延巳詩錄〈早期〉一首及一斷句。〈早期〉詩云：

銅壺滴漏初畫（宜作「盡」），高閣雞鳴半空。催啓五門金
鎖，猶垂三殿簾櫳。階前御柳搖綠，仗下宮花散紅。鴛瓦
數行曉日，鸞旗百尺春風。侍臣舞蹈重拜，聖壽南山永同。

〔註16〕

此詩又作馮延巳詞，調名〈壽山曲〉，見《全唐詩》卷八九八。〔註17〕
馮延巳《陽春集》「百家詞」本、「名家詞」本，不見此闋，至王鵬運
補入「四印齋」本。查此詞首見於趙令時《侯鯖錄》，其卷一載：

〔註14〕〔清〕孫岳頒等奉敕撰：《御定佩文齋書畫譜》（臺北：臺灣商務印
　　　　書館，1985年6月《景印文淵閣四庫全書》，冊819～823），卷31，
　　　　頁316。
〔註15〕〔清〕吳任臣：《十國春秋》，卷26，頁366。
〔註16〕〔清〕清聖祖敕撰：《全唐詩》，冊11，卷738，〈早期〉，頁8415。
〔註17〕〔清〕清聖祖敕撰：《全唐詩》，冊12，卷898，〈壽山曲〉，頁10158。

余住在中都，見一士大夫家收江南李後主書，一詞下云馮延巳三字。詩中復云：「聖壽南山永同」。恐延巳作也。詞云：「銅壺漏滴初晝，高閣雞鳴半空。催啓五門金鎖，猶垂三殿簾櫳。階前御柳搖綠，仗下宮花散紅。鶯瓦數行曉日，鷺旗百尺春風。侍臣蹈舞重拜，聖壽南山永同。」〔註18〕

王鵬運於此詞下注云：「見《歷代詩餘》、《全唐詩》、《花草粹編》。」〔註19〕今查屬是（參【附錄2】），可見王鵬運有所憑據也。而〈壽山曲〉一闋，也因王鵬運之輯錄，多被視爲詞作。

馮延巳另一斷句作：

卍字迴廊旋看月。〔註20〕

此句沈雄《古今詞話‧詞品》卷下「用字」條所引，以說明用字之奇。〔註21〕蓋謂置身「卍」字迴廊下，自當隨字形旋轉望月也。

又《釣磯立談》載馮延巳「文章穎發」，其文僅見〈開先禪院碑記〉一篇及支離不全的〈楞嚴經序〉。〈開先禪院碑記〉收於《全唐文》，署「保大十二年，歲次甲寅正月丙子朔十日乙酉馮延巳奉敕撰」。此〈記〉是馮延巳千餘字的長篇大論，其中銘功頌德、宣揚威儀的言辭，洋洋灑灑地躍然紙上。節錄如下：

彭蠡之陽，匡廬峻峙；積純和氣，竦揵天勢。峯連奇秀，谷藏靈異；鸞洞之前，勝復爲最。懿乎我后，河清運契；仁聖文明，肅恭寅畏。堯舜其心，巢父其志；思憩大庭，因開福地。帝出乎震，龍飛在天；梯航合遝，符瑞騈闐。推公固本，舉正求賢；九功既敘，七德俄宣。貞師一奮，建人來庭；神兵再發，楚邦蕩平。威震四海，疆開百城；日新之盛，無得而名。恢恢睿謨，游刃多餘；因思是境，

〔註18〕〔宋〕趙令畤：《侯鯖錄》（北京：中華書局，2002年9月），卷1，頁44～45。

〔註19〕〔清〕王鵬運刊刻：《陽春集》「四印齋」本，頁292。

〔註20〕陳校君輯校：《全唐詩補編》，卷43，頁1376。

〔註21〕〔清〕沈雄：《古今詞話‧詞品》，唐圭璋：《詞話叢編》，冊1，卷下，頁858。

昔擬華胥。夙心不獲，締搆猶虛；改命梵宮，俾奉眞如。
榛蕪既闢，棟楹崛起；雕甍繡栭，重欄疊砌。後倚崇崖，
前臨無地；屈曲延袤，高低迤邐。炳煥丹青，端嚴塑像；
表上乘法，示天人相。清眾晝閒，禪關夜敞；十二類生，
孰不瞻仰。聖君旨趣，古佛因緣；教化之本，治平之原。
其功莫京，其福無邊；皇圖帝齡，永永萬年。〔註22〕

從節錄的記文可知，馮延巳論文之縱橫，猶如行雲流水。〈楞嚴經序〉
係馮延巳爲元宗所作，馬令《南唐書・僧應之傳》載：

元宗喜〈楞嚴經〉，命左僕射馮延巳爲序，其略曰：「首楞
嚴經者，自爲菩薩密因，始破阿難之迷，終證菩提之悟。
然則阿難古佛也，豈有迷哉。迷者悟之對也，迷苟不立，
悟亦何取。是故因迷以設問，憑悟而明解。皇上聰明文思，
探賾索隱，雲散日朗，塵開鏡明，以爲大賚四方，未爲盛
德，普濟一世，始曰至仁。或啓佛乘，必歸法要。敕應之
書，鏤版既成，上之。（卷26，頁171）

馮延巳爲佛教經典〈楞嚴經〉作序，云「皇上聰明文思，探賾索隱，
雲散日朗，塵開鏡明，以爲大賚四方，未爲盛德，普濟一世，始曰至
仁」，仍免不了頌揚之辭，雖不見〈序〉文全豹，馮延巳之文才仍可
略窺一二。

（四）樂府見稱於世

　　史籍中，馮延巳最爲人稱道的，即〈謁金門〉（風乍起）一闋，前
已說明，此係關於馮延巳與中主李璟君臣間相捧的記載。馮延巳反應
極佳，善於言辭，與李璟交情之深，可以見得。馬令《南唐書》又載：

馮延巳……，著樂府百餘闋，其〈鶴沖天〉詞云：「曉月墜，
宿雲披。銀燭錦屏圍。建章鍾動玉繩低。宮漏出花遲。」
又〈歸國遙〉詞云：「江水碧。江上何人吹玉笛。扁舟遠送
瀟湘客。　　蘆花千里霜月白。傷行色。明朝便是關山隔。」
見稱於世。（卷21，頁139～140）

〔註22〕〔清〕董誥等編：《欽定全唐文》，卷876，頁11558

此段文字，〔宋〕胡仔《苕溪漁隱詞話》及《詩話總龜・後集》均載。
〔註23〕馬令謂馮延巳樂府百餘闋，指出馮詞數量之可觀，屬南唐第一
人，以〈鶴冲天〉、〈歸國遙〉二闋爲例，讚許馮詞見稱於世。〈鶴冲
天〉詞云：

> 曉月墜，宿雲披。銀燭錦屏幃。建章鐘動玉繩低。宮漏出
> 花遲。　　春態淺。來雙燕。紅日初長一線。嚴妝欲罷囀
> 黃鸝。飛上萬年枝。

此詞用字雕琢華麗，陳秋帆《陽春集箋》云：「周介庵以毛嬙、西施評
溫、韋詞，飛卿嚴妝，端己淡妝，余謂《陽春》淡妝也，然類此諸闋，
又是嚴妝。延巳洵淡妝濃抹，無施不宜矣。」〔註24〕〈歸國遙〉詞云：

> 江水碧。江上何人吹玉笛。扁舟遠送瀟湘客。　　蘆花千
> 里霜月白。傷行色。來朝便是關山隔。

〈歸國遙〉（江水碧）一闋，情感眞摯動人，近人俞陛雲《唐五代兩
宋詞選釋》即云：「揮毫直書，不用回折之筆，而情意字見，格高氣
盛，嗣響唐賢。」〔註25〕《南唐書》錄此二闋，係不同基調之作品，
一則嚴妝濃抹，有花間詞人雕琢之態；一則直抒胸臆，有士大夫慨然
之情，正是習染花間而又能出於花間之詞風也。

　　由上舉證可知，史籍中的馮延巳，善言辭、工書法、好詩文、樂
府見稱於世，其才學之淵博，可以想見。惜馮延巳作品僅存《陽春集》，
其餘散佚不全，難窺得全豹。而《陽春集》一卷百餘闋，是觀延巳心
路歷程及其藝術風格、文學價值的最佳途徑，此部分留待「藝術風格
與詞學成就」一章探討之。

二、政治表現

　　史家筆下之馮延巳，其政治表現是有缺陷的，在人際交游上，是

〔註23〕〔宋〕胡仔：《苕溪漁隱詞話》，唐圭璋：《詞話叢編》，冊 1，頁 169。
　　　　〔宋〕阮閱：《詩話總龜・後集》，卷 32，頁 817。
〔註24〕陳秋帆：《陽春集箋》，頁 23。
〔註25〕俞陛雲：《唐五代兩宋詞選釋》，頁 90。

結黨營私、狎侮朝士；在政治才能上，是詔佞妄誕、躁進無能、苛政暴斂、重失民心。茲論述如次：

（一）人際交游：結黨營私，狎侮朝士

　　黨爭爲封建時代普遍存在的現象。南唐士人，結黨成派，相互傾軋，早在南唐烈祖時期已形成，至中主李璟，最爲激烈。馬令《南唐書》云：「南唐之士，亦各有黨，宋齊邱、陳覺、李徵古、馮延巳、馮延魯、魏岑、查文徽爲一黨；孫晟、常夢錫、蕭儼、韓熙載、江文蔚、鍾謨、李德明爲一黨。」（卷 20，頁 131）以宋齊丘、陳覺爲首之宋黨，政治勢力最爲強大，馮延巳及其弟延魯亦屬之，此黨並有「五鬼」之稱，如《南唐雜事詩》有「五鬼紛論並比肩」[註26] 之論；《釣磯立談》則載：

> 及宋子嵩用意一變，群憸人乘資以聘，二馮、查、陳遂有五鬼之目。望風塵而投款者，不可以數計。（頁 15）

《釣磯立談》中的「五鬼」，指宋齊丘、馮延巳、延魯、查文徽、陳覺五人。其後《新五代史》、《資治通鑑》、馬令及陸游《南唐書》等，均載《釣磯立談》五鬼說，不同的是，除原本五人外，又加上魏岑一人，而宋齊丘爲此五鬼之首。〔北宋〕歐陽脩《新五代史》載：

> 景（李璟）以馮延巳、常夢錫爲翰林學士，馮延魯爲中書舍人，陳覺爲樞密使，魏岑、查文徽爲副使。夢錫直宣政殿，專掌密命，而延巳等皆以邪佞用事，吳人謂之「五鬼」。（卷 62，頁 769～770）

司馬光《資治通鑑》載：

> 宋齊丘待陳覺素厚，唐主亦以覺爲有才，遂委任之。馮延巳、延魯、魏岑，雖齊邱舊僚，皆依附覺，……。更相汲引，侵蠹政事，唐人謂覺等爲「五鬼」。（卷 283，頁 9249）

與《資治通鑑》相同之記載，另見沈樞《通鑑總類》卷 17 下「馮延

─────────────────

[註26]　〔清〕顧宗泰撰、浦翔春注：《南唐雜事詩》（清刻本），見《讀畫齋叢書》四十六種之三，藏於中國國家圖書館，尚未寓目，另參林文寶：《馮延巳研究》，頁 14。

巳等皆依附陳覺」條。〔註27〕馬令《南唐書》亦載：

> 馮延巳……遂與宋齊邱更相推唱，拜諫議大夫、翰林學士，
> 復與其弟延魯交結魏岑、陳覺、查文徽，侵損時政，時人
> 謂之「五鬼」。（卷21，頁139）

陸游《南唐書》復載：

> 馮延巳、延魯、魏岑、查文徽與覺深相附結，內主齊丘，
> 時人謂之五鬼，相與造飛語。（卷4，頁86）

五鬼之說，清代史料亦議論紛紜：《十國春秋》、《續通志》均載，王士
禛《池北偶談》「兩五鬼」條，亦云：「五代時，南唐馮延巳及弟延魯，
與魏岑、陳覺、查文徽等更相推唱，時人謂之五鬼。」〔註28〕以宋齊
丘為首之「五鬼」奸險狡詐，專攻心計，其「邪佞用事」、「侵蠹政事」、
「侵損時政」、「相與造飛語」之舉措，歷代史籍自當不留情面的嚴厲
攻擊，馮延巳在政治上的惡名因而遠播。司馬光《資治通鑑》載：

> 景達性剛直，唐主與宗室近臣飲，馮延巳、延魯、魏岑、
> 陳覺輩，極傾諂之態，或乘酒喧笑；景達屢訶責之，復極
> 言諫唐主，以不宜親近佞臣。（卷286，頁9337）

馬令《南唐書》亦載：

> 元宗多與宗戚近臣曲宴，如馮延巳、陳覺、魏岑之徒，喧
> 笑無度，景達每呵責之。（卷7，頁49）

景達為李璟之弟，史書強調景達性剛直，正與馮延巳等輩喧笑、諂媚
之態迥異，景達屢次斥責，並諫言李璟，不宜親近此般佞臣。《資治
通鑑》又載江文蔚彈劾馮延巳、魏岑之論云：

> 陛下踐阼以來，所信任者，延巳、延魯、岑、覺四人而已，
> 皆陰狡弄權，壅蔽聰明，排斥忠良，引用羣小，諫爭者逐，

〔註27〕〔宋〕沈樞：《通鑑總類》（臺北：臺灣商務印書館，1984年7月《景
印文淵閣四庫全書》，冊462），卷17，頁284。

〔註28〕〔清〕吳任臣：《十國春秋》，卷26，頁365。〔清〕高宗敕撰：《續
通志》（杭州：浙江古籍出版社，2000年1月），卷595，頁6565。〔清〕
王士禛：《池北偶談》（臺北：漢京文化事業有限公司，1984年5月），
卷26，頁619。

竊議者刑，上下相蒙，道路以目。今覺、延魯雖伏辜，而
延巳、岑猶在，本根未殄，枝幹復生。同罪異誅，人心疑
惑。（卷286，頁9355）

馮延巳交結朋黨，與宋齊丘、陳覺諸人，一丘之貉，江文蔚、常夢錫
等人，均以最無情的批判詆毀之，並賜予陰險弄權，壅塞聰明，排斥
忠良，勾結群小等罪名。司馬光即云：

延巳工文辭，而狡佞，喜大言，多樹朋黨。（卷285，頁9302）

此段評論針對馮延巳提出了極嚴厲的指責。

另一方面，宋齊丘、馮延巳一黨，不僅工於心計，甚至狎侮朝士，
排斥眾臣。歐陽脩《新五代史》即載宋黨為了專權，建議李璟下詔，
只有同黨之人，才能入朝奏事，所謂：「景下令中外庶政委齊王景遂參
決，惟陳覺、查文徽得奏事，羣臣非召見者，不得入。」（卷62，頁
770）然此令一出，朝野震驚，眾臣彈劾，《新五代史》載：「給事中蕭
儼上疏切諫，不報。侍衛軍都虞候賈崇詣閤求見景，曰：『臣事先朝三
十年，見先帝所以成功業者，皆用眾賢之謀，故延接疏遠，未嘗壅隔，
然下情猶有不達者。今陛下新即位，所信用者何人？奈何頓與臣下隔
絕！臣老即死，恐無復一見顏色。』」（卷62，頁770）蕭儼素有直聲，
上疏諫言，謂「所信用者何人」，道出李璟誤用奸臣小人之事。

馮延巳與孫晟同為宰相，兩人彼此交惡之事，史料有詳細記載。
《資治通鑑》即云：

駕部郎中馮延巳，為齊王元帥府掌書記，性傾巧，與宋齊
丘及宣徽副使陳覺相結；同府在己上者，延巳稍以計逐之。
延巳嘗戲謂中書侍郎孫晟曰：「公有何能，為中書郎？」晟
曰：「晟，山東鄙儒，文章不如公，談諧不如公，諂詐不如
公。然主上使公與齊王遊處，蓋欲以仁義輔導之也，豈但
為聲色狗馬之友邪！晟誠無能；公之能，適足為國家之禍
耳。」（卷283，頁9244～9245）

孫晟有才學，為人口吃，馮延巳戲言，譏笑孫晟有何才能，可為中書
郎，孫晟巧言答辯，先褒後貶，反諷馮延巳為唐主的聲色犬馬之友，

足以殃國害民。又陸游《南唐書》根據此事，批判馮延巳云：

> 延巳負其材藝，狎侮朝士。（卷 11，頁 238）

馮延巳與孫晟言語之攻擊，還不只一樁，《資治通鑑》載：

> 晟素輕延巳，謂人曰：「金盃玉盌，乃貯狗屎乎！」（卷 290，
> 頁 9476）

相似的記載，《新五代史》、馬令《南唐書》皆云：「晟輕延巳爲人，嘗曰：『金碗玉杯而盛狗屎，可乎？』」（《新五代史》，卷 33，頁 365；《南唐書》，卷 16，頁 109）《江南野史》云：「馮延巳狠愎，不識大體，……忌鄙延巳，謂人曰：『玉厄象甌城內狗穢，雞樹鳳池棲集梟翟。』」《記纂淵海》云：「孫晟素輕馮延巳，謂人曰：『金盃玉盌，乃貯狗屎乎？』」另《玉壺清話》云：「忌後擢拜，與馮延巳俱相。延巳醜其正，謂人曰：「可惜金醆玉盃盛狗屎。」《玉壺清話》所諷之對象，與其他史料正好相反，值得注意。孫晟與馮延巳之間，語言攻擊之犀利，可以想見。〔註29〕

馮延巳與孫晟互相攻擊外，亦忌韓熙載。《宋史·韓熙載傳》記載：

> 韓熙載……，李昇僭號，爲祕書郎，令事其子景於東宮。
> 景嗣位，遷虞部員外郎、史館修撰。熙載自言：「受昇知遇，
> 不得顯位，是以我屬嗣君也。」遂上章，言事切直，景嘉
> 納之。又改吉凶儀禮不如式者十數事，大爲宋齊丘、馮延
> 巳所忌。〔註30〕

韓熙載與孫晟一黨，李昇在位時，宋齊丘最爲器重，韓熙載自難得

〔註29〕〔宋〕龍袞：《江南野史》，卷 5，頁 554。〔宋〕潘自牧：《記纂淵海》（臺北：新興書局，1972 年 1 月），卷 65，頁 4232。〔宋〕文瑩、鄭世剛、楊立揚點校：《玉壺清話》（北京：中華書局，1997 年 12 月《唐宋史料筆記叢刊》），卷 10，頁 101。案：歐陽脩：《新五代史》載：「晟事昇父子二十餘年，官至司空，家益富驕，每食不設几案，使眾妓各執一器，環立而侍，號『肉臺盤』，時人多效之。」卷 33，頁 365。被諷爲金碗玉杯盛狗屎之人，應從《玉壺清話》作孫晟爲是。

〔註30〕〔元〕脫脫等撰：《新校本宋史并附編三種》，卷 478，頁 13866。

顯位，透露出懷才不遇之抱怨。而李璟即位後，遷至虞部員外郎、史館修撰，深獲李璟重視，《宋史》便載韓熙載受宋齊丘、馮延巳所忌之事。

除黨與黨之間的勾心鬥角外，馮延巳亦惡盧文進。陸游《南唐書》記載：

> 馮延巳惡文進，文進亦以素貴，不少下。及卒，乃誣以陰事，盡收文進諸子，欲籍其家。文進以女妻高越，越乃上書訟文進冤，指延巳過惡，詞氣甚厲。時延巳方用事，人頗壯之，元宗怒，以越屬吏，貶蘄州司士參軍，而盧氏亦賴以得全。（卷9，頁198）

盧文進原爲劉守光騎將，李璟登位後，盧文進奔於南唐。《新五代史》載：「（盧文進）南奔，始屈身晦迹，務爲恭謹，禮接文士，謙謙若不足，其所談論，近代朝廷儀制、臺閣故事而已，未嘗言兵。後以左衞上將軍卒于金陵。」（卷48，頁540）由此可知盧文進之爲人。當時高越與江文蔚齊名，彈劾馮延巳之事，可謂聲氣相應。

（二）政治才能：諂佞妄誕、躁進無能、苛政暴斂、重失民心

馮延巳貴爲宰相，位居權柄，然在政治上的態度及行事，卻爲人詬病。《釣磯立談》載：「叟聞長老說，馮延巳之爲人，亦有可喜處⋯⋯但所養不厚，急於功名，持頤豎頰，先意希旨，有如脂膩，其入人肌理也。習久而不自覺，卒使烈祖之業，委靡而不立。」（頁11）《釣磯立談》指出，馮延巳有急功近利之短，其爲人則往往持頤豎頰，善陰謀而巧諂佞，〔註31〕係使烈祖功業委靡不立的罪臣。以下列舉數則史料，以明所以：

〔註31〕「持頤豎頰」，〔宋〕歐陽脩、宋祁撰：《新校本新唐書附索引・高宗女傳》：「主方額廣頤，多陰謀。」（臺北：鼎文書局，1985年2月），卷83，頁3650。「先意希旨」，〔元〕脫脫等撰：《新校本宋史并附編三種・王禹偁傳》載：「夫小人巧言令色，先意希旨，事必害正，心惟忌賢，非聖明不能深察。」卷293，頁9798。

　　南唐有兩次重要的拓境戰役，一次伐閩、一次伐楚。《釣磯立談》曾載伐閩之戰：

> 保大中，查文徽、馮延魯、陳覺等爭為討閩之役，馮延巳因侍宴為嫚言曰：「先帝齪齪無大略，每日戢兵自喜，邊陲偶殺一二百人，則必齎咨動邑，竟日不怡，此殆田舍翁所為，不足以集大事也。今陛下暴師數萬，流血於野，而俳優燕樂，不輟於前，真天下英雄主也。」（頁10）

馮延巳白衣見烈祖，遂得美官，受先主李昇高度提拔，然李璟即位後，卻詆毀侮謾先主，直言先主無大略，猶如田家老農，不足以成國之大事。並稱頌李璟「暴師數萬，流血成河」，仍能宴飲享樂，安閒度日，真天下英雄。同樣的記載，又見《新五代史》、《資治通鑑》、《南唐書》、《通鑑紀事本末》、《五代史平話》、《實賓錄》等。歐陽脩《新五代史》針對此事下一定論：

> 昇客馮延巳好論兵、大言，嘗誚昇曰：「田舍翁安能成大事！」而昇志在守吳舊地而已，無復經營之略也，然吳人亦賴以休息。（卷62，頁768）

馬令《南唐書》載：

> 延巳……又常笑烈祖戢兵，以為齪齪無大略，安陸之役喪兵數千，而輟食咨嗟者旬日，此田舍翁，安能成大事。如今上暴師數萬於外，而宴樂擊鞠不輟，此則真英雄主也。故蠹國殃民實此之由。（卷21，頁139）

《五代史平話》載：

> 在先唐平章事馮延巳以取中原之策說唐主，嘗笑烈祖齪齪，謂：「安陸所喪才數千兵，為之輟食咨嗟者旬日，此田舍翁識量耳；怎如今上暴師數萬于外，而擊毬宴樂無異平時，真英主也！」君臣相誘，偷安度日。〔註32〕

馬永易《實賓錄》「田舍翁」條下云：

<hr />

〔註32〕《古本小說集成》編委會編：《五代史平話》（上海：上海古籍出版社，年月不詳《古本小說集成》，冊589），〈周史平話〉，卷下，頁292。

五代南唐馮延巳好論兵事，嘗笑其主昇戰兵，以為齷齪無
大略，曰田舍翁安能成大事。〔註33〕

歐陽脩《新五代史》及《實賓錄》認為馮延巳好兵事、喜大言；而馬
令論定此事乃蠹國殃民之由，《五代史平話》則評此乃「君臣相諛，
偷安度日」，顯見各家對馮延巳之批判，均不假辭色。

李璟之弟景達，為人剛直、嫉惡如仇，馮延巳輩，羣小交構，景
達仇之，每每諫言李璟斬之，卻惹得李璟一身怒氣。《資治通鑑》載：

景達性剛直……。延巳以二弟立非己意，欲以虛言德之；
嘗宴東宮，佯醉，撫景達背曰：「爾不可忘我！」景達大怒，
拂衣入禁中白唐主，請斬之；唐主諭解，乃止。張易謂景
達曰：「羣小交構，禍福所繫。殿下力未能去，數面折之，
使彼懼而為備，何所不至！」自是每遊宴，景達多辭疾不
預。（卷286，頁9337～9338）

此段記載，一方面說明了李璟與馮延巳輩，常乘酒喧笑，宴飲作樂；
一方面斥責馮延巳輩，極盡諂媚之態，一句「爾不可忘我」，道出馮
延巳自大狂妄的矯情之姿。史書以景達的剛直嫉惡，與馮延巳的諂媚
張狂對比，批判之意，顯然可見。馬、陸《南唐書》均有相同記載。

馮延巳惡名，不僅如此。史書記載，馮延巳往往以舊人之姿，專
持特權，屢入白事。陸游《南唐書》載：

常夢錫屢言延巳小人，不可使在王左右，烈祖感其言，將
斥之會晏駕，元宗立，延巳喜形於色，未聽政，屢入白事，
元宗方哀慕厭之謂曰，書記自有常職，餘各有司，存何為
不憚煩也。乃少止。（卷11，頁238～239）

明白道出馮延巳屢入白事，諂媚李璟之事實。馬令《南唐書・馮延巳
傳》亦載：

元宗愛其多能，而嫌其輕脫貪求，特以舊人，不能離也。（卷
21，頁139）

〔註33〕〔宋〕馬永易：《實賓錄》（合肥：安徽教育出版社，2002年2月《中
華漢語工具書書庫》，冊73），卷6，頁250。

陳霆《唐餘紀傳》復載：

> 中主亦頗悟其非端士，然不能去。〔註34〕

馮延巳過分接近李璟，惹得李璟厭煩，雖知馮延巳為人輕脫貪求，非端正之人，卻因為他是國朝舊人，而不能遣去。又馮延巳與李璟流連光景，而不顧國家興亡之事，也受到苛責。陸游《南唐書》載：

> 元宗嘗因曲宴內殿從容謂曰：「吹皺一池春水，何干卿事？」延巳對曰：「安得如陛下『小樓吹徹玉笙寒』之句。時喪敗不支，國幾亡，稽首稱臣于敵，奉其正朔以苟延歲月，而君臣相謔乃如此。（卷11，頁242）

陳霆《唐餘紀傳》載：

> 時喪敗不支，稽首於敵稱臣，奉朔以苟歲月，而君臣置之意外，乃相賞流連光景之詞，其荒息如此。〔註35〕

馮延巳與李璟「吹皺一池春水」本事，在文壇被視為君臣間往來的嘉話，然卻遭到陸游、陳霆嗤之以鼻。另一方面，史籍又載馮延巳干權一事，《資治通鑑》云：

> 延巳言於唐主曰：「陛下躬親庶務，故宰相不得盡其才，此治道所以未成也！」唐主乃悉以政事委之，奏可而已。既而延巳不能勤事，文書皆仰成胥史，軍旅則委之邊將，頃之，事益不治，唐主乃復自覽之。（卷290，頁9476）

馬令《南唐書》載：

> 延巳無才，而好大言，及再入相，乃言己之智略，足以經營天下，而人主躬親庶務，宰相備位，何以致理，於是元宗悉以庶政委之，奏可而已。（卷21，頁139）

陸游《南唐書》載：

> 延巳數居柄任，揣元宗不能察其姦，遂肆為大言謂己之才略，經營天有餘，而人主躬攬庶務，大臣備位安足致理，元宗果謂然，悉委以政，凡事奏可而已。延巳初以文藝進，實無他長，紀綱頹弛，吏胥用事，軍旅一切以委邊帥，無

〔註34〕〔明〕陳霆：《唐餘紀傳》，卷9，頁583。
〔註35〕同前註，頁584。

　　　　所可否，愈欲以大言蓋眾而惑人主。（卷 11，頁 240）

同樣的記載，司馬光稱馮延巳「不能勤事」，文書皆仰賴成胥史，
軍旅之事則委任邊將；馬令云馮延巳以為己之智略可以治天下，卻
是無才而好大言之人；陸游則以「初以文藝進，實無他長」之語定
奪馮延巳之政治才能，認為馮延巳係以大言蓋眾，媚惑唐主，因而
導致紀綱頹弛。

　　馮延巳除諂媚唐主李璟外，亦諂媚周朝。馬令《南唐書》即載：

　　　　時馮延巳為相，劾夢錫，貶饒州團練副使，病留廣陵，東
　　　　都留守周宗常敦，喻之。明年，牽復，尋改吏部侍郎，轉
　　　　禮部尚書，割地之後，公卿在座，有言及大朝者，夢錫笑
　　　　曰「羣公常欲致君為堯舜，何故今日自為小朝耶？」座皆
　　　　失色。（卷 10，頁 70）

《類說》卷三十一「大朝小朝」條云：

　　　　江南翰林學士常夢錫，屢言馮延巳等虛誕，唐王不聽，及
　　　　臣服於周，延巳之黨謂周為大朝，夢錫曰：「諸君常欲致君
　　　　堯舜，何意今日自為小朝耶！」〔註 36〕

《五代史平話》載：

　　　　翰林學士常夢錫屢言馮延巳等妄誕不足信。唐主謂：「延巳
　　　　忠純，朕未見其為妄誕也。」夢錫曰：「大奸似忠。陛下不
　　　　悟，國其危矣！」及巳降附周朝，延巳輩每謂周為大朝，
　　　　夢錫笑謂之曰：「諸公常欲致君堯、舜，謂中原為囊中物；
　　　　何意今日事周大朝，而自處以小朝廷耶？」延巳等慚愧不
　　　　敢答。〔註 37〕

由上述三則史料，可知常夢錫針對馮延巳等妄誕之言行，屢上諫言，
然李璟卻極力祖護。儘管常夢錫重言，以「陛下不悟，國其危矣」警
惕之，仍無濟於事。當南唐臣服於周，馮延巳等稱之為「大朝」，常

〔註 36〕〔宋〕曾慥、王汝濤等校注：《類說校注》（福州：福建人民出版社，
　　　　1996 年 1 月），卷 31，頁 939。
〔註 37〕《古本小說集成》編委會編：《五代史平話》，〈周史平話〉，卷下，
　　　　頁 292。

夢錫譏笑此乃棄堯舜之道，而以小朝自處也。

　　史家筆下的馮延巳，在朝諂媚奸佞、為人詬病，在民間更是苛政暴斂、重失民心。《江南餘載》卷下有張義方獻馮（延巳）、李（建勳）二相公詩，此詩又見《全唐詩補編》，詩云：

　　　　兩處沙堤同日築，其如啟沃藉良謀。民間有病誰開口，府
　　　　下無人只點頭。〔註38〕

李建勳，字致堯，南唐南平王德誠之子。少好學，能屬文，尤工詩。徐溫妻以女。起家為金陵巡官，常佐知詢幕府。李昇鎮金陵用為副使，預禪代之策，拜中書郎同平章事。李璟即位，東宮官屬侵權，罷建勳為撫州節度使，召拜司空。馬令《南唐書》載：「建勳博覽經史，民情、政體無不詳練，惜乎怯而無斷，未嘗忤旨，故雖有蘊藉，而卒不得行。」（卷10，頁69～70）馮延巳於保大四年以中書侍郎與李建勳、宋齊丘拜平章事，張義方獻詩二人，根據陸游《南唐書・張義方傳》，謂其「所言凜然守正，有漢唐名臣風。」（卷10，頁217）張義方為人可知一、二矣。又《南唐書・江文蔚傳》載江文蔚彈劾馮延巳云：「張義方上疏，僅免嚴刑。」（卷10，頁226）夏承燾《馮正中年譜》載此事，謂張義方此時有疏論正中等人，不僅獻詩相嘲而已。

　　此詩首句云：「兩處沙堤同日築」，謂馮延巳與李建勳於保大四年同拜平章事一事。「其如啟沃藉良謀」句，則是張義方上疏李璟，以善言相諫之意。「民間有病誰開口，府下無人只點頭」二句，意指：同年六月，宋齊丘薦陳覺為福建路宣諭使，矯制擅發建、汀、撫、信之師攻福州，南唐數萬大軍，空耗糧餉，兵疲馬乏；次年，伐福州兵敗，諸軍皆潰，士卒死二萬餘人，委棄軍資器械數十萬，國勢遂因而湮覆，民間更是危苦至極。〔註39〕馮延巳、李建勳登相期間，發動如

〔註38〕〔宋〕闕名：《江南餘載》（北京：中華書局，1985年《叢書集成初編》，冊3856），卷下，頁10。陳校君輯校：《全唐詩補編》，外編卷2，頁255。

〔註39〕〔宋〕李廷忠〈水龍吟〉（風流最數宣城）：「有東風傳報，都人已為，築沙堤路。」唐圭璋編：《全宋詞》，冊4，頁2265「沙堤」意指拜

此大規模的戰役，使南唐國勢急驟衰亡，實有責任。

《資治通鑑》又載：

> 先是楚州刺史田敬洙請修白水塘溉田以實邊，馮延巳以爲
> 便，李德明因請大闢曠土爲屯田，修復所在渠塘堙廢者，吏
> 因緣侵擾，大興力役，奪民田甚，眾民愁怨無訴。徐鉉以白
> 唐主，唐主命鉉按視之，鉉籍民田悉歸其主。或譖鉉作威福，
> 唐主怒，流鉉舒州。然白水塘竟不成。（卷291，頁9498）

此段史料，又見《通鑑總類》「南唐奪民田爲屯田」條。〔註40〕馮延
巳使李德明於楚州修水利，溉田以實邊，李德明卻大興力役、強奪民
田，造成擾民之嫌，民眾卻沒有上訴的管道，馮延巳爲政之罪又添一
椿。徐鉉以此事上諫李璟，又將民田歸與原主，李璟怒而貶徐鉉。〔清〕
王夫之《讀通鑑論》根據此條文獻云：

> 江南李氏聽刺史田敬洙之請，修水利於楚州，溉田以實邊，
> 而馮延巳使李德明任其事，因緣侵擾，興力役，奪民田，
> 而塘竟不成；巡撫諸州以問民疾苦，而使馮延魯以淺劣輕
> 狂任之，反爲民害；徐鉉、徐鍇論列其委任之失，顧得貶
> 竄。夫豈特二馮之邪佞不可任哉！使守令牧民，而別遣使
> 以興事，未有可爲者也。〔註41〕

是知楚州修水利以實邊一事，使民愁怨而不服。起初，馮延巳以爲便，
李德明因而大興力役，強奪民田；稍後，楚州民苦，延魯卻敷衍了事，
反爲民害。王夫之載此事，謂「夫豈特二馮之邪佞不可任哉」，認爲
二馮雖有罪，而使守李德明更是罪不容恕，故謂「使守令牧民，而別

　　相。《尚書・商書・說命上》：「啓乃心，沃朕心。」〔漢〕孔安國傳、
　　〔唐〕孔穎達疏：《尚書正義》（臺北：藝文印書館，1989年1月《重
　　刊宋本十三經注疏附校勘記》），頁140。「啓沃」意指以善言勸諫君
　　王。又參夏承燾：《五代南唐馮延巳先生正中年譜》（臺北：臺灣商
　　務印書館，1980年12月），頁17。任爽：《南唐史》（吉林：東北師
　　範大學出版社，1995年9月），頁174。

〔註40〕〔宋〕沈樞：《通鑑總類》，卷12下，頁30。
〔註41〕〔清〕王夫之：《讀通鑑論》（臺北：河洛圖書出版社，1976年3月），
　　卷30，〈五代下・江南遣專使爲民害〉，頁1090。

遣使以興事，未有可焉者也」。「二馮之邪佞不可任」，是王夫之藉由史籍，瞭解到史學家對馮延巳、延魯的嚴格評論，雖出於事實，卻也從中觀得史家對二馮以偏概全的態度。

又《新五代史》記載南唐伐楚之役云：

> 十年，分洪州高安、清江、萬載、上高四縣，置筠州。以馮延巳、孫忌爲左、右僕射同平章事。廣州劉晟乘楚之亂，取桂管，景遣將軍張巒出兵爭之，不克。楚地新定，其府庫空虛，宰相馮延巳以克楚爲功，不欲取費於國，乃重斂其民以給軍，楚人皆怨而叛，其將劉言攻邊鎬，鎬不能守，遯歸。（卷 62，頁 772）

馬令《南唐書》載：

> 楚地新定，府庫空虛。宰相馮延巳以克楚爲功，不欲取費於國，乃重斂其民，以給軍，邊鎬不能鎮撫，楚人皆怨，帝亦惡之。（卷 3，頁 18）

陸游《南唐書・查文徽》亦載：

> 馮延巳爲相，矜平楚之功，不欲取費於國，專掊斂楚人以給經費，人心已離，鎬柔而無斷，日飯沙門，希福紀綱，頹弛不之問。（卷 5，頁 111）

復載：

> 延巳方以克楚爲功，……不欲緣軍興取資於國以損其功，遣使於長沙調兵賦，苛征暴斂，重失民心，言遂取長沙盡據，故楚地周人亦伺釁而動，朝論籍籍。（卷 11，頁 241）

保大十年，馮延巳、孫忌爲左、右僕射同平章事，十二月，南唐用兵湖湘，先勝後敗，史論者皆歸咎於馮延巳「苛政暴斂」、「重失民心」。此一議題，近代學者黃進德〈馮延巳及其詞考辨〉一文，認爲馮延巳之所以重斂楚民，實與南唐「帑藏內竭」、「府庫空虛」所致，乃馮延巳不得已之苦衷。〔註42〕無論史實爲何，史論家筆下的馮延巳，是位重斂於民，以致民心悖離之罪人。

〔註42〕黃進德：〈馮延巳及其詞考辨〉，《馮延巳詞新釋輯評・附錄》，頁 204

由以上數則史料可知，馮延巳在政治上的表現，可謂差強人意。江文蔚〈劾馮延巳魏岑疏〉一文即云：

> 馮延巳善柔其色，才業無聞，憑恃舊恩，遂階任用，蔽惑天聰，斂怨歸上，高審知累朝，宿將墳土未乾，逐其子孫，奪其居第，使輿臺竊議，將率狐疑，陛下方以孝理天下，而延巳母封縣太君妻，為國夫人，與弟異居，捨棄其母，作為威福，專任愛憎，咫尺天威，敢行欺罔，以至綱紀大壞，刑賞失中，風雨由是不時陰陽以之失序，傷風敗俗，蠹政害人。……魏岑道合延巳，蛇豕成性，專利無厭，逋逃歸國，鼠奸狐媚，讒疾君子，交結小人，善事延巳，遂當樞要，面欺人主，孩視親王，侍燕詬譁，遠近驚駭。進俳優以取容。作淫巧以求寵，視國用如私財，奪君恩為己惠，……延巳不忠不孝，在法難原。〔註43〕

江文蔚之論，可視為朋黨攻訐之辭，然正可總結馮延巳在史書上的地位。在人際交游上，馮延巳與魏岑等輩「蛇豕成性，專利無厭，逋逃歸國，鼠奸狐媚」，不但讒嫉君子，交結小人，更是居樞要之位，面欺李璟，孩視親王，與聲色犬馬之流喧譁宴飲。在政治表現上，馮延巳善柔其色，極盡諂媚能事，然才業無聞，剛愎而不識大體，雖憑恃舊恩，居鼎輔之任，卻蔽惑天聰、斂怨歸上。江文蔚又云馮延巳棄母不顧，以致綱紀大壞，是「傷風敗俗，蠹政害人」之臣。最後謂馮延巳為人係「進俳優以取容。作淫巧以求寵，視國用如私財，奪君恩為己惠」的不忠不孝之人也。

三、為政之功

　　史學家筆下，馮延巳人格之缺陷，罄竹難書，史家將馮延巳人格塑造成一位不忠不孝、大奸大惡之人，實難還清白給馮延巳。其中，唯一值得稱許的，是馮延巳與蕭儼一事，《資治通鑑》載：

〔註43〕　〔五代〕江文蔚〈劾馮延巳魏岑疏〉，〔清〕董誥等編：《欽定全唐文》，卷870，頁11487～11488。

大理卿蕭儼惡延巳爲人，數上疏攻之，會儼坐失入人死罪，
鍾謨、李德明輩必欲殺之，延巳曰：「儼誤殺一婦人，諸君
以爲當死。儼九卿也，可誤殺乎？」獨上言：「儼素有直聲，
今所坐已會赦，宜從寬宥。」儼由是得免；人亦以此多之。
（卷 290，頁 9476）

馬令《南唐書》載：

初蕭儼深惡延己，常廷斥之，及儼爲大理卿，斷獄失入，
舉朝皆欲誅儼，獨延巳力爭，以爲赦前失入，罪不當死，
儼終獲免，人皆韙之，以謂裴冕損怨，無以加此。（卷 21，
頁 140）

陸游《南唐書》載：

延巳晚稍自屬爲平恕，蕭儼嘗廷斥其罪，及爲大理卿，斷
軍使李甲妻獄失入，坐死。議者皆以爲當死，延巳獨揚言
曰：「儼爲正卿，誤殺一婦人，即當以死。君等今議殺正卿，
他日孰任其責？」乃建議：「儼素有直聲，今所坐已更赦宥，
宜加弘貸。」儼遂免，人士尤稱之。（卷 11，頁 242～243）

蕭儼早期深惡馮延巳，然當蕭儼爲大理卿，卻因錯判一婦人死刑，而
被朝臣建議處死，與之交惡的馮延巳乃上言求情，爲其辯護，認爲蕭
儼係堂堂正卿，若誤判婦人而處以死刑，今後誰敢當其大任，蕭儼遂
能免於一死。世人並將馮延巳與「裴冕損怨」〔註44〕一事相比，稱許
馮延巳以德報怨之嘉行。

此外，值得注意的是，與馮延巳同屬一個時空下的徐鉉，〔註45〕

〔註44〕〔宋〕歐陽脩、宋祈撰：《新校本新唐書附索引》載：「齊物字道用。
天寶初，擢累陝州刺史。開砥柱，通漕路，發重石，下得古鐵戟若
鏵然，銘曰「平陸」。上之，詔因以名縣。遷河南尹，坐與李適之善，
貶竟陵太守，還，遷京兆尹，太子太傅，兼宗正卿。卒，贈太子太
師。性苛察少恩，喜發人私，然絜廉自喜，吏無敢欺者。忿陝尉裴
冕，械而折愧之，及冕當國，除齊物太子賓客，世善冕能損怨云。」
卷 78，頁 3532～3533。

〔註45〕徐鉉（917～992）字鼎臣，南唐揚州廣陵（今江蘇省江都縣）人。
歷校書郎直宣徽北院，中書舍人，入爲翰林學士，由兵部侍郎，御
史大夫而吏部尚書，至右僕射。隨李煜歸宋，爲太子率更令，累官

也給予馮延巳不同於史籍的評價：

> 某官馮延巳，儒雅積中，機神應物，風雲夙契，魚水冥符，處多士之朝，副具瞻之望。及移相府，出鎮臨川，封境綏懷，聲猷茂遠。頃集蓼莪之痛，俯從金革之權。露覿有誠，輯瑞來覲，疇咨舊德，保佑東朝，北疏傅之在前；允諧擬議，類魯公之拜後。適就變除，俾進崇階，庶申優寵。於戲。將相之重，資爾以惟聖；儲貳之尊，繫爾以成德。知人則哲，予用弗疑，勉揚令圖，無忝多訓。可落起復冠軍大將軍加特進，餘並如故。〔註46〕

此段文字，可分四點論之：

一、徐鉉以「儒雅積中」論馮延巳學養之深厚、氣度之雍容；以「機神應物」論馮延巳機巧神妙之處事態度；以「風雲夙契」、「魚水冥符」喻馮延巳之高居權位、君臣相得。〔註47〕此一評論，與史籍所載，無太大出入。

二、徐鉉又謂馮延巳有具瞻之望，為民眾瞻仰，出鎮臨川，聲名茂遠。根據《馮正中年譜》所載，此時馮延巳四十六歲，陳覺、馮延魯等因伐閩戰敗，馮延巳上表自咎，遂罷相為太子少傅，而後拜臨川撫州節度使。〔註48〕馬令《南唐書》卻有馮延巳「出鎮撫州，亦無善

散騎常侍。淳化初坐累謫靜難軍司馬，三年卒於官，年七十六。鉉與弟鍇，早以雄文奧學，克振令譽，有大小徐之稱。文章議論與韓熙載齊名，時稱韓徐。精小學，篆書度越陽冰，而與李斯為等夷。嘗受詔校《說文》，續編《文苑英華》，著有《騎省集》、《質疑論》、《稽神錄》等。昌彼得等撰：《宋人傳記資料索引》（臺北：鼎文書局，1975 年 3 月），頁 2002～2003。

〔註46〕〔清〕董誥等編：《欽定全唐文》，卷 878，〈太弟太保馮延巳落起復加特進制〉，頁 11583。

〔註47〕按「風雲」有「高位」之義，潘岳〈楊荊州誄〉：「奮躍淵塗，跨騰風雲。」〔梁〕蕭統撰、〔唐〕李善注：《文選》，卷 56，頁 780。「魚水」有君臣相得之義。李白〈讀諸葛武侯傳書懷贈長安崔少府叔封昆季〉：「魚水三顧合，風雲四海生。」〔清〕清聖祖敕撰：《全唐詩》，冊 5，卷 168，頁 1735。

〔註48〕夏承燾：《五代南唐馮延巳先生正中年譜》，頁 24。

政」（卷21，頁139）之評語，徐鉉與馬令，一褒一貶，大相逕庭。

三、徐鉉又謂馮延巳「頃集蓼莪之痛，〔註49〕俯從金革之權」。據《馮正中年譜》，保大九年，馮延巳四十九歲，因繼母憂而去撫州，此時馮延巳又起復冠軍大將軍，召爲太弟太保，領潞洲節度，正是賦予將軍重任，而奪孝子之情也。馮延巳由元帥府書記至中書侍郎，歷經罷相、出鎮撫州、秩滿還朝後又起復大將軍的生涯。〔宋〕蔡居厚《詩史》載其事，「江文蔚詩」條下云：「南唐元宗優待藩邸舊僚，馮延巳自元帥府書記至中書侍郎，遂相，時論以爲非才。江文蔚因其弟延魯福州亡敗，請從退削，乃出撫州，秩滿還朝，因赴內宴，進詩曰：『青樓阿監應相笑，書記登壇又卻回。』」〔註50〕「青樓阿監應相笑，書記登壇又卻回」是江文蔚譏諷馮延巳歸朝登位所作，「青樓」、「阿監」指朝廷宮女歌舞宴樂之態，直指朝廷又將再一次陷入荒淫享樂的局面。徐鉉之辭，不見貶義，而江文蔚詩，卻極度諷刺。接著，徐鉉稱馮延巳：「露冕有誠，輯瑞來覲，疇咨舊德，保佑東朝，北疏傅之在前；允諧擬議，類魯公之拜後」，馮延巳於保大十年爲左僕射，與中書侍郎徐景連、右僕射孫晟同平章事，又李璟悉以庶政委之。此部分，徐鉉謂馮延巳猶如疏廣〔註51〕、魯公〔註52〕伴唐主之左右，遂而

〔註49〕《詩經・小雅》：「蓼蓼者莪，匪莪伊蒿。哀哀父母！生我劬勞。」「蓼莪之痛」以喻喪親之痛。〔漢〕毛亨傳、〔漢〕鄭玄箋、〔唐〕陸德明音義、孔穎達疏：《毛詩注疏》，頁436。

〔註50〕〔宋〕蔡居厚：《詩史》，見郭紹虞：《宋詩話輯佚》（北京：中華書局，1987年5月），頁459。

〔註51〕〔漢〕班固撰：《漢書・疏廣傳》：「疏廣字仲翁，東海蘭陵人也。少好學，明春秋，家居教授，學者自遠方至。徵爲博士太中大夫。地節三年，立皇太子，選丙吉爲太傅，廣爲少傅。數月，吉遷御史大夫，廣徙爲太傅……上以問廣，廣對曰：「太子國儲副君，師友必於天下英俊，不宜獨親外家許氏。且太子自有太傅少傅，官屬已備，今復使舜護太子家，視陋，非所以廣太子德於天下也。」上善其言，以語丞相魏相，相免冠謝曰：「此非臣等所能及。」廣繇是見器重，數受賞賜。太子每朝，因進見，太傅在前，少傅在後。父子並爲師傅，朝廷以爲榮。」（臺北：鼎文書局，1983年10月），卷71，頁3039。

連階累任、集優寵於身。雖少了史籍中偏頗之見，卻多了褒揚之義，將馮延巳比之疏廣、魯公，不免有誇大之嫌。

　　四、徐鉉謂馮延巳懷將相之重，可以輔佐君王功業，而唐主則可借臣相之力以明德。所謂「知人則哲」是也。此處徐鉉凸顯馮延巳與李璟的君臣之交，知人善任，始足以成就國家功業，徐鉉之論，沒有史籍中君王怨懟之辭，取而代之的，是「知人則哲」的嘉行美譽。《資治通鑑》另載有徐鉉與韓熙載一同上疏之事，其疏言：「覺、延魯罪不容誅，但齊丘、延巳為之陳請，故陛下赦之。擅興者不罪，則疆場有生事者矣；喪師者獲存，則行陣無效死者矣。請行顯戮以重軍威。」（卷286，頁9355～9356）徐鉉非屬宋齊丘黨，無須過份褒美馮延巳，其〈太弟太保馮延巳落起復加特進制〉一文所載，摒除史籍中偏激、嚴厲之批判，而以客觀的角度陳述事實，雖有過於褒揚之處，然確實給予馮延巳人品重新的定義。

　　至清代，王夫之《讀通鑑論》云：

> 李璟父子未有善政，而無殃兆民、絕彝倫、淫虐之巨慝；嚴可求、李建勳皆賢者也，先後輔相之；馮延巳輩雖佞，而惡不大播於百姓；生聚完，文教興，猶然彼都人士之餘風也。〔註53〕

王夫之指出，李璟父子雖未有善政佳績，然在位期間，有賢相嚴可求、李建勳等輔佐，並非禍國殃民，倫常敗壞、奸惡殘暴之主。而馮延巳等輩，即宋齊丘一黨，雖奸佞，然其惡並不播於百姓；在任之時，南唐猶有彼都人士之餘風，繁華一時，文教鼎盛、工商興榮之局面，使得偏安一隅之南唐，為五代十國中文教最盛的國家。若因馮延巳人格

〔註52〕魯公之拜，見〔漢〕何休注、〔唐〕徐彥疏：《春秋公羊傳注疏·文公十三年》：「周公何以稱大廟于魯，封魯公以為周公也，周公拜乎前，魯拜乎後。」（臺北：藝文印書館，1989年1月《十三經注疏附校勘記》，冊7），頁177。

〔註53〕〔清〕王夫之：《讀通鑑論》，卷30，〈王朴畫策急幽燕而緩河東〉條，頁1095。

一部分的缺點，而抹滅其功勞，不免失當。清人王夫之洞鑑古今，對馮延巳之評論尤爲珍貴。

史料記載，或褒或貶，孰是孰非，實難定奪。近人夏承燾《馮正中年譜》有云：

> 宋人野史之述南唐事者，《釣磯立談》外，有龍袞《江南野史》、陳彭年《江南別錄》，鄭文寶《江表志》，闕名《江南餘載》，闕名《五國故事》及路振《九國志》六種。而除《釣磯立談》外，無有苛論正中者。

《新五代史》、《資治通鑑》、《南唐書》等所錄馮延巳相關記載，多根據《釣磯立談》而來，筆者觀同時期載南唐故事之野史，除《五國故事》及《九國志》不載馮延巳事外，《江南野史》確實沒有《釣磯立談》那般洋洋灑灑之論。夏承燾指出三點，其一云：

> 鄭文寶南唐舊臣，其《江表志》自序，謂徐鉉、湯悅之《江南錄》，事多遺落，筆削不無高下。因以耳目所及，補其遺漏。其書之詳慎可知。嘗誚《江南錄》不罪宋齊丘爲失直筆，其於兩黨無偏阿又可知。今書中於齊丘、陳覺、李徵古等皆無恕辭，獨無一語及正中。記伐閩之役，亦惟歸罪延魯、陳覺，不連正中，與《立談》大異。

筆者查鄭文寶《江表志》所載，夏承燾所言甚是。又鄭文寶《南唐近事》，僅錄二則與馮延巳相關史料，謂：「馮延巳鎮臨川，聞朝議已有除替，一夕夢通舌生毛。翊日有僧解之曰：「毛生舌間，不可剃也，相公其未替乎？」旬日之間，果已寢命。」又謂：「常夢錫爲翰林學士，剛直不附，貴近側目。或謂曰：『公罷直私門，何以爲樂？』常曰：『垂幃痛飲，面壁而已。』蓋馮、魏擅權之際也。」〔註54〕其中亦無偏激之語。其二云：

> 闕名之《江南餘載》，即以鄭文寶《江表志》爲稟本。……
> 止謂正中以舊恩至顯。

〔註54〕〔宋〕鄭文寶：《南唐近事》（北京：中華書局，1985 年《叢書集成初編》，冊 3856），頁 10、13

今見《江南餘載》云：「馮延巳自元帥府掌書記，為中書侍郎，登相位時論少之。延魯之敗，御史中丞江文蔚上疏請黜延巳，上曰：『相從二十年賓客故寮，獨此人在中書，亦何足怪，雲龍鳳虎自古有之，且厚於舊人，則於斯人亦不得薄矣。』〔註55〕馮延巳之記載，僅此而已。其三云：

> 陳彭年十餘載即興後主子仲宣游處，於南唐時事，見聞必真。其《江南別錄》謂：「延魯急於趨進，欲以功名圖重位，乃興建州（閩）之役，延巳曰：『是以文行飾身，忠信事上，何用行險以要祿：』延魯曰：『兄自能如此，弟不能惛惛待尋資宰相也。』」

《江南別錄》載馮延巳與馮延魯兩兄弟之對話，凸顯延魯急於趨進，以圖名利之事，對於延巳，則沒有隻字半句批判之語。夏承燾最後云：

> 合此之推，正中之為人可知。其於愛憎之私，朋黨之辭，不可盡信。〔註56〕

夏承燾替馮延巳人格翻案，認為《釣磯立談》所論，乃出自愛憎之私，朋黨之辭，不可盡信，而宋代史籍，卻不明所以，大多依據《釣磯立談》定論，難免受其限制。

此外，徐鉉、王夫之對馮延巳之評論，也順勢動搖司馬光《資治通鑑》，以及馬、陸《南唐書》的真實性。然馮延巳在歷史上的惡名，卻是赤裸的呈現在史籍之中，難以抹滅。

第二節　詞論家筆下的詞人定位

「文如其人」，係中國古代文論的傳統命題，揚雄《法言・問神》云：「言，心聲也；書，心畫也；聲畫形，君子小人見矣」；〔註57〕《禮記・樂記》云：「凡音之起，由人心生也。……凡音者生人心者也，

〔註55〕〔宋〕闕名《江南餘載》，見《中國野史集成》，冊4，頁421～422。
〔註56〕夏承燾：《五代南唐馮延巳先生正中年譜》，頁3～4。
〔註57〕〔漢〕揚雄著、〔清〕汪榮寶義疏：《法言義疏》（臺北：世界書局，1958年5月），〈問神〉卷5，頁247。

情動於中故形於聲，聲成文謂之音」；〔註58〕王充《論衡·書解篇》
云：「德彌盛者文彌縟，德彌彰者文彌明；大人德擴其文炳，小人德
熾其文斑」；〔註59〕鍾嶸《詩品》評陶潛語云：「文體省淨，殆無長語。
篤意真古，辭興婉愜。每觀其文，想其人德」；〔註60〕蘇軾〈答張文
潛書〉云「其為人，深不願人知之，其文如其為人，故汪洋澹泊，有
一唱三歎之聲」，〔註61〕均指出創作主體對作品有決定性的影響，作
家的人格修養、道德情操、學識涵養，與作品所蘊含的思想內容、格
調特質、藝術價值等，有著特定的和諧統一關係。見其言辭、可明識
君子、小人；觀其德行，可辨其文或縟或明；人品與文品之間，有著
相應的呈現，所謂「文以載道」、「詩以言志」是矣。

　　而「立身之道，與文章異」的觀點，也備受注意。梁簡文帝〈戒
當陽公大心書〉云：「立身先須謹重，文章且須放蕩」；〔註62〕元好問
〈論詩絕句三十首〉第六首云：「心畫心聲總失真，文章仍復見為人。
高情千古閑居賦，爭信安仁拜路塵。」〔註63〕梁簡文帝之世，宮體文
學熾盛，君臣上下好作淫靡詩文，簡文帝此言，難免給人欲蓋彌彰之
辯解，但確實也提供了文學批評的另一路徑。元好問〈論詩絕句〉指
出西晉潘岳（安仁）著有千古流傳的〈閑居賦〉，賦云：「覽止足之分，

〔註58〕〔漢〕鄭玄注、〔唐〕陸德明音義、孔穎達疏、〔清〕阮元校勘：《禮
　　　　記注疏》，（臺北：藝文印書館，1989 年 1 月《重刊十三經注疏附校
　　　　勘記》），卷 37，〈樂記〉第 19，頁 662～663。
〔註59〕〔漢〕王充著、王暉校：《論衡校釋·書解篇》（臺北：臺灣商務印
　　　　書館，1983 年 12 月），卷 28，頁 1142。
〔註60〕〔梁〕鍾嶸著、汪中注：《詩品注》（臺北：正中書局，1978 年 10 月），
　　　　卷中，頁 155～156。
〔註61〕〔宋〕蘇軾：《蘇東坡全集》（臺北：河洛圖書出版社，1975 年 9 月），
　　　　卷 30，〈答張文潛書〉，頁 376。
〔註62〕〔梁〕蕭綱〈誡當陽公大心書〉，見〔清〕嚴可均校輯：《全上古三
　　　　代秦漢三國六朝文》（北京：中華書局，1999 年 6 月），冊 3，卷 11，
　　　　頁 3010。
〔註63〕〔金〕元好問：《遺山先生文集》（臺北：商務印書館，1979 年 11
　　　　月，《四部叢刊正編》，冊 65），卷 11，〈論詩絕句三十首〉之六，
　　　　頁 122。

庶浮雲之志。築室種樹，逍遙自得」〔註64〕（按「止足」同「知足」），一副清高模樣，卻做出「拜路塵」如此不堪之事，正是身處林泉，心馳魏闕。所謂「文章仍復見為人」，此乃人品與文品悖離之事實。

　　就詞品論而論，詞體發展之初，以娛賓遣興為主要目的，創作不脫「鏤玉雕瓊，擬化工而迴巧；裁花剪葉，奪春艷以爭纖」〔註65〕的風格，使得詞體囿於妖嬈之態、豔科小道，文人填詞，往往受到輿論非議。孫光憲《北夢瑣言》云：

> 晉相和凝，少年時好為曲子詞，⋯⋯然相公厚重有德，終
> 為豔詞玷之。契丹入夷門，號為「曲子相公」。所謂好事不
> 出門，惡事行千里，士君子得不戒之乎。〔註66〕

五代，詞仍屬豔詞之窠臼，和凝乃厚重有德之人，卻好作曲子詞，世人不解，以為豔詞玷之，譏和凝為「曲子相公」。此段記載正說明當時文壇重視作家的道德修養與文學創作之間的關係。隨後，當詞體由應歌娛樂轉而成為文人抒情言志的載體後，人品與詞品之間的聯繫，逐漸密切，詞學家開始注意作家的人格道德對作品的影響。如〔北宋〕黃庭堅論蘇軾云：

> 「缺月挂疏桐，⋯⋯」東坡道人在黃州時作。語意高妙，
> 似非喫煙火食人語，非胸中有萬卷書，筆下無一點塵俗氣，
> 孰能至此？〔註67〕

蘇軾〈卜算子〉（缺月挂疏桐）一闋，〔註68〕黃庭堅稱其韻力高勝，不類食煙火人語。清代張德瀛《詞徵》卷五云：「『缺月疏桐』一章，觸興

〔註64〕〔晉〕潘岳〈閒居賦〉，見〔梁〕蕭統編、〔唐〕李善注：《文選》，卷16，頁225。

〔註65〕〔後蜀〕趙崇祚編、李一氓校、李冰若注：《宋紹興本花間集附校注》，歐陽炯〈花間集序〉，頁1。

〔註66〕〔宋〕孫光憲：《北夢瑣言》，見《中國野史集成》，冊4，卷6，頁31。

〔註67〕〔宋〕黃庭堅：《山谷題跋》（臺北：廣文書局，1971年12月），卷2，〈跋東坡樂府〉，頁4。

〔註68〕蘇軾〈卜算子〉：「缺月掛疏桐，漏斷人初靜。誰見幽人獨往來，縹緲孤鴻影。　　驚起卻回頭，有恨無人省，揀盡寒枝不肯棲，寂寞沙洲冷。」（《全宋詞》，冊1，頁295）。

於驚鴻，發乎情性也，收思於冷洲，歸乎禮義也。」〔註69〕正替黃庭堅之讚語，下一詳細註解。可見蘇軾不僅以詩爲詞，打破豔科藩籬，開拓詞境，更是人品與詞品相契之最佳代表。又〔北宋〕張耒評賀鑄詞云：

> 滿心而發，肆口而成，雖欲已焉而不得者，若其粉澤之工，
> 則其才之所至亦不自知也。〔註70〕

張耒替賀鑄詞作序，序前即云「文章之于人，有滿心而發，肆口而成，不待思慮而工，不待雕琢而麗，皆天理之自然，而性情之至道也。」〔註71〕可見張耒認爲，無論是文章或是樂府，均是「滿心而發」之作、「肆口而成」之章，是性情之所至，天理之自然。〔南宋〕曾豐《知稼翁詞集序》評黃公度云：

> 大抵清而不激，和而不流，要其情性則適，揆之禮義而安，
> 非能爲詞也，道德之美，腴於根而盎於華，不能不爲詞也。
> 〔註72〕

曾豐言下之意，謂黃公度詞是美好道德蓄積於內，而不得不表現出來的自然產物，即肯定人品道德高低與作品優劣好壞的關係。尹覺〈題坦庵詞〉云：

> 吟咏情性，莫工於詞，……觀者當自識其胸次云。〔註73〕

坦庵即趙師俠。尹覺認爲作者情性，可發之爲詞，作品之中，又蘊合作者的人格襟抱，透露出詞品足以觀人品的訊息。以上均點出塡詞乃詞人隨性所欲、吟咏情性之創作，這般詞品出於人品之表露，亦說明人品決定詞品的重要性。至明代，張綖關注到人品與詞品的關係，嘗云：

> 詞體大略有二：一體婉約、一體豪放。婉約者，欲其辭情
> 蘊藉；豪放者，欲其氣象恢弘。蓋亦存乎其人。如秦少游
> 之作多是婉約；蘇子瞻之作多是豪放。〔註74〕

〔註69〕〔清〕張德瀛：《詞徵》，唐圭璋：《詞話叢編》，冊5，卷5，頁4159。
〔註70〕〔宋〕張耒〈東山詞序〉，施蟄存：《詞籍序跋萃編》，頁121。
〔註71〕同前註。
〔註72〕〔宋〕曾豐〈知稼翁詞集序〉，施蟄存：《詞籍序跋萃編》，頁195。
〔註73〕〔宋〕尹覺〈題坦庵詞〉，施蟄存：《詞籍序跋萃編》，頁165～166。
〔註74〕〔明〕張綖：《詩餘圖譜‧凡例》，頁473。

張綖認爲詞的風格,與作者的個性有關。又毛晉爲沈端節作詞集題跋,因《花庵》、《草堂》二集不載沈端節詞而感到遺憾,其〈克齊詞跋〉云:「其品行亦無從考。」〔註75〕楊慎《詞品》亦提及詞如其人的觀點,如卷四稱朱敦儒「天資曠遠,有神仙風致」,讀其詞,則「可知其爲人」。〔註76〕可見明代詞體發展雖低迷,詞品與人品論卻有逐漸成熟之跡象。

此一觀點,發展至清代,遂臻於成熟。有論定詞品與人品須一致者:如王士禛〈史邦卿詞跋〉云:

> 其人品流又遠在康與之下,今人但知其詞之工爾。〔註77〕

王昶〈江賓谷梅鶴詞序〉云:

> 晁端禮、万俟雅言、康順之,其人在俳優戲弄之間,詞亦庸俗不可耐。〔註78〕

謝章鋌〈張鳴珂寒松閣詞序〉云:

> 乃嘆人惟能甘淡泊之境,始有情至之言,情愈至,品愈高,詣愈深,蘊抱愈厚,激發愈雄。

又《賭棋山莊詞話》云:

> 讀蘇、辛詞,知詞中有人,詞中有品。〔註79〕

以上四則,均道出人品之於詞品之重要性,所謂「情愈至,品愈高,詣愈深,蘊抱愈厚,激發愈雄」是矣。有論定詞不可概人者,如況周頤《蕙風詞話》云:

> 晏同叔賦性剛峻,而詞語特婉麗。蔣竹山詞極穠麗,其人則抱節終身。……詞固不可槩人也。〔註80〕

〔註75〕〔明〕毛晉〈克齊詞跋〉,施蟄存:《詞籍序跋萃編》,頁339。

〔註76〕〔明〕楊慎:《升菴詞品》(臺北:宏業書局,1972年4月《函海叢書》,冊20),卷4,頁12388～12389。

〔註77〕〔清〕王士禛〈史邦卿詞跋〉,施蟄存:《詞籍序跋萃編》,頁265。

〔註78〕〔清〕王昶〈江賓谷梅鶴詞序〉,施蟄存:《詞籍序跋萃編》,頁565。

〔註79〕〔清〕謝章鋌〈張鳴珂寒松閣詞序〉,施蟄存:《詞籍序跋萃編》,頁596;謝章鋌:《賭棋山莊詞話》,唐圭璋:《詞話叢編》,冊4,卷9,頁3444。

〔註80〕〔清〕況周頤著、孫克強輯考:《蕙風詞話‧廣蕙風詞話》,卷1,頁13。

況周頤主張「詞貴有寄託」，重視作者的身世遭遇對創作過程的影響，但卻不因人品高低而否定作品的價值，因而提出「詞不可概人」的觀點。又江順詒於《詞學集成‧附錄》云：

> 填詞小技，固不必以言舉人，亦不必以人廢言。〔註81〕

馮煦《蒿庵論詞》云：

> 詞為文章末技，固不以人品分升降。〔註82〕

姑且不論江順詒與馮煦將詞列為小技、末技之說，二家均提出「不必因人廢詞」、「不以人品定升降」的看法。

是知「人品與詞品論」顯然已成為詞學研究的重要議題，而探究人品與詞品之間的契合或矛盾，實有助於研究詞人及其作品在文學上的歷史定位。

史學家筆下的馮延巳，文學素養豐富，其學問淵博，辯答縱橫，能作詩、工書法、善樂府；然其道德精神卻有嚴重的缺陷，不但空談軍事、急功好利，亦被視為諂佞險詐之人，係帝王的聲色犬馬之友。陳秋帆《陽春集箋‧序》謂：「奈後人不善學馮，亦鄙其專擅」，〔註83〕馮延巳在史書上所留下的污點，肯定付出代價。又近人劉永濟《唐五代兩宋詞簡析》云：

> 延巳為人敏給而險詐，初陷事宋齊丘，與弟延魯、陳覺、魏岑、查文徽號五鬼，互相連結，排斥正人如常夢錫、嚴續等。延巳好大言，嘗謂人主躬親庶務，宰相備位而已。元宗悉以庶政委之，又無所措施。

劉氏下此定奪，無疑受到史書左右。然劉氏在否定馮延巳人品之同時，卻肯定其詞品之佳，所謂：

> 其詞卻極佳，詞中表達之情極複雜，有猜疑者，有希冀者，有留戀者，有怨恨者，有放蕩者，而皆能隨意寫出，藝術

〔註81〕〔清〕江順詒：《詞學集成‧附錄》，唐圭璋：《詞話叢編》，冊4，頁3304。

〔註82〕〔清〕馮煦：《蒿庵論詞》，唐圭璋：《詞話叢編》，冊4，頁3587。

〔註83〕陳秋帆：《陽春集箋‧序》，頁1。

甚高。〔註84〕

一貶一褒，正凸顯馮延巳人品與詞品的矛盾。所謂「文如其人」，似乎無法全然套在馮延巳身上。肇於此因，後世論及馮延巳及其詞，往往將其人品與詞品一併探討，夏承燾於《馮正中年譜》即云：

前人論正中詞者，往往兼及其爲人。〔註85〕

清代之前，有兩則重要史料，值得注意，一則爲〔宋〕徐鉉之論，一則爲〔宋〕陳世脩〈陽春集序〉。徐鉉論及馮延巳人格及文學云：

某官馮延巳，君子之儒，多文爲富，發之爲直氣，播之爲
雄文。〔註86〕

徐鉉所處時代與馮延巳同時，也是首位將馮延巳視爲「君子之儒」的人，徐鉉稱譽馮延巳，並非偶然，其「太弟太保馮延巳落起復加特進制」條，已明其所以。此處又強調馮延巳的君子之儒，更是肯定馮延巳的人格品行，正與諸多史籍所載「諂佞小人」之說大相逕庭。在君子之儒的人格基礎上，徐鉉又稱馮延巳「發之爲直氣，播之爲雄文」的創作精神，是君子之所爲，全然給予馮延巳最高的評價。徐鉉此段文字，係論定馮延巳的文學創作出於人品的重要訊息。

陳世脩爲《陽春集》作序，序中論馮延巳云：

與李江南有布衣舊，因以淵漠大才，弼成宏業。江南有國，
以其勛賢，遂登臺輔。與弟文昌左相延魯，俱竭慮於國，
庸功日著，時稱二馮焉。公以金陵盛時，內外無事，朋僚
親舊，或當燕集，多運藻思，爲樂府新詞，俾歌者倚絲竹
而歌之，所以娛賓而遣興也。日月寖久，錄而成編。觀其
思深辭麗，均律調新，眞清奇飄逸之才也。噫，公以遠圖
長策翊李氏，卒令有江介地，以居鼎輔之任，磊磊乎才業

〔註84〕劉永濟：《唐五代兩宋詞簡析》（臺北：龍田出版社，1982年1月），頁23。

〔註85〕夏承燾：《五代南唐馮延巳先生正中年譜・後記》，頁37。

〔註86〕〔清〕董誥：《欽定全唐文》，卷879，「駕部郎中馮延巳兼起居郎屯田郎中閻居常兼起居舍人制」條，頁11596。

何其壯也。及乎國已寧，家已成，又能不矜不伐，以清商
自娛，爲之歌詩以吟詠性情，飄飄乎才思何其清也。核是
之美，萃之於身，何其賢也。〔註87〕

陳世脩對馮延巳所處的政治背景、政治才能，及其詞篇風格、歌唱功
能等，作出簡單的理解與概括，由〈序〉可得四則訊息：一、馮延巳
所處環境，係「金陵盛時，內外無事」、「國已寧，家已成」的祥和狀
態；二、馮延巳以白衣見烈組，才學淵漠，遂登臺輔，不矜不伐、自
制謙遜；三、馮延巳與馮延魯，竭慮於國，效盡南唐，兩人並稱二馮，
美名之稱也；四、國事閒暇之餘，馮延巳爲樂府新詞，俾歌者倚絲竹
歌之，娛賓遣興，其詞思深辭麗、吟詠情性。

　　字裡行間，可見陳世脩對馮延巳讚譽有加，然仍免不了誇大之
辭。就第一點論，南唐自李昇篡吳（937年）建國，至後主亡國（975），
僅歷三主三十八年，《資治通鑑》云：「及唐主即位，江、淮比年豐稔，
兵食有餘」（卷28，頁9221），南唐初期的十幾年，社會安定、民心
歸附、干戈不興、國庫積聚，其疆域「凡三十餘州，廣袤數千里，盡
爲其所有，近代僭竊之地，最爲強盛」，〔註88〕係屬「金陵盛時」之
際；然中主李璟繼位後，國勢由盛轉衰，一次伐閩之戰，一次對楚之
役，南唐均是先勝後敗告終，《釣磯立談》即云：「未及十年，國用耗
半」、「閩土判渙，竟成遷延之兵；湖湘既定而復變，地不加闢，財乏
而不振」、（頁6、頁10）。自此之後，南唐處於向強國割地、納貢、
稱臣的局面。可見，南唐在烈祖李昇在世之時，憑藉長江之險，可暫
時休養生息，仍屬安穩富足；自李璟既位，戰爭連連，國庫空耗，社
會動盪不安，國勢岌岌可危。陳世脩所云「金陵盛時，內外無事」、「國
已寧、家以成」，僅僅是南唐偏安一隅的美稱。

　　就第二點、第三點論，馮延巳以白衣見烈組，才學淵漠，遂登臺

〔註87〕　〔宋〕陳世脩〈陽春集序〉，見〔清〕王鵬運刊刻：《陽春集》「四印
　　　　齋」本，頁278。
〔註88〕　〔宋〕薛居正：《新校本舊五代史并附編三種》（臺北：鼎文書局，
　　　　1977年9月），卷134，頁1787。

輔之說，與史書所載無異；而論馮延巳「不矜不伐、自制謙遜」，論「二馮」有美名之譽，卻與史書「諂佞險詐」、「五鬼」之說迥異。就第四點論，馮延巳爲相其間，多與李璟宴飲作樂，俳優歌唱以娛賓遣興，爲之歌詩以吟詠性情，確爲事實。娛賓遣興者，如〈鵲踏枝〉：「芳草滿園花滿目。簾外微微，細雨籠庭竹。楊柳千條珠聶礉。碧池波縐鴛鴦浴。　　窈窕人家顏似玉。弦管泠泠，齊奏雲和曲。公子歡筵猶未足。斜陽不用相催促。」上片寫景，下片宴樂，弦管相伴，美曲悠揚，公子貴客飲酒作樂，好不熱鬧。吟詠情性者，如〈鵲踏枝〉：「煩惱韶光能幾許。腸斷魂銷，看卻春還去。祇喜牆頭靈鵲語。不知青鳥全相誤。　　心若垂楊千萬縷。水闊花飛，夢斷巫山路。開眼新愁無問處。珠簾錦帳相思否。」馮延巳一改花間歌詞中代言之豔格，將自己成爲歌詠情性的主人翁，少了《花間詞》中容貌之美、閨怨之思的描寫，多了一份詞人內心的眞實感動。

　　陳世脩〈序〉稱馮延巳「居鼎輔之任，磊磊乎才業何其壯也」、「爲之歌詩以吟詠性情，飄飄乎才思何其清也」，〈序〉末又云「核是之美，萃之於身，何其賢也」，認爲馮延巳才業磊壯、才思清飄，所有的美德萃於一身，全面肯定馮延巳在政治上與文學上的才能。陳世脩〈陽春集序〉乃首篇將馮延巳人品與詞品相並討論的重要資料。

　　宋以後，金、元、明三代對於馮延巳人品與詞品之關係，少有評論，甚惜。至清代，人品與詞品論已臻成熟，關於馮延巳人品與詞品之討論，亦議論紛紜，以下分爲兩端論述之：

一、人品與詞品相矛盾

　　清代詞學批評資料中，提出馮延巳人品與詞品相矛盾者，有張惠言、周濟、陳廷焯、楊熙閔等，見解或有異同，然均論定馮延巳人品不佳、而詞品絕妙之事實，以下分述之：

（一）張惠言

　　張惠言（1761～1802）對馮延巳人品與詞品之見解，主要見於所

編《詞選》之評點資料。其收馮延巳〈鵲踏枝〉（誰道閑情拋擲久、幾日行雲何處去、六曲闌干偎碧樹）三闋，而將〈鵲踏枝〉（庭院深深深幾許）一闋題為歐陽脩詞。張惠言論馮延巳〈鵲踏枝〉三詞云：

> 忠愛纏綿，宛然〈騷〉、〈辨〉之義。延巳為人，專蔽嫉妒，又敢為大言。此詞蓋以排間異己者，其君之所以信而弗疑也。〔註89〕

張惠言作為常州詞派的創立者，提出「意內言外」、「比興寄託」之詞論。其《詞選·序》云：「傳曰：『意內而言外，謂之詞。』其緣情造端，興於微言，以相感動。極命風謠里巷男女哀樂，以道賢人君子幽約怨悱不能自言之情，低佪要眇，以喻其致。」〔註90〕張惠言引用許慎《說文解字》釋「詞」之義，說明創作主體內在之「意」，當於形式之外去求得，即言外之意。由此基礎出發，因而產生「比興寄託」之說。張惠言指出，詞體本是里巷歌謠、男女相詠之作，是緣情而發，通過微言，而達到感染的作用，此乃賢人君子性情之正，儒家教化下的文學產物，故張惠言強調詞體創作，是道德規範下「幽約怨悱」的自然抒發。

基於此論點，張惠言解讀馮延巳〈鵲踏枝〉諸闋，點名馮延巳專蔽善妒、大言不慚之短，實與「賢人君子」之說不同，然最後卻以君臣相惜之情、寄託比興之說，賦予馮延巳詞「忠愛纏綿」，「騷辨之義」的高度評價，論定其詞為「排間異己之作」。然張惠言此論，未免失之公允，謝桃坊《中國詞學史》謂張惠言比興寄託說云：

> 其錯誤在於……按照主觀意圖，牽強附會，完全不顧作品的真實，給作品勉強塗上儒家政治教化的色彩。〔註91〕

張惠言強將詞論主張，附會於詞人作品，其「排間異己」之說，誠然言過其實。

〔註89〕〔清〕張惠言：《詞選》，卷1，頁21。
〔註90〕同前註，頁6。
〔註91〕謝桃坊：《中國詞學史》（成都：巴蜀書社，1993年6月），頁223。

（二）周　濟

　　周濟（1781～1839）是將常州詞派發揚光大的重要人物，其詞學主張多因襲張惠言而來。陳匪石《聲執》云：「自周氏書出，而張氏之學益顯。」〔註92〕其《介存齋論詞雜著》「馮延巳詞」條下，引張惠言之論云：

　　　　臬文曰：「延巳爲人專蔽固嫉，而其言忠愛纏緜，此其君所以深信而不疑也。」〔註93〕

周濟當是肯定張惠言之論，然其《詞辨》收馮延巳〈鵲踏枝〉四闋，又於《宋四家詞選》中，將此四詞題作歐陽脩作，矛盾至極！並謂：

　　　　數詞纏綿忠篤，其文甚明，非歐公不能作。延巳小人，縱欲，僞爲君子，以惑其主，豈能有此至性語乎。〔註94〕

周濟以人品優劣、道德是非，論定作者之眞僞，以爲延巳小人，狂妄縱欲，極盡諂媚，故如〈鵲踏枝〉這般忠愛纏綿之作，必不出馮延巳筆下。周濟之主觀成見，確實偏頗。然另如梁令嫻《藝蘅館詞選》，即是採納周濟之論，而將馮延巳〈鵲踏枝〉四闋，題爲歐陽脩詞。〔註95〕譚獻（1932～1901）評點《詞辨》，引用張惠言、周濟對馮延巳〈鵲踏枝〉之評語云：

　　　　或曰非歐公不能爲，或曰馮敢爲大言，如是讀者審之。〔註96〕

譚獻不囿於張、周之論，不辨是非，僅冀讀者自行審之，可謂公允客觀。又胡適《詞選・序》即針對周濟言論，表達反對意見，所謂：

　　　　周濟選詞，強作聰明，說馮延巳小人，決不能作某首某首〈蝶戀花〉！這是主觀的見解；其實「幾日行雲何處去」一類的詞可作忠君解，也可作患得患失解。〔註97〕

〔註92〕陳匪石：《聲執》，唐圭璋：《詞話叢編》，冊5，卷下，頁4965。
〔註93〕〔清〕周濟：《介存齋論詞雜著》，唐圭璋：《詞話叢編》，冊2，頁1631。
〔註94〕〔清〕周濟評歐陽脩語，唐圭璋：《詞話叢編》，冊2，《宋四家詞選目錄序論》，頁1650～1651。
〔註95〕〔清〕梁令嫻：《藝蘅館詞選》，乙卷，頁37。
〔註96〕〔清〕譚獻評點《詞辨》，見《清人選評詞集三種・詞辨》，頁149。
〔註97〕胡適：《詞選・序》，頁4～5。

周濟由人格道德，評論作家文學作品的眞僞，正如胡適所云係「主觀的見解」。文學作品與作家人格雖有關係，但卻不是絕對的。姚斯「接受美學」的主張，即是擺脫作者的牽絆，客觀且獨立的看待文學作品。不可否認的是，作品只是表現作者創作時筆下的眞誠，而這類眞誠的人格並非與生平行事絕對相契，周濟言論，無疑是將馮延巳在史籍上的污點放大，進而否定其人品。

（三）陳廷焯

陳廷焯（1853～1892）屬常州詞派。唐圭璋於《詞則・後記》云：「重風格，尚比興，重寄託，提出『沉鬱』兩字爲詞旨，影響詞學頗巨。」〔註98〕其《白雨齋詞話》提出「詩詞原可觀人品，而亦不盡然」之觀點，認爲詩、詞可觀人品，卻不全如此的觀點，或有詞品高而人品低，或有詞品低而人品高者。〔註99〕而馮延巳正屬前者，陳廷焯《白雨齋詞話》引張惠言之論云：

> 正中〈蝶戀花〉四闋，情詞悱惻，可群可怨。《詞選》云：「忠愛纏綿，宛然〈騷〉、〈辨〉之義。延巳爲人，專蔽嫉妒，又敢爲大言。此詞蓋以排間異己者，其君之所以信而不疑也。」數語確當。〔註100〕

陳廷焯將〈鵲踏枝〉（誰道閑情抛擲久、幾日行雲何處去、庭院深深深幾許、六曲闌干偎碧樹）四闋作品歸與馮延巳，與張惠言之論稍異。對於張惠言論馮延巳之爲人及其作品之情感意蘊，陳廷焯認爲是「確

〔註98〕唐圭璋：《詞學論叢》（臺北：宏業書局，1988年9月），頁1053。

〔註99〕〔清〕陳廷焯：《白雨齋詞話》，唐圭璋：《詞話叢編》，冊4，卷5，頁3894。「詩詞與人品」條云：「詩詞原可觀人品，而亦不盡然。詩中之謝靈運、楊武人，人品皆不足取，而詩品甚高。尤可怪者，陳伯玉掃陳、隋之習，首復古之功，其詩雄深蒼茫中，一歸於純正。就其詩以論人品，應有可以表見者，而諂事武后，騰笑千古。詞中如劉改之輩，詞本卑鄙。雖負一時重名，然觀其詞，即可知其人之不足取。」「蔣竹山人品高絕」條云：「蔣竹山，至元大德間，臧陸輩交薦其才，卒不肯起。詞不必足法，人品卻高絕。」

〔註100〕同前註，卷1，頁3780。。

當」之語，然陳廷焯所持之見解，實於張惠言理論之基礎上，延伸出更深一層的看法。《白雨齋詞話》云：

> 馮正中〈蝶戀花〉四章，忠愛纏綿，已臻絕頂。然其人亦殊無足取，尚何疑於史梅溪耶。詩詞不盡能定人品，信矣。
> 〔註101〕

陳廷焯一方面肯定其詞忠愛纏綿，臻於絕頂的藝術價值，一方面提出詞人道德不高，無足取焉之事實，以呼應其所謂「詩詞不能盡定人品」之詞學觀念。馮延巳與史達祖正是詞品高而人品低之例。《白雨齋詞話》云：

> 獨怪史梅溪之沉鬱頓挫，溫厚纏綿，似其人氣節文章，可以並傳不朽；而乃甘作權相堂吏，致與耿檉、董如璧輩並送大理，身敗名裂。其才雖佳，其人無足稱矣。〔註102〕

史達祖之詞，有溫厚纏綿之慨，沉鬱頓挫之態，但卻甘作韓侂冑的堂吏，然韓侂冑被殺，史達祖也隨之身敗名裂。陳廷焯之論，指出史達祖其人與其詞品之矛盾，人品與詞品之間自當獨立評價為是。

　　此外，陳廷焯針對〈鵲踏枝〉四闋，抒發主觀之看法。爰於〈鵲踏枝〉（誰道閑情拋擲久）下評云：

> 「誰道閑情拋棄久。每到春來，惆悵還依舊。日日花前常病酒。不辭鏡裏朱顏瘦。」始終不渝其志，亦可謂自信而不疑，果毅而有守矣。

〈鵲踏枝〉（幾日行雲何處去）下評云：

> 「淚眼倚樓頻獨語。雙燕飛來，陌上相逢否。」忠厚惻怛，藹然動人。

〈鵲踏枝〉（庭院深深深幾許）下評云：

> 「淚眼問花花不語。亂紅飛入秋千去。」詞意殊怨，然怨之深，亦厚之至。〔註103〕

〔註101〕同前註，卷5，頁3894。
〔註102〕同前註。
〔註103〕同前註，卷1，頁3780。

〈鵲踏枝〉（六曲闌干偎碧樹）下評云：

> 「濃睡覺來鶯亂語（又作慵不語）。驚殘好夢無尋處。」憂
> 讒畏譏，思深意苦。

以上四則評語，道出陳廷焯對馮延巳激賞之情，謂馮延巳運筆遣辭之
處，有所感發，寄託深厚，故其詞蘊含政治鬥害下「憂讒畏譏」的焦
慮，能凸顯一生的志向與抱負，其詞思深意苦，其間真誠動人的情感，
是真實流露的，所謂情詞並茂，我思其人是矣。陳廷焯擺脫史籍中人
品低劣的疑慮，以客觀的角度，看待文學創作，尤屬可貴。

（四）楊希閔

〔清末〕楊希閔《詞軌》有云：

> 馮僕射何減《浣花》、《瓊瑤》，周稚圭《十六家詞》遺之不
> 選，豈以其人品不端耶。吾則就詞論詞，不以人廢言，仍
> 選為一家。〔註104〕

馮僕射即指馮延巳。《浣花》係韋莊詞集名，其詞情深語秀，給人直
接感發之力量，蘊藉至深。《瓊瑤》一集，見《碧雞漫志》卷五載：「李
珣《瓊瑤集》有鳳臺一曲。」〔註105〕可知《瓊瑤》係花間詞人李珣
詞集。楊希閔指出馮延巳《陽春集》之文學價值，並不亞於《浣花集》
與《瓊瑤集》。對於周濟《十六家詞》因作家人品不端而遺錄佳作之
事，楊希閔表示不滿，指出選詞該「就詞論詞」、「不以人廢言」。從
楊希閔之論可知，其承認馮延巳人品有為人詬病處，亦闡明詞選家應
客觀選詞，不可因人品而捨棄佳作之詞學主張。

二、人品與詞品相契合

清代詞學批評資料中，提出馮延巳人品與詞品相契合者，有劉熙
載、馮煦、王國維、張爾田等，見解或有異同，然均自馮延巳所處之

〔註104〕〔清〕楊希閔：《詞軌》（清鈔本），僅藏於中國國家圖書館，尚未
　　　　寓目，另參孫克強：《唐宋人詞話》（鄭州：河南文藝出版社，1999
　　　　年8月），頁86。

〔註105〕〔宋〕王灼：《碧雞漫志》，唐圭璋：《詞話叢編》，冊1，卷5，頁115。

時代背景，及其自身之情感思想切入，以探馮延巳詞中沉鬱頓挫之意
蘊。以下分述之：

（一）劉熙載

劉熙載（1813～1881）《詞概》云：

> 溫飛卿詞精妙絕人，然類不出乎綺怨。韋端己、馮正中諸
> 家詞，留連光景，惆悵自憐，蓋亦易飄颺於風雨者。若第
> 論其吐屬之美，又何加焉。〔註106〕

劉熙載以「類不出乎綺怨」評溫庭筠，指出溫庭筠作品，措辭精當琢
鍊，吐屬之美無人能比，然詞品卻不高的事實。而韋莊、馮延巳諸家
詞，流連光景，惆悵自憐之態蘊於其間，此乃詞人處於風雨飄搖之中，
抒情寫意之作也。值得注意的是，劉熙載是清代提出「詞品說」的重
要人物，其《詞概》有「論詞莫先於品」之說，所謂：

> 詞進而人亦進，其詞可爲也。詞進而人退，其詞不可爲也。
>
> 〔註107〕
>
> 周美成律最精審，史邦卿句最警鍊，然未得爲君子之詞者，
> 周旨蕩，而史意貪也。〔註108〕

劉熙載強調，人品與詞品的一致性，人格之進退，足以左右詞的文學
價值。如周邦彥詞，雖格律精審，富豔精工，內容則多於閨情之作，
不免放蕩；史達祖詞雖精警簡鍊，但在人格上卻貪婪弄權，〔註109〕
二家詞雖好，卻稱不上君子之詞。劉熙載又將詞品分爲三等：

> 「沒些兒婆姍勃窣，也不是崢嶸突兀，管做徹元分人物」，

〔註106〕〔清〕劉熙載：《詞概》，唐圭璋：《詞話叢編》，冊4，頁3689。
〔註107〕同前註，頁3711。
〔註108〕同前註，頁3692。
〔註109〕〔宋〕周密：《浩然齋雅談》卷上云：「史達祖邦卿，開禧堂吏也。
當平原用事時，盡握三省權，一時士大夫無廉恥者，皆趨其門，呼
爲梅溪先生。韓敗，達祖亦貶死。」史達組曾爲權相韓侂胄的堂吏，
受到信任，弄權於掌，韓侂胄被殺後，史達祖也受到黥刑而貶謫。
（臺北：新文豐出版公司，1985年1月《叢書集成新編》，冊78），
卷上，頁17。

此陳同甫〈三部樂〉詞也。余欲借其語以判詞品。詞以「元
分人物」爲最上，「崢嶸突兀」猶不失爲奇杰，「婆姍勃窣」
則淪於側媚矣。〔註110〕

劉熙載借陳亮〈三部樂〉，〔註111〕將詞品分爲三等，此闋〈三部樂〉
是陳亮贈壽王道甫之作，陳亮稱王道甫爲「元分人物」，肯定其人品高
絕，故爲上品。而「崢嶸突兀」、「婆姍勃窣」之類，劉熙載並無充分
說明，然可以想見，此二品亦是依品德修養而分其次。〔註112〕劉熙載
強調人品與詞品的聯繫關係，此處卻沒有批判馮延巳人品之見，反而
以客觀的態度，自詞人所處的環境背景著墨，給予馮延巳公允的定奪。

（二）馮 煦

馮煦（1842～？）對馮延巳人品與詞品讚譽有加，其〈陽春集序〉
云：

翁俯仰身世，所懷萬端，繆悠其辭，若顯若晦。揆之六藝，
比興爲多。……其旨隱，其詞微，類勞人思歸，羈臣屏子，
鬱伊惝怳之所爲。

馮煦認爲，馮延巳因懷有家國身世之慨，故其詞始能義兼比興、若隱
若晦，此乃鬱伊惝怳之詞人作爲，馮煦並以「勞人思歸、羈臣屏子」
比喻馮延巳詞，與張惠言所謂「忠愛纏綿、騷辨之義」如出一轍。馮
煦又云：

周師南侵，國勢岌岌，中主既昧本圖，汶闇不自強，強鄰

〔註110〕〔清〕劉熙載：《詞概》，唐圭璋：《詞話叢編》，冊4，頁3710。

〔註111〕〔宋〕陳亮〈三部樂〉（七月廿六日壽王道甫）：「入脚西風，漸去
去來來，早三之一。春花無數，畢竟何如秋實。不須待、名品如麻，
試爲君屈指，是誰層出。十朝半月，爭看搏空霜鶻。　從來別眞
共假，任盤根錯節，更饒倉卒。還他濟時好手，封侯奇骨。沒些兒、
婆姍勃窣。也不是、崢嶸突兀。百二十歲，管做徹、元分人物。」
（《全宋詞》，冊3，頁2103）

〔註112〕金鮮：〈晚清詞論中「詞品與人品」說〉，《中國學術年刊》18期（1997
年3月），頁224。吳宏一：〈論劉熙載詞論中的「元分人物」〉，《王
叔岷先生八十壽慶論文集》（臺北：大安出版社1993年6月），頁
549～557。

又鷹瞵而鶚睨之，而務高拱，溺浮采，芒乎芴乎，不知其
捋及也。翁具才略，不能有所匡救，危苦煩亂之中，鬱不
自達者，一於詞發之。其憂生念亂，意內而言外，迹之唐
五季之交，韓致堯之於詩，翁之於詞，其義一也。世壹以
靡曼目之，誣已。

馮煦自馮延巳所處之南唐局勢切入，從政治危急之局面，談到君王昏
昧無能、高拱享樂，馮延巳身處危苦煩亂之中，憂生念亂，發於詞而
意內言外，有所寄託。文末，馮煦又斥責世人往往謂馮延巳爲聲色犬
馬之輩，故往往「以靡曼目之」，馮煦自當還給馮延巳清白，直言此
乃誣蔑馮延巳之論。馮煦又引劉熙載評馮延巳之語謂：

善乎，劉融齋先生曰：「流連光景，惆悵自憐，蓋亦易飄揚
於風雨者。」知翁哉！知翁哉！〔註113〕

馮煦及劉熙載兩家評論馮延巳，均從南唐國勢、政治環境切入，實相
得益彰。身於多事之朝的馮延巳，其作品旨隱而詞微，其憂危之念，
藉詞以發之，所蘊含的思想情緒，可謂複雜多端。

（三）王國維

王國維（1877～1927）《人間詞話》云：

「畫屏金鷓鴣」，飛卿語也，其詞品似之。「絃上黃鶯語」，
端己語也，其詞品亦似之。正中詞品，若欲於其詞句中求
之，則「和淚試嚴妝」，殆近之歟。〔註114〕

王國維在《文學小言》曾云：「故無高尚偉大之人格，而有高尚偉大
之文章，殆未之有也。」〔註115〕王國維與劉熙載均強調作家的道德
品行，認爲創作主體若無高尚偉大之人格，其高尚偉大之文學作品，
是不可能存在的。其《人間詞話・刪稿》云：

「紛吾既有此內美兮，又重之以修能。」文學之筆，於此

〔註113〕〔清〕馮煦〈陽春集序〉，〔清〕王鵬運刊刻《陽春集》「四印齋」
　　　　本，頁277。
〔註114〕〔清〕王國維：《人間詞話》，頁4。
〔註115〕〔清〕王國維：《人間詞話・附錄・文學小言》，頁125。

二者，不能缺一。然詞乃抒情之作，故尤重內美。〔註116〕

王國維所謂的「內美」，即作者崇高之品格，真正的作家，不僅需具備內美，還需修養治道，二者不可缺，而作詞首重抒情，要眇宜修，內美尤重。《人間詞話》又云：

> 蘇、辛，詞中之狂，白石猶不失為狷。若夢窗、梅溪、玉
> 田、草窗、西麓輩，面目不同，同歸於鄉愿而已。〔註117〕

王國維將詞人分為三種，一為狂，意氣奔放、志在進取；一為狷，清廉自守，有所不為；三為鄉愿，假冒為善，逢迎詔媚。〔註118〕可見王國維均將詞人的人品與詞品一同評定。

王國維論詞品，往往借詞人詞句論之，以「畫屏金鷓鴣」論溫庭筠，溫詞「句秀」，文字精美，極盡雕琢之事，詞裡蘊含著濃濃的相思離別；王國維以「絃上黃鶯語」論韋莊，韋詞「骨秀」，文辭明白如話，而蘊藉至深，是詞人主觀抒情的表現。從王國維的定論，可發現溫庭筠、韋莊二家之別。王國維以「和淚拭嚴妝」論馮延巳，實將馮延巳身陷多事之朝的無奈與抑鬱，與其詞相提並論，馮延巳歷經多次的登相、罷相，不但承受黨亂攻訐，亦面臨國滅朝亡的局面，「和淚拭嚴妝」之喻，勾勒出馮延巳的悲劇生涯，也道出馮延巳詞中所蘊含的沉鬱之致。王國維雖強調詞品出於人品的觀點，然其評論馮詞時，能捨棄史學家的嚴厲批判，進而設身處地站在馮延巳立場著想，同時稱馮延巳〈鵲踏枝〉（庭院深深）詞云：「『淚眼問花花不語，亂紅飛過鞦韆去』……，有我之境也。」〔註119〕即觀馮詞，可見其為人。

（四）張爾田

清末民初學者張爾田（1874～1945），其〈曼陀羅寱詞序〉云：

〔註116〕〔清〕王國維：《人間詞話・刪稿》，頁35。
〔註117〕〔清〕王國維：《人間詞話》，頁15。
〔註118〕金鮮：〈晚清詞論中的「詞品與人品」說〉，頁230。
〔註119〕〔清〕王國維：《人間詞話》，頁1～2。

> 正中身仕偏朝，知時不可爲，所爲〈蝶戀花〉諸闋，幽咽
> 惝怳，如醉如迷，此皆賢人君子不得志發憤之所爲作也。
> 〔註120〕

繼徐鉉之後，張爾田是第二位稱許馮延巳爲賢人君子之人。通過〈鵲踏枝〉數闋的觀察，認爲此乃馮延巳身處偏朝，不逢時遇之作，即是此位賢人君子不得志時，發憤而爲的作品，詞中所蘊含的幽咽惝怳之情，正是馮延巳政治生涯中，無奈又悲淒的眞切寫照。文學批評，若能像劉熙載、馮煦、王國維、張爾田等，跳脫一般窠臼，捨棄史學家所設下的侷限，單純地自創作文學出發，於字裡行間抽絲剝繭，誠摯感受作者所蘊含的眞實情感，進而賦予詞人及其作品公允的評價，對詞人來說，更具意義。

　　總之，馮延巳人品與詞品，在史學家、詞論家筆下之異同，依接受史之觀點，可得三端：

其一、兩宋金元時期的接受

　　兩宋史籍，如《釣磯立談》、《資治通鑑》、《新五代史》、《南唐書》（含馬、陸兩人之作）、《通鑑總類》等，給予馮延巳人品最嚴厲的定奪。論其可喜，在於學問淵博，能爲文作詩、工書法、善樂府，詩文雖不傳，《陽春集》則見稱於世；其辯答縱橫，猶如懸河暴雨，使人廢寢忘食。論其可惡，在於人際交游，結黨營私，狎侮朝士；政治手腕，諂佞無能、苛政暴斂。即使馮延巳有損怨之美談，卻無法抹滅史籍上赤裸裸的人格審判。其他史籍、野史、筆記、詩話、方志，如宋龍袞《江南野史》、鄭文寶《南唐近事》、闕名《江南餘載》、陳彭年《江南別錄》、《五代史平話》、文瑩《玉壺清話》、馬永易《實賓錄》、

〔註120〕〔清〕張爾田〈曼陀羅龕詞序〉，見〔清〕沈曾植：《曼陀羅龕詞》（民國 14 年（1925）商務印書館排印本）。另參史雙元編：《唐五代詞紀事會評》（合肥：黃山書社，1995 年 12 月），頁 595～596，朱孝臧編、張爾田補錄：《滄海遺音集》（臺北：世界書局，1962 年），頁 1。

潘自牧《記纂淵海》等，所載內容，雖有涉及馮延巳事，僅是一筆帶過，並未大作文章。而與馮延巳同時而稍後的徐鉉，卻賦予馮延巳政治生涯極高度的評價，以肯定其鼎輔之任，此與史籍所載，顯有天壤之別。至於金元史籍，如〔元〕脫脫等《宋史》一書，僅不過以寥寥數語帶過，實無參考之價值，甚惜！

馮延巳人品與詞品的探討上，僅見〔宋〕嘉祐三年陳世脩〈陽春集序〉。在這之前，徐鉉亦肯定馮延巳具賢人君子之德，故能「發之爲直氣」，「播之爲雄文」，其文猶如其人；徐鉉雖不論其詞，卻透露其文學作品與人格道德的關係。而陳世脩則是首位將馮延巳人品與詞品併爲一談的關鍵人物，他論定馮延巳才業磊壯、才思清飄，所有美德萃於一身，肯定人品，亦讚許詞品。

其二、明清時期的接受

〔明〕陳霆《唐餘紀傳》及〔清〕吳任臣《十國春秋》，是載南唐事最爲詳盡的二部史書。《四庫全書總目提要》譏《唐餘紀傳》云：「馬令、陸游二書具在，何必作此屋下屋也。」〔註121〕可見陳霆《唐餘紀傳》內容，仍不出馬、陸《南唐書》範圍。吳任臣《十國春秋》，有馮延巳傳，論其人品之得失，亦承襲兩宋史籍所論，並無新穎見解。他如《續通志》、王士禎《池苑偶談》，僅是客觀記載，泛泛而談，無任何評論。

然清代王夫之有《讀通鑑論》一書，是閱讀《通鑑》之心得感想，論馮延巳處有二，第一，提出「夫豈特二馮之邪佞不可任哉」；第二，謂「馮延巳雖佞，而惡不大播於百姓」，一方面爲馮延巳說情，一方面肯定了馮延巳輔佐之功。王夫之能洞鑑古今，明察秋毫，不爲史籍中犀利批判之辭影響，尤爲珍貴。

關於馮延巳人品與詞品之探討，清代最甚。強調詞品與人品相矛盾者，如張惠言、周濟、陳廷焯、楊希閔。張惠言將三闋忠愛纏綿、

〔註121〕〔清〕紀昀等：《四庫全書總目提要》，卷66，頁1800。

宛若〈騷〉、〈辨〉的〈鵲踏枝〉與馮延巳專蔽嫉妒的缺陷相提並論，正凸顯詞品與人品彼此矛盾之事實。周濟以人品高下論定作者眞僞，因而排斥馮延巳爲作者之可能，道出詞品與人品不符之嚴重代價。陳廷焯一方面肯定馮延巳詞的藝術成就，一方面對於馮延巳無足取處嗤之以鼻，提出「詩詞不能盡定人品」觀點，認爲唯有客觀的審美眼光，始能給予作品獨立的審美評價。楊希閔提出詞選家應「就詞論詞，不以人廢言」，不能因馮延巳人品之缺陷，而捨棄其詞。強調詞品與人品相契合者，如劉熙載、馮煦、張爾田、王國維。劉熙載與王國維強調「詞品必出於人品」之論點。然論馮詞，自生平遭遇、政治背景切入，不泥於史料攻訐之辭，視馮詞爲流連光景、惆悵自憐之作，給予這位悲劇詞人高度評價。馮煦謂馮延巳「所懷萬端，繆悠其辭」，能在危苦煩亂、鬱不自達之際，發之於詞，有韓致堯「志節皎皎」之美德，以論定馮延巳人品與詞品一致。張爾田則稱馮延巳〈鵲踏枝〉數闋，乃「君子不得志，發憤之所爲作也」，所持論點正與馮煦之論相得益彰。

其三、批評接受與讀者的關係

　　自詡爲馮延巳子孫的陳世脩與馮煦，宣揚先祖美德，雖出自私心，亦無足怪；又張惠言、周濟、陳廷焯、馮煦、劉熙載、王國維、張爾田、楊希閔諸輩所處的時代，正是封建制度瓦解、西方勢力侵略的晚清時期，詞人迫於環境艱苦、國勢崩潰，發之於詞，一方面強烈要求詞人的品格道德，「詞品說」遂而盛行；一方面強調文學作品的比興寄託，以達到政治寓意的功用。故張惠言視馮詞有排間異己之意；周濟以人品論定作者之眞僞；陳廷焯謂馮延巳人不可取，卻肯定其詞可群可怨、藹然動人的特色；至於劉熙載、王國維二人，不泥「詞品出於人品」的理論主張，而重視馮詞所蘊含的沉鬱頓挫之致。此等均凸顯時代下詞論家的接受態度，沒有孰是孰非的絕對判斷。夏承燾嘗謂：「馮煦阿其宗人，且以讀唐詩者讀唐詞，比正中於韓偓，固近過譽。張、陳惑於南唐朋黨攻伐之辭，斥爲憸

第五章　馮延巳詞的批評接受——
　　　　藝術風格與詞學成就

　　藝術風格，係指作品內容與形式的總體特色，是通過作家的創作個性、獨特的表現形式與表現手法，所呈現的綜合成果。一位成功作家，其作品在讀者面前，總會呈現出他特有且頗具張力的藝術風格，以激發讀者深層之感觸，引起讀者內心之共鳴。馮延巳作爲五代南唐詞人，往往以綺麗香豔的筆調、清麗流轉的語言，表達內心細膩纏綿的深刻情緒，這類獨有的特色，即成爲馮延巳在詞史地位上承先啓後的偉大成就。

　　葉嘉瑩嘗以三首論詞絕句評論馮延巳，[註1] 其一云：「纏綿伊鬱寫微辭，日日花前病酒厄。多少閑愁拋不得，《陽春》一集耐人思。」馮延巳詞中所寄寓之深刻感情，是纏綿盤鬱、意境深厚。其〈鵲踏枝〉「誰道閑情拋擲久。每到春來，惆悵還依舊。日日花前常病酒。不辭鏡裏朱顏瘦」，寄寓著詞人似拋卻拋不得的閑愁，可謂千回百折，耐人尋思，其間所蘊含的感情與執著，可以概見。評論家以「纏綿忠愛」

〔註1〕　葉嘉瑩：〈論馮延巳詞〉，原載《四川大學學報叢刊》第 15 輯《古典
　　　　文學論叢》（1982 年 10 月），另見繆鉞、葉嘉瑩合撰：《靈谿詞說》
　　　　（臺北：國文天地雜誌社，1989 年 12 月），頁 69～72。

（張惠言〈詞選〉）、「憂生念亂」（馮煦〈陽春集序〉）論馮延巳詞，以為詞中蘊含深層的比興寄託，葉嘉瑩即謂：「正中詞之含蘊深厚，易於引起讀者深刻之感受及豐富之聯想，則確為其詞之一種特有之品質。」〔註2〕可知讀者認為馮延巳詞中比興寄託之聯想，是一種特有的文學現象，此為本章探討議題之一。

　　葉嘉瑩第二首絕句云：「《金荃》穠麗《浣花》清，淡掃嚴妝各擅名。難比正中堂廡大，靜安於此識豪英。」溫庭筠《金荃詞》以濃麗取勝，韋莊《浣花詞》以清簡見長。周濟《介存齋論詞雜著》稱：「飛卿，嚴妝也，端己，淡妝也。」〔註3〕就葉嘉瑩之論，溫、韋二家詞雖各有千秋，似不及馮詞之「堂廡特大」（王國維〈人間詞話〉）。所謂「堂廡特大」，即指詞之感情境界，興於真感情、真景物也。馮延巳詞之情感抒寫，為本章探討議題之二。

　　葉嘉瑩第三首絕句云：「罷相當年向撫州，仕途得失底須憂。若從詞史論勳業，功在江西一派流。」馮延巳仕途之遭遇，本文第四章已論述之。馮延巳因伐閩戰敗而罷相，遂而出任撫州，地域關係的因緣際會，遂而下開北宋西江一派，奠定了詞自五代發展至北宋，承先啓後的詞學地位，甚而影響婉約之流。此乃本章探討議題之三。

　　葉嘉瑩三首絕句，正指出馮延巳詞中特有的藝術風格與詞學成就。歷代評論家視馮詞有濃厚的寄託色彩，有淒婉的情感意蘊、深廣的感情境界。此一成就，不但使馮延巳於五代詞中出類拔萃，作為「五代之巨擘」（陳廷焯《白雨齋詞話》），更使得馮延巳成為詞史演進中重要作家之一，蔚為北宋風流之濫觴。本文即通過歷代詞論家對於馮延巳詞中所獨有的藝術風格之評論，進行梳理，以探馮延巳於歷代的批評接受，進而一窺馮延巳的詞學成就，以下就三端探究之：

〔註2〕葉嘉瑩：〈論馮延巳詞〉，頁69～70。
〔註3〕〔清〕周濟：《介存齋論詞雜著》，唐圭璋：《詞話叢編》，冊2，頁1633。

第一節　論馮詞的比興寄託

　　古典文學的表現手法，不外賦、比、興三種，賦者，直言其事也；比者，索物以託情也；興者，觸物以起情也。劉勰《文心雕龍・比興》云：「比者，附也；興者，起也。附理者，切類以指事，起情者，依微以擬議。起情故興體以立，附理故比例以生。比則慣以斥言，興則環譬以託諷」，〔註4〕鍾嶸〈詩品序〉云：「因物喻志，比也」，「文已盡而意有餘，興也」。〔註5〕劉勰、鍾嶸所謂切類指事，因物喻志、依微擬議、意餘言外等諸語，正指出「比興」的表現方式，是一種複雜且隱晦的比喻，是一種發端，藉由物象引發情思。〔註6〕陳子昂〈與東方左史虬修竹篇序〉云：「文章道弊，五百年矣。……僕嘗暇時觀齊梁間詩，彩麗競繁，而興寄都絕，每以永歎。思古人，常恐邐迤頹靡，風雅不作，以耿耿也。」〔註7〕陳子昂認爲齊梁詩歌爭奇鬥豔，沒有深刻的情思寄託，對於「興寄都絕」、「風雅不作」之弊頗有微詞。至白居易、元稹諸人，更是將比興手法與風雅、美刺文學合爲一談，提出「文章合爲時而著，歌詩合爲事而作」，〔註8〕「爲君、爲臣、爲民、爲物、爲事而作，不爲文而作」〔註9〕的理論主張，遂而產生新樂府運動。近人劉師培〈論文雜記〉亦云：「興之爲體，興會所至，非即非離，詞徵旨遠，假象於物，而或美或刺，皆見於興中。比之爲體，一正一喻，兩相譬況，詞決旨顯，體物寫志，而或美或刺，皆見於此中。」〔註10〕由是可知，「比興寄託」係指運用比興手法，抒發

〔註 4〕　〔梁〕劉勰撰、周振甫譯注：《文心雕龍・比興》，頁 677。

〔註 5〕　〔梁〕鍾嶸著、汪中注：《詩品注・序》，頁 16。

〔註 6〕　吳小英：〈從比興手法看詞的抒情美創造〉，《杭州電子科技大學學報》（社會科學版）第 2 卷第 3 期（2006 年 9 月），頁 149。

〔註 7〕　〔清〕清聖祖敕撰：《全唐詩》，冊 2，卷 83，頁 895～896。

〔註 8〕　〔唐〕白居易〈與元九書〉，〔清〕董誥等編：《欽定全唐文》，冊 14，卷 675，頁 8737。

〔註 9〕　〔唐〕白居易〈新樂府序〉，〔清〕清聖祖敕撰：《全唐詩》，冊 7，卷 426，頁 4689。

〔註 10〕　劉師培：〈論文雜記〉，見洪治綱主編：《劉師培經典文存》（上海：

作家情思，以反映現實、寄託勸諭的文學表現方式；主要是根源於儒家詩學觀念，將作家感情託附於社會、政治上，無論是何種題材，都能以一種含蓄蘊藉的方式，表達作家對人生、對家國的深層感悟。

這般比興寄託之文學傳統，亦從文體、詩體發展至詞體。「詞之為體，要眇宜修」，〔註11〕詞是一種文小、徑狹之文學體裁，創作貴乎蘊藉、言外之意，如此一來，便能引起讀者豐富之聯想，使詞不只囿於風月閨情。〔宋〕柴望〈涼州鼓吹自序〉亦云：「大抵詞以雋永委婉為尚，組織塗澤次之，呼嚎叫嘯抑末也。惟白石詞登高眺遠，慨然感今悼往之趣，悠然託物寄興之思，殆與古〈西河〉、〈桂枝香〉同風致。」〔註12〕「感今悼往之趣」、「託物寄興之思」正是比興寄託的藝術方法，有此寄託，才是「雋永委婉」之詞。又〔清〕田同之《西圃詞說》云「詞雖名詩餘，然去《雅》、《頌》甚遠，擬於《國風》，庶幾近之」；〔註13〕蔣兆蘭《詞說》亦云：「詞與詩之不同，雖匪一端，而大較詩則有賦比興三義，詞則比興為高。」〔註14〕可見比興手法在詞中是經常被運用的。

近人詹安泰〈論寄託〉一文指出：「唐、五代詞，雖鏤玉雕瓊，裁花剪葉，綺繡紛披，令人目眩，而不必有深大之寄託。（有寄託者，極為少數，殆成例外。）……北宋真、仁以降，外患浸亟，黨派漸興，雖汴都繁麗，不斷歌聲，而不得明言而又不能已於言者，亦所在多有；於是辭在此而意在彼之詞，乃班秩而生。及至南宋，則國勢陵夷，金元繼迫，憂時之士，悲憤交集，……最多寄託，寄託亦最深婉。」〔註15〕詹安泰論述寄託之作的發展歷程，謂五代詞

上海大學出版社，2004 年 5 月），第 21，頁 278。

〔註11〕〔清〕王國維：《人間詞話‧刪稿》：「詞之為體，要眇宜修。能言詩之所不能言，而不能盡言詩之所能言。詩之景闊，詞之言長。」頁 24。

〔註12〕〔宋〕柴望〈涼州鼓吹自序〉，施蟄存：《詞籍序跋萃編》，頁 419。

〔註13〕〔清〕田同之：《西圃詞說》，唐圭璋：《詞話叢編》，冊 2，頁 1449。

〔註14〕〔清〕蔣兆蘭：《詞說》，唐圭璋：《詞話叢編》，冊 5，頁 4629。

〔註15〕詹安泰：〈論寄託〉，見詹伯慧主編：《詹安泰詞學論集》（汕頭：汕

無重大寄託；北宋寄託之詞，所在多有；至於南宋詞是最多寄託，且寄託之作最爲深婉。

　　詹安泰之論，能切合時代背景，論定五代有寄託者實爲少數，頗爲中肯。觀西蜀花間詞，多囿於樽前花下、樓閣庭院之題材，多抒深閨相思、離情別怨之情懷，確實難以「寄託」論之。然南唐馮延巳詞，隱約之中卻透露出一種對時代、對家國的憂患意識，雖寫兒女之情，卻蘊含著幽咽難言的人生況味；後主李煜詞，感慨至深，王國維稱其詞「眞所謂以血書者也」。〔註16〕這類變伶工詞而爲士大夫詞的作家，其憂生念亂之情思，躍於紙上，此般寄託之作，更是少數中之少數。

　　今觀諸家詞論，對於馮延巳詞中所蘊含的言外之旨、比興寄託，更是多所著墨，茲析論如次：

一、明代以前評論

　　作爲文學批評的一個重要觀念，比興寄託說在中國文學發展上相當悠久，然詞的比興寄託批評，至清常州詞派，才有完整的理論主張提出。在此之前，雖有〔宋〕張炎「雅正」說，〔明〕陳霆「綺靡蘊藉」〔註17〕說、陳子龍「情主怨刺」〔註18〕說的提出，仍未見太大影

　　頭大學出版社，1997 年 10 月），頁 222。

〔註16〕〔清〕王國維：《人間詞話》，頁 6。

〔註17〕陳霆（1447～1550）字聲伯，號水南，浙江德清人，生卒年未詳。陳霆論詞首重思想性、民族意識，強調政治社會、歷史背景、修養品格之於詞的關係，重視有寄託的作品。論詞之藝術形式，陳霆主張綺靡蘊藉，清便流麗，不失詞之本色而歸於風致。有《渚山堂詞話》一編。陳霆自序云：「抑古有言，渥五色之靈芝，香生九竅，嚥三危之薇露，美動七情。世有同嗜必至，必知誦此。不然，則閟絃罷奏，齊聲妙歎，寄意於山水者故在也。」陳霆重視詞體形式，知音審律，才能表現眞摯感情，即便不然，也要如同伯牙寄情山風海濤一樣，猶存閟絃齊音。參唐圭璋：《詞話叢編》，冊 1，頁 347。邱世友：《詞論史論稿》（北京：人民文學出版社，2002 年 1 月），頁 85～86。

〔註18〕陳子龍（1608～1647）字人中，又字臥子，號大樽。明末江蘇人。陳子龍〈三子詩餘序〉云：「夫風騷之旨，皆本言情，必託於閨襜之際。」可見陳子龍論詞推崇愁苦之辭、宣鬱達情之作。施蟄存：《詞

響。關於馮延巳詞中「比興寄託」之相關評論僅見二處，一則出自張炎《詞源》，一則是沈際飛評點《草堂詩餘》所得之感想，概述如下：

（一）張　炎

張炎（1248～1320？），字叔夏，號玉田，又號樂笑翁。張炎是宋末元初重要詞家與詞論家，其詞宗姜夔、學史達祖、吳文英，從而形成清空騷雅〔註19〕之風格；其詞學理論見於《詞源》一編，於力倡雅正、標舉清空〔註20〕上大作文章。

張炎論馮延巳詞云：

> 詞之難於令曲，如詩之難於絕句，不過十數句，一句一字閒不得，末句最當留意，有有餘不盡之意始佳。當以唐《花間集》中韋莊、溫飛卿為則，又如馮延巳、賀方回、吳夢窗亦有妙處。至若陳簡齋「杏花疎影裏，吹笛到天明」之句，真是自然而然。〔註21〕

小令之於詞，猶如絕句之於詩，因為體製狹少，一字一句皆閒不得。張炎強調詞之末句當須用心，辭盡而意不盡之作，才是好作品。可見張炎所重視的，在於小令是否「有餘不盡之意」。這是一種創造含蓄美的藝術手法，姜夔《白石道人詩說》嘗云：「辭盡意不盡，非遺意也，辭中已仿佛可見矣」，〔註22〕意指詞人筆下之辭意是一層，而讀者所興

籍序跋萃編》，頁 508，邱世友：《詞論史論稿》，頁 99。

〔註19〕劉少雄嘗云：騷雅是作品情意內容所呈現的一種風貌，清空是指文字技巧、酌理修辭上所展現的某種美質，當兩者內外相合，乃張炎心目中最高境界的作品。劉少雄：《南宋姜吳典雅詞派相關詞學論題之探討》（臺北：國立臺灣大學出版委員會，1985 年），頁 116。

〔註20〕張炎《詞源》云：「詞要清空，不要質實。清空則古雅峭拔，質實則凝澀晦味。」「清空」是張炎評詞之肯定，張炎以此與「質實」相對。所謂「質實」，即指典故辭藻之堆砌，堆砌過多，則呆滯晦澀，毫無靈動。故詞重在「清空」，用筆必須疏宕曲折，用意必須空靈清超，便成「古雅峭拔」之作。所謂「古雅」，不單指雅正而言，還包括對騷辨之追求；所謂「峭拔」，即指高超剛勁的藝術風格。〔宋〕張炎：《詞源》，唐圭璋：《詞話叢編》，冊 1，卷下，頁 259。

〔註21〕同前註，頁 265。

〔註22〕〔宋〕姜夔：《白石道人詩說》，丁福保：《歷代詩話統編》（北京：

起之聯想，又翻進一層，想像空間無窮。然何謂「意」？張炎云：

　　詞以意趣爲主，要不蹈襲前人語意。〔註23〕

　　秦少游、高竹屋、姜白石、史邦卿、吳夢窗，此數家格調
　　不侔，句法挺異，俱能特立清新之意，刪削靡曼之詞，自
　　成一家，各名於世。〔註24〕

「意趣」，指作品的情意趣味，即是一種文學韻味。詞能貴乎新穎，
不蹈襲前人語者，謂之有意趣。秦觀、高觀國、姜夔、史達組、吳文
英諸人，作詞能特立清新之意，刪削淫靡浮曼之詞，均屬有意趣之作。
又張炎評蘇軾〈水調歌頭〉：「明月幾時有，把酒問青天。不知天上宮
闕，今夕是何年」（《全宋詞》，冊 1，頁 280），及姜夔〈暗香〉：「舊
時月色。算幾番照我，梅邊吹笛。喚起玉人，不管清寒與攀摘」、〈疏
影〉：「苔枝綴玉。有翠禽小小，枝上同宿。客裡相逢，籬角黃昏，無
言自倚修竹」（《全宋詞》，冊 3，頁 2181～2182）等諸作云：

　　此數詞皆清空中有意趣，無筆力者未到。〔註25〕

就張炎而言，蘇軾〈水調歌頭〉及姜夔〈暗香〉、〈疏影〉諸闋，不但
詞境清空，且意趣高妙，蘊含著言不盡之韻味。此般清空中又見意趣
之作，爲詞之上乘。

　　然意趣是出於雅正、繫乎於情，張炎云：

　　古之樂章、樂府、樂歌、樂曲，皆出於雅正。〔註26〕

　　詞欲雅而正，志之所之，一爲情所役，則失其雅正之音。
　　〔註27〕

　　簸弄風月，陶寫性情，詞婉於詩。蓋聲出鶯吭燕舌間，稍
　　近乎情可也。若鄰乎鄭衛，與纏令何異也。……辛稼軒〈祝
　　英臺近〉云：「寶釵分，桃葉渡。……」景中帶情，而存騷

　　　　北京圖書館出版社，2003 年 3 月），冊 1，頁 440。
〔註23〕〔宋〕張炎：《詞源》，唐圭璋：《詞話叢編》，冊 1，卷下，頁 260。
〔註24〕同前註，頁 255。
〔註25〕同前註，頁 261。
〔註26〕同前註，頁 255
〔註27〕同前註，頁 266。

雅。……若能屏去浮豔，樂而不淫，是亦漢魏樂府之遺意。
〔註28〕

張炎論詞以雅正為宗。所謂雅正，就是含蓄不露，哀而不傷，表現如「變雅」、「騷辨」那般深婉蘊藉，幽思微諷的寫作手法。若詞人為情所役，情則溢於言表，如同纏令，失之雅正，而流於淫豔。周邦彥〈為伊淚落〉「為伊淚落」、〈風流子〉「最苦夢魂，今宵不到伊行」之作，張炎評為「所謂純厚日變澆風」，〔註29〕正是因為詞人囿於情中而不自拔也。然如辛棄疾〈祝應臺近〉：「寶釵分，桃葉渡。煙柳暗南浦。怕上層樓，十日九風雨。斷腸片片飛紅，都無人管，倩誰喚，流鶯聲住。　鬢邊覷。試把花卜心期，才簪又重數。羅帳燈昏，嗚咽夢中語。是他春帶愁來，春歸何處。卻不解、將愁歸去」(《全宋詞》，冊3，頁1882)一闋，張炎以「景中帶情，而存〈騷〉、〈雅〉」、「屏去浮豔、樂而不淫」〔註30〕論之，所重視的即是一種情景交鍊，得言外意之作。

由上可知，張炎所謂的「意」，是一種特立清新、不蹈人語的意趣，繫乎於情，存騷雅之音，卻要哀而不傷，寄寓於景，得言外之餘味。張炎以「意」論小令，視陳與義「杏花疏影裏，吹笛到天明」一句，為「真是自然而然」之絕唱，筆力之疏宕，意境之清空也，若對照詞之下片「古今多少事，漁唱起三更」，詞人寄寓之情感不在言內，卻在言外。其次，張炎以溫庭筠、韋莊為則，肯定其詞末句「有餘不盡之意」的表現，今觀溫庭筠〈菩薩蠻〉：「春夢正關情。鏡中蟬鬢輕」(《全唐五代詞》，頁101)，陳廷焯《白雨齋詞話》評此二句云：「淒涼哀怨，直有欲言難言之苦」，《詞則·大雅集》云：「夢境迷離」；〔註31〕韋莊〈應天長〉：「夜夜綠窗風雨，斷腸君信否」(《全唐五代詞》，頁156)，

〔註28〕同前註，頁263～264。
〔註29〕同前註，頁266。
〔註30〕同前註，頁264。
〔註31〕〔清〕陳廷焯《白雨齋詞話》，卷1，頁3777；《詞則·大雅集》，卷1，頁18。

陳廷焯《白雨齋詞話》卷一評此二句云：「留蜀後思君之辭」，唐圭璋《唐宋詞簡釋》云：「着末，言風雨斷腸，更覺深婉。」〔註32〕張炎以溫、韋爲則，蓋出於此也。再次，張炎舉馮延巳、賀鑄、吳文英於溫、韋之後，以「亦有妙處」評之，肯定詞人篇什餘味無窮的特質，然就五代詞人而論，張炎之好尚可見矣。

（二）沈際飛

　　沈際飛，自號天羽居士，南京崑山（今江蘇）人。其評點資料，見《古香岑草堂詩餘》一編，該書是根據顧從敬《類編草堂詩餘》爲藍本而加以評點。沈際飛評馮延巳〈謁金門〉（風乍起）一闋云：

　　　　聞鵲報喜，須知喜中還有疑在。無非望澤希寵之心。〔註33〕

「望澤希寵」，指出馮延巳人格中的臣妾心態，即是依附君王、自擬女性的一種行爲表現，且往往以喪失部分精神主權爲代價來體現的創作手法；這種臣妾心態的抒寫，目的就在於對權力的追求與政治上的重用。正如曹植〈七哀〉詩所稱：「君若清路塵，妾若濁水泥。浮沉各異勢，會合何時諧。願爲西南風，長逝入君懷，君懷良不開，賤妾當何依。」〔註34〕此詩將己身喻爲「賤妾」，道出與君會合的熱烈渴望。然馮延巳並非直接坦白地表露憂憤之情緒，而是以一種一往情深、痴痴期盼的女子形象，娓娓道出內心之悲怨。

　　近人吳世昌以「托微波以通辭」評馮延巳〈謁金門〉（風乍起）一闋，此語出自曹植〈洛神賦〉。〔註35〕〔清〕何焯嘗云：「植既不得於君，因濟洛川作爲此賦，託辭宓妃以寄心文帝，其亦屈子之志也。」〔註36〕

〔註32〕〔清〕陳廷焯《白雨齋詞話》，卷 1，頁 3779；唐圭璋：《唐宋詞簡釋》，頁 17。

〔註33〕〔明〕沈際飛評點：《古香岑草堂詩餘》，卷 1，頁 20。

〔註34〕〔魏〕曹植撰、趙幼文注：《曹植集校注》（臺北：明文書局，1985年 4 月），卷 2，頁 313。

〔註35〕吳世昌著、吳令華輯注、施議對校：《詞林新話》（北京：北京出版社，1991 年 10 月），頁 107。又曹植〈洛神賦〉：「無良媒以接歡兮，托微波以通辭。」《曹植集校注》，卷 2，頁 283。

〔註36〕〔清〕何焯：《義門讀書記・文選・賦》（臺北：臺灣商務印書館，

何焯以爲曹植藉宓妃以寄心文帝一說，正與沈際飛所云「望澤希寵」之心態相似。吳世昌將馮延巳〈謁金門〉比之曹植〈洛神賦〉，一位是朝廷重臣，一位是王宮貴族，所創作之文學，均是亂世下的產物，心中之懷思，無法坦露宣洩，僅藉女性之姿加以表述而已，此一臣妾心態，是文人士大夫一種特有的精神體現。

二、清代評論

清代以降，關於馮延巳詞中「比興寄託」之相關評論，多以常州詞派爲主，包括張惠言、周濟、馮煦、譚獻、陳廷焯、陳德瀛等，均有一番理論闡釋，此外，賀裳、毛師彬、楊希閔諸輩，別有看法，概述如下：

（一）張惠言

清代詞論家中，以「比興寄託」之觀點評論馮延巳詞者，以張惠言肇其端。其詞論主張，主要見於所編《詞選‧序》及《詞選》中對於詞人之箋評。〈序〉中提出「意內言外」、「緣情造端，興於微言」、「低徊要眇，以喻其致」的比興寄託論點，已於本文第四章「人品與詞品」中論之。張惠言又云：

> 蓋詩之比興，變風之義，騷人之歌，則近之矣。然以其文小，其聲哀，放者爲之，或跌蕩靡麗，雜以昌狂俳優。然要其至者，莫不惻隱盱愉，感物而發，觸類條暢，各有所歸，非苟爲雕琢曼詞而已。〔註37〕

張惠言所認可的，並非「跌蕩靡麗」、「昌狂俳優」等無聊輕薄、淫麗頹放之一類，而是繼承《風》、《騷》之傳統手法，借助男女哀樂之情

1985 年 2 月《景印文淵閣四庫全書》，冊 860），卷 45，頁 662。關於〈洛神賦〉的主旨大意，歷來有感甄說、有寄心君王說，有悲觀失望說、有苦悶哀愁說，近年又有神話原型說、自況遭際說等，詳參王玫《魏晉文學接受史論‧作品個案舉隅‧曹植〈洛神賦〉》（上海：上海古籍出版社，2005 年 7 月），頁 298～301。

〔註37〕〔清〕張惠言：《詞選‧序》，頁 6。

思、香草美人之託寓，來表達君子賢人幽約怨悱、不能自已之詞。其詞學主張，正如謝章鋌《賭棋山莊詞話續編》論《詞選》一編云：「其大旨在於有寄託，能蘊藉，是固倚聲家之金鍼也」。〔註38〕秉持著此一觀點，張惠言評論五代詞云：

> 唐之詞人……溫庭筠最高，其言深美閎約。五代之際，孟氏、李氏君臣爲讖，競作新調，詞之雜流，由此起矣。至其工者，往往絕倫。亦如齊梁五言，依託魏晉，近古然也。
>
> 〔註39〕

張惠言評論唐五代詞，以溫庭筠詞深美閎約，成就最高。其次評孟昶、二李、馮延巳，統斥爲「雜流」，卻也承認部分「絕倫」之作，如齊梁五言詩，有魏晉之風骨也。張惠言評論「庭院深深深幾許」一闋有云：

> 「庭院深深」，閨中既以邃遠也。「樓高不見」，哲王又不寤也。「章臺」、「遊冶」，小人之徑也。「雨橫風狂」，政令暴急也。「亂紅飛去」，斥逐者非一人而已，殆爲韓、范作乎。此詞亦見馮延巳集中。〔註40〕

張惠言將「庭院深深」一闋，歸與歐陽脩，係因李清照嘗云「歐陽脩作〈蝶戀花〉，有『庭院深深深幾許』之句」，然張惠言行文間，亦指出此闋詞之作者，又作馮延巳之可能。張惠言以比興寄託之觀點評論「庭院深深深幾許」一闋，並引用〈離騷〉：「閨中既以邃遠兮，哲王又不寤」〔註41〕之語，言其閨情深遠，而忠言難通，張惠言謂此闋隱含深層的政治意涵，有小人之行徑，有政令之暴急，以爲詞人作品直斥時事、譏諷朝政也。張惠言又評論馮延巳〈鵲踏枝〉（誰道閑情、幾日行雲、六曲闌干）三詞云：

〔註38〕〔清〕謝章鋌：《賭棋山莊詞話・續編》，唐圭璋：《詞話叢編》，冊4，卷1，頁3486。

〔註39〕〔清〕張惠言：《詞選・序》，頁6～7。

〔註40〕同前註，卷1，頁24。

〔註41〕〔先秦〕屈原〈離騷〉，〔宋〕洪興祖：《楚辭補注》（臺北：大安出版社，2004年1月），頁48。

忠愛纏綿，宛然〈騷〉、〈辨〉之義。〔註42〕

「〈騷〉、〈辨〉之義」，源於《楚辭》而來。所謂的〈騷〉，正指屈原〈離騷〉中寓情草木，託意男女之義，王逸〈離騷序〉云：

故善鳥香草，以配忠貞；惡禽臭物，以比讒佞；靈修美人，
以媲於君；宓妃佚女，以譬賢臣；虯龍鸞鳳，以託君子；
飄風雲霓，以爲小人。〔註43〕

可知屈原筆下的善鳥香草、惡禽臭物、靈修美人、宓妃佚女、虯龍鸞鳳、飄風雲霓等，必有所託。李白〈古風〉亦云：

正聲何微茫，哀怨起騷人。〔註44〕

「正聲」，古指《詩經》。李白之意，是謂《楚辭》繼《詩經》而作，具有惻隱、含諷之義。又朱熹《楚辭辯證》云：

〈離騷〉以靈修美人目君，蓋託爲男女之辭，而寓意於君，
非以直指而名之也。〔註45〕

馮延巳繼承了〈離騷〉這種以女性爲中心，以男女關係置換君臣關係的文學表現手法，其百餘闋詞中，以女性口吻所寫之詞，便有十之八九，多數作品係具明顯寄寓關係，或猜疑、或希冀、或留戀、或怨恨，這般錯綜複雜的情緒內涵，是西蜀花間詞中所尋不到的藝術特質。

所謂的〈辨〉，係指宋玉千秋絕調之〈九辨〉而言。褚斌杰、譚家健《先秦文學史》即云：

全詩以秋景、秋色、秋聲、秋容爲襯托，把蕭瑟冷落的秋氣
與自己的哀怨之情，以至對君國末世的感受交織在一起寫
出，從而增強了詩歌藝術表現力，提高了抒情效果。〔註46〕

宋玉〈九辨〉運用複雜的比興意象，進行多層次、多角度的烘托渲染，

〔註42〕〔清〕張惠言：《詞選》，卷1，頁21。

〔註43〕〔漢〕王逸〈離騷序〉，見〔宋〕洪興祖：《楚辭補注》，頁3。

〔註44〕〔清〕清聖祖敕撰：《全唐詩》，冊3，卷161，頁1679。

〔註45〕〔宋〕朱熹：《楚辭辯證》（臺北：臺灣商務印書館，1985年9月《景印文淵閣四庫全書》，冊1062），卷上，頁382。

〔註46〕褚斌杰、譚家健：《先秦文學史》（北京：人民文學出版社，1989年11月），頁505。

將秋景所蘊藏之情韻，一層一層的娓娓道出，而詩人之人生際遇也寄託其間，王夫之即云：

> 放逐之臣，危亂之國，其衰颯邊庚，皆與秋而相肖，故〈九辨〉屢以起興焉。〔註47〕

> 因時而發歎也。人之有秋心，天之有秋氣，物之有秋容，三合而懷人之情，悽不容已矣。〔註48〕

馮延巳雖非放逐之臣，然其處於國勢凋零之南唐，又身陷黨爭攻訐之窘境，其詞描寫秋多景色者，亦有十之六七，往往通過梧桐落葉、北雁南飛、草短菊殘等意象，渲染出濃重的深秋氛圍，並表達作者難以釋懷的深層憂傷。如〈鵲踏枝〉：「秋入蠻蕉風半裂。狼籍池塘，雨打疏荷折。繞砌蛩聲芳草歇。愁腸學盡丁香結。　回首西南看晚月。孤雁來時，塞管聲嗚咽。歷歷前歡無處說。關山何日休離別。」通過蕉裂、荷折、蛩鳴、月落、雁孤、笛聲悲涼等景象，道出詞人幽約怨悱，不能自已之心境，這類以秋景感慨人生，惆悵自憐之作，正與〈九辨〉中蕭索悲涼之意境相似，杜甫謂「搖落深知宋玉悲」，〔註49〕馮延巳亦是如此。〔註50〕

　　張惠言稱馮延巳詞「忠愛纏綿，宛然〈騷〉、〈辨〉」，即謂馮延巳詞蘊含著深微的寄託之情，吳梅《詞學通論》云：

> 所謂寄託者，蓋借物言志，以抒其忠愛綢繆之旨，《三百篇》之比興，〈離騷〉之香草美人，皆此意也。〔註51〕

又云：

> 〈蝶戀花〉諸作，情詞悱惻，可群可怨。張皋文云：「忠愛

〔註47〕〔清〕王夫之：《楚辭通釋》（臺北：里仁書局，1981 年 10 月），頁121

〔註48〕同前註，頁 121、124。

〔註49〕〔唐〕杜甫〈詠懷古跡五首〉，〔唐〕杜甫撰、〔清〕仇兆鰲注：《杜少陵集詳注》（北京：北京圖書館出版社，1999 年 4 月），卷 17，頁 73。

〔註50〕曹章慶〈論馮延巳詞對屈宋辭賦和韓偓詩歌的受容性〉，《中山大學學報論叢》第 28 卷第 1 期（2006 年），頁 81～83。

〔註51〕吳梅：《詞學通論》，頁 3。

纏綿，宛然〈騷〉、〈辨〉之義。」余最愛誦之。……思深
意苦，又復忠厚惻怛。詞至此則一切叫囂纖冶之失自無從
犯其筆端矣。〔註52〕

吳梅之言，正爲張惠言之評論下一詳細之註解。然張惠言又云「延巳
爲人，專蔽嫉妒，又敢爲大言。此詞蓋以排間異己者，其君之所以信
而弗疑也。」〔註53〕張惠言一方面對於馮延巳人品，提出嚴厲批判；
一方面又以一己之見，肯定作品中的微言大義，牽強附會，將主觀看
法，凌駕於作品之上，便也失之公允，畢竟「作者未必無此意，亦未
必有此意」。〔註54〕

（二）周濟、譚獻

　　周濟發展了張惠言比興寄託說，並在此基礎上，將詞的社會作
用，提升至前所未有的高度，譚獻即云：「周氏撰定《詞辨》、《宋四
家詞筏》（《宋四家詞選》），推明張氏之旨，而廣大之」〔註55〕，又謂
周濟「以有寄託入，以無寄託出」，〔註56〕正指出周濟繼承張惠言之
論，卻又能矯正其偏弊，周濟云：

夫詞，非寄託不入，專寄託不出，一物一事，引而伸之，
觸類多通。〔註57〕

初學詞求有寄託，有寄託則表裏相宣，斐然成章。既成格調，
求無寄託，無寄託則指事類情，仁者見仁，智者見智。〔註58〕

有寄託之詞，通過比興兩法，藉藝術形象以喻社會現實，使作品有深

〔註52〕同前註，頁44。
〔註53〕〔清〕張惠言：《詞選》，卷1，頁21。
〔註54〕語出謝章鋌《賭棋山莊詞話續編・張皋文詞選》，原文作「雖作者未
　　　　必無此意，而作者亦未必定有此意。」唐圭璋：《詞話叢編》，冊4，
　　　　卷1，頁3486。
〔註55〕〔清〕譚獻：《復堂詞話》，唐圭璋：《詞話叢編》，冊4，頁4010。
〔註56〕同前註，頁3998。
〔註57〕〔清〕周濟：《宋四家詞選目錄序論》，唐圭璋：《詞話叢編》，冊2，
　　　　頁1643。
〔註58〕〔清〕周濟：《介存齋論詞雜著》，唐圭璋：《詞話叢編》，冊2，頁
　　　　1630。

刻的內容，具有題外之意，味外之旨，便容易做到「表裡相宣」。然
周濟又強調，無寄託之詞，即指詞人作品既成格調後，形成特有的藝
術風格，並且達到一種渾然天成的藝術高境，作品之客觀意義，便更
加豐富，更容易引起不同讀者不同之感觸。〔註59〕

　　周濟雖針對張惠言比興寄託說提出修正，使其詞學理論更加豐
富、更加完善，然對於馮延巳之評論，仍過於主觀偏頗；其《宋四家
詞選》論歐陽脩〈鵲踏枝〉詞云：

　　　　延巳小人，縱欲僞爲君子，以惑其主，豈能有此至性語乎。

　　　　〔註60〕

周濟一方面強調詞之比興寄託，一方面以人品之絕對，論定作者之眞
僞，不但強作聰明，甚至不能跳脫史籍侷限，以爲〈鵲踏枝〉諸闋這般
忠愛纏綿之作，必不出馮延巳筆下。周濟之論，顯然是以溫柔敦厚之詩
教，穿鑿附會也。然《詞辨》又載馮延巳〈鵲踏枝〉四詞，矛盾至極！

　　至於譚獻評點《詞辨》，於所錄馮延巳〈鵲踏枝〉（原作〈蝶戀花〉）
調名下注云：「或曰『非歐公不能爲』，或曰『馮敢爲大言如是』讀者
審之」，〔註61〕反倒客觀，其評點〈鵲踏枝〉（六曲闌干偎碧樹）云：

　　　　金碧山水，一片空濛，此正周氏所謂有寄託入、無寄託出
　　　　也。

又於「滿眼游絲兼落絮」句下評爲「感」；「一霎清明雨」句下評爲「境」；
「濃睡覺來慵不語」句下評爲「入」；「驚殘好夢無尋處」句下評爲
「情」。評點馮延巳〈鵲踏枝〉（誰道閑情拋擲久）云：

　　　　此闋敘事。

評點〈鵲踏枝〉（幾日行雲何處去）云：

　　　　行雲、百草、千花、香車、雙燕，必有所託。

評點〈鵲踏枝〉（庭院深深深幾許）云：

<hr>

〔註59〕謝桃坊：《中國詞學史》，頁230。
〔註60〕〔清〕周濟：《宋四家詞選目錄序論》，唐圭璋：《詞話叢編》，冊2，
　　　　頁1650～1651。
〔註61〕〔清〕譚獻評點：《詞辨》，《清人選評詞集三種‧詞辨》，頁149。

宋刻玉玩，雙層浮起，筆墨至此，能事幾盡。〔註62〕

譚獻上承常州詞派理論，提出「柔厚」主張，所謂：

大抵周氏所謂變，亦予所謂正也；折衷柔厚則同。〔註63〕

「折衷柔厚」，正是常州詞派所提倡之比興寄託、含蓄蘊藉之詞風。
〔註64〕譚獻又重申張惠言詞論云：

是故比興之義，升降之故，視詩較著，夫亦在於爲之者矣。
上之言志，永言次之。志潔行芳，而後洋洋乎會於風雅。
雕琢曼辭，蕩而不反，文焉而不物者，過矣靡矣，又豈詞
之本然也哉。

譚獻與張惠言均強調詞必須以「風雅」爲正，凡乖於風雅者，都是違
反詞之體性。然譚獻卻認爲張惠言「感物而發」、「觸類條鬯」、「各有
所歸」之詞論並不完善，譚獻云：

又其爲體，固不必與莊語也，而後側出其言，旁通其情，
觸類以感，充類以盡。甚且作者之用心未必然，而讀者之
用心何必不然。〔註65〕

「莊語」意指諷諫之微詞也。張惠言將詞與政治寓意強作結合，終究是
缺乏依據，故譚獻認爲詞之爲體，大可不必泥於莊語，所謂「觸類以感，
充類以盡」，正是周濟所言「一事一物，引而伸之，觸類多通」，寄託能
入能出之詞。這類文學作品能引起讀者感觸，雖然作者創作之際，不一
定有所寄託，然讀者評論作品時，是可以去探索其間的深刻寓意，見仁
見智，所謂「作者之用心未必然，而讀者之用心何必不然」是也。

〔註62〕同前註，頁149～150。

〔註63〕同前註，頁3988～3989。

〔註64〕邱世友：《詞論史論稿》云：「所謂『折衷柔厚則同』者，即是比興
寄託、含蓄蘊藉相同，同時有同樣反對『纖微委瑣』、『亢厲剽悍』
的詞風。」頁263。又譚獻評晏幾道〈臨江仙〉（夢後樓臺高鎖）：「名
句千古，不能有二，所謂柔後在此」；評《絕妙好詞箋》云：「南宋
人詞，情語不如景語，而融法使才，高者亦有合於柔厚之旨。」《復
堂詞話》，唐圭璋：《詞話叢編》，冊4，頁3990、3997。

〔註65〕〔清〕譚獻《復堂詞話・復堂詞錄序》，唐圭璋：《詞話叢編》，冊4，
頁3987。

譚獻評點馮延巳「六曲闌干偎碧樹」一闋，是「金碧山水，一片空濛，此正周氏所謂有寄託入、無寄託出也」。「金碧山水」指詞之上片，「六曲闌干偎碧樹」帶出「楊柳風輕」、「展盡黃金縷」二句。碧樹、楊柳、黃金縷，蓋一物耳，然一曰偎，一曰風輕，一曰展盡，兼之曲闌，頓覺風華萬千，無限嫋娜。四句「誰把鈿箏移玉柱」轉至琴音，「穿簾海燕驚飛去」，謂燕子穿簾雙飛，靜中突動，開下片空濛。換頭起句「滿眼游絲兼落絮」為果，末句「驚殘好夢無尋處」為因，而二、三句「紅杏開時，一霎清明雨」、「濃睡覺來慵不語（一作「鶯亂語」）」又為末句經營。鶯語驚夢，夢醒始覺紅杏已開，清明雨已下，故滿眼盡是游絲落絮，一片空濛，惆悵寓焉。〔註66〕譚獻結合周濟之論，謂此詞正是「有寄託入、無寄託出」，道出馮延巳詞或有所寄寓，卻不著痕跡，是一種渾然天成的境界，正如「宋刻玉玩，雙層浮起」〔註67〕是也，給予馮延巳高度之評價。

又譚獻對於《詞辨》所擇錄之作品，作了細膩之批評，如認為馮延巳「幾日行雲何處去」一闋中，「行雲、百草、千花、香車、雙燕，必有所託。」「行雲」一詞，馮延巳引用宋玉〈高唐賦〉中「且為朝雲，暮為行雨」〔註68〕之典故，此處或借指君王，據劉永濟《唐五代兩宋詞簡析》云：「此詞因心中所思之人久出不歸，遂疑其別有所歡，

〔註66〕鄭郁卿：《陽春集箋》（臺北：嘉新水泥公司文化基金會，1973 年 6 月），頁 22。

〔註67〕〔清〕納蘭性德：《淥水亭雜識》云：「花間之詞，如古玉器，貴重而不適用。宋詞適用而少貴重。李後主兼有其美，兼饒煙水迷離之致。」納蘭性德認為花間詞如古玉器，重看不實用，意謂華而不實；而宋詞雖適用卻少貴重，難以令人聯想。至於李煜詞，則兼二者之長，並有「饒煙迷離」之態。譚獻謂馮詞「宋刻玉玩，雙層浮起」即出此意。（北京：學苑出版社，2005 年 9 月《清代學術筆記叢刊》，冊 7），卷 4，頁 296。

〔註68〕宋玉〈高唐賦〉，見〔梁〕蕭統編、〔唐〕李善注：《文選・高唐賦》：「昔者先王嘗遊高唐，怠而晝寢，夢見一婦人曰：『妾巫山之女也，為高唐之客。聞君遊高唐，願薦枕席。』王因幸之。去而辭曰：『妾在巫山之陽，高丘之阻，旦為朝雲，暮為行雨。朝朝暮暮，陽臺之下。』」卷 19，頁 265。

故曰『香車繫在誰家樹』。後半闋前三句（淚眼倚樓頻獨倚。雙燕來時，陌上相逢否），言消息不知，後二句（撩亂春愁如柳絮，悠悠夢裏無尋處），言愁思甚苦也。其中既有猜忌，又有留戀與希冀之意。其情感極其曲折，此張惠言所謂『忠愛纏綿』，能使其君信而弗疑也。」〔註69〕譚獻所謂「必有所託」，蓋出於此。

譚獻繼承張、周詞論，有所發揮、有所矯正，同是提倡比興寄託、含蓄蘊藉之說，卻不囿於人品之優劣、不執著於政治諷諫之微言大義，能以客觀之角度，委婉之言辭，闡明讀後觀感，馮詞所蘊含之比興寄託，總算有了恰當之評論。

（三）馮 煦

馮煦論詞，大抵本常州派周濟、譚獻之說，均強調詞欲通過比興寄託以反映社會人生之問題。他主張「旨隱詞微」，俾作為國家民族危難、社會政治黑暗、志士懷才不遇、英雄窮途末路之曲折寫照，馮煦對晚唐五代詞人高度重視之原因即在此。其〈唐五代詞選序〉云：

> 晚唐五季，如沸如羹，天宇崩析，彝教凌遲。深識之士，陸沉其間，懼忠心觸機，文俳語以自晦。黍離麥秀，周遺所傷，美人香草，楚纍所託。其辭則亂，其志則苦。義兼眾各，毋勞刻舟。〔註70〕

馮煦所論範圍，泛指晚唐五代，雖不全然涵蓋西蜀花間之作，卻也道出此一時期詞篇之特色。「黍離麥秀」，語出《詩經・王風・黍離》：「彼黍離離，彼稷之苗。行邁靡靡，中心搖搖」，〔註71〕及《史記・宋微子世家》：「麥秀漸漸兮，禾黍油油。彼狡僮兮，不與我好兮。」，〔註72〕

〔註69〕劉永濟：《唐五代兩宋詞簡析》，頁26。

〔註70〕〔清〕馮煦〈唐五代詞選序〉，見〔清〕成肇麐：《唐五代詞選》，頁1～2。

〔註71〕〔漢〕毛亨傳、〔漢〕鄭玄箋、〔唐〕陸德明音義、孔穎達疏：《毛詩注疏》，頁147。

〔註72〕〔漢〕司馬遷：《史記》（臺北：鼎文書局，1977年2月），卷38，頁1621。

即謂故國之思，亡國之慨也；「美人香草」是〈離騷〉中兩大意象，屈
原憂國憂世之入世態度與忠摯情感，藉「美人香草」託喻個人情志，
表達內心思想與抱負。馮煦指出深識之士身處唐五代分崩離析、四海
瓜分豆剖、政治黑暗、黨爭攻訐、彝教不再之際，其詞便藉由《風》、
《騷》之比興手法，抒發人生之慨，體現幽憤之悲，寄寓危苦之思。
晚唐五代詞人中，馮煦尤稱許南唐，其〈陽春集序〉云：

> 詞雖導源李唐，然太白、樂天興到之作，非其專詣。逮及
> 季葉，茲事始瘝。溫、韋崛興，專精令體。南唐起於江左，
> 祖尚聲律。二主倡於上，翁（馮延巳）和於下，遂爲詞家
> 淵藪。〔註73〕

又《蒿庵論詞》云：

> 詞至南唐，二主作於上，正中和於下，詣微造極，得未曾
> 有。〔註74〕

詞自西蜀花間發展至南唐，如李璟「細雨夢回雞塞遠，小樓吹徹玉笙
寒。多少淚珠何限恨，倚闌干」（〈山花子〉（一作〈浣溪沙〉）「菡萏
香銷翠葉殘」）；李煜「剪不斷，理還亂，是離愁，別是一般滋味在心
頭」（〈烏夜啼〉「無言獨上西樓」）；馮延巳「細雨溼流光，芳草年年
與恨長」（〈南鄉子〉「細雨溼流光」）等，有所感慨，詣微造極，是花
間所未有。

　　南唐詞人中，馮煦特重馮延巳，其〈陽春集序〉洋洋灑灑道盡馮
詞之藝術成就與詞學地位，原文雖已見第四章，然卻是十分重要，茲
復錄如次：

> 翁俯仰身世，所懷萬端，繆悠其辭，若顯若晦。揆之六藝，
> 比興爲多。……其旨隱，其詞微，類勞人思歸，羈臣屏子，
> 鬱伊惝怳之所爲。翁何致而然耶？周師南侵，國勢岌岌，
> 中主既昧本圖，汶闇不自強，強鄰又鷹瞵而鶚眎之，而務

〔註73〕〔清〕馮煦〈陽春集序〉，〔清〕王鵬運刊刻：《陽春集》「四印齋」
　　　本，頁277。
〔註74〕〔清〕馮煦：《蒿庵論詞》，唐圭璋：《詞話叢編》，冊4，頁3585。

高拱，溺浮采，芒乎芴乎，不知其抒及也。翁具才略，不能有所匡救，危苦煩亂之中，鬱不自達者，一於詞發之。其憂生念亂，意內而言外，迹之唐五季之交，韓致堯之於詩，翁之於詞，其義一也。世亶以靡曼目之，誣巳。善乎，劉融齋先生曰：「流連光景，惆悵自憐，蓋亦易飄揚於風雨者。」知翁哉！知翁哉！

馮煦之論，大抵可以三端論之：其一，詞是反映作者對現實之感憤。馮煦謂馮延巳「俯仰身世，所懷萬端，繆悠其辭，若顯若晦」，「所懷萬端」正是一種百感交集的複雜情緒。馮延巳內心的思想與感情，是極具矛盾且複雜的，其所處之環境，是於風雨中飄零之南唐：在外是「周師南侵，國勢岌岌」，「強鄰又鷹瞵而鴉睍之」；在內是「中主既昧本圖，汶闇不自強」，黨爭劇烈，政治腐敗。此般內憂外患，馮延巳始終無所匡救，僅將現實之感憤，發之於詞而已。

其二，通過比興手法，將詞家之感憤力量，寄託於「若顯若晦」的藝術形象中。馮煦謂馮延巳「揆之六藝，比興為多」，正繼承了《詩經》以降含蓄蘊藉之表現手法。馮煦又謂馮延巳旨隱而詞微，有如勞人思歸，羈臣屏子，鬱伊愴怳之所為也，所謂「愴怳」，是不可確指之辭。而這類「比興」之作，便能引起讀者無限想像，激發讀者內心之共鳴。

其三，馮延巳憂生念亂、意內言外之藝術風格，與韓偓詩義一樣。馮煦不但以「憂生念亂」、「意內言外」指稱馮詞，並將馮延巳與韓偓相提並論，視詩人、詞家之作品中，均有憂國憂民之襟抱。此二人同時面臨政治上分崩離析之局面，其詩、其詞，蘊含著深微、抑鬱之慨，彌漫著迷惘淒寒之情韻。趙衡〈韓翰林集序〉云：「其（韓偓）後國亡家破，身世離亂所感，公乃別刱一境，其忠孝大節，形於文墨。」〔註75〕所作如〈故都〉：「天涯烈士空垂涕，地下強魂必噬臍」；〈春盡〉：「人閑易得芳時恨，地迥難招自古魂」，〔註76〕不但以爽朗之筆抒激

〔註75〕趙衡〈韓翰林集序〉，見〔唐〕韓偓：《韓翰林集》（臺北：新文豐出版公司，1989年7月《叢書集成續編》，冊164），頁557。
〔註76〕〔唐〕韓偓：《韓翰林集》，頁563、572。

壯之懷，亦隱藏著香草美人之憾，可謂含意悱惻，詞旨幽眇，其所處之心路歷程與晚唐局勢不無關係。而馮煦眼中的馮延巳，亦是憂生念亂，將危苦煩亂之情，寓於詞中的作家。馮煦將馮延巳比之韓偓，認爲韓偓之於詩，猶如馮延巳之於詞，正基於此因。

由是可知，馮煦評論馮延巳，著重其所處之時代背景，不受張惠言、周濟所謂「專蔽嫉妒」、「僞爲小人」之影響。陳夔龍〈蒿盦類稿序〉云：「（馮煦）閒以詩歌相唱和，而一念及人事天時，內憂外患，又未嘗不怒焉。深憂相對，太息世運之靡有屆也。」〔註77〕馮煦活動時代，是同、光、民初期間，是身經列強侵略，兵連禍結，目睹朝政腐敗、災難頻仍之時，正與馮延巳所處之逆境有所相似，馮煦倡導憂生念亂、意內言外之詞論，實不難理解。〈陽春集序〉不但闡明馮煦對馮延巳之評論，更是闡明馮煦自己對時代社會下的深層感憤。〔註78〕

（四）陳廷焯

陳廷焯一生致力於詞學研究，早期學浙西詞派，主清空醇雅，同治十三年（1874）完成《雲韶集》與《詞壇叢話》二編，形成初步的詞學觀點。後期轉向常州一派，主比興寄託，光緒六年（1880）至十七年（1891），完成《詞則》與《白雨齋詞話》二編，前者爲選本，後者是詞論，係繼張惠言、周濟、譚獻、馮煦之後，再一次將常州詞派理論推向高峰的代表著作。陳廷焯之詞學觀點至此亦臻於成熟，其理論主張見於《詞則·序》：

> 詞也者，樂府之變調，《風》、《騷》之流派也。溫、韋發其端，兩宋名賢暢其緒。風雅正宗，於斯不墜。〔註79〕

《白雨齋詞話·自序》云：

> 本諸《風》、《騷》，正其情性。溫厚以爲體，沉鬱以爲用。

〔註77〕陳夔龍〈蒿盦類稿序〉，〔清〕馮煦：《蒿盦類稿·續稿·奏稿》（臺北：文海出版社，1969年《近代中國史料叢刊》，冊8），頁7。
〔註78〕邱世友：《詞論史論稿》，頁293。
〔註79〕〔清〕陳廷焯：《詞則·序》，頁1。

引以千端，衷諸一是。〔註80〕

又汪懋琨〈白雨齋詞話序〉云：

推本《風》、《騷》，一歸於溫柔敦厚之旨。〔註81〕

可見陳廷焯是本諸《風》、《騷》，秉持著溫柔敦厚之旨，以溫厚為體，沉鬱為用的詞學主張。又《白雨齋詞話》特別強調「沉鬱」說，陳廷焯云：

作詞之法，首貴沉鬱，沉則不浮，鬱則不薄。

若詞則舍沉鬱之外，更無以為詞。蓋篇幅狹小，倘一直說去，不留餘地，雖極工巧之致，識者終笑其淺矣。

所謂沉鬱者，意在筆先，神餘言外，寫怨夫思婦之懷，寓孽子孤臣之感。凡交情之冷淡，身世之飄零，皆可於一草一木發之。而發之又必若隱若見，欲露不露，反復纏綿，終不許一語道破，匪獨體格之高，亦見性情之厚。〔註82〕

「沉鬱」一詞，最早見於劉歆〈與揚雄書從取方言〉云：「非子雲澹雅之才，沉鬱之思，不能經年銳精，以成此書。」〔註83〕陸機〈思歸賦〉云：「伊我思之沉鬱，愴感物而增深」，〔註84〕二者均指作家內在之思想與感情。陳廷焯借以論詞，即強調詞人內在之溫厚，故陳廷焯謂「沉則不浮，鬱則不薄」，即指思想感情深厚，便能不淫、不鄙。陳廷焯又替「沉鬱」下一定義，所謂「意在筆先」，正如沈德潛《說時晬語》云：「寫竹者，必有成竹在胸，謂意在筆先，然後著墨也。」

〔註80〕〔清〕陳廷焯：《白雨齋詞話·自序》，唐圭璋：《詞話叢編》，冊4，頁3751。

〔註81〕汪懋琨〈白雨齋詞話序〉，見〔清〕陳廷焯：《白雨齋詞話》，唐圭璋《詞話叢編》，冊4，頁3747。

〔註82〕〔清〕陳廷焯：《白雨齋詞話》，唐圭璋：《詞話叢編》，冊4，頁3776〜3777。

〔註83〕〔漢〕劉歆〈與揚雄求方言書〉，〔明〕梅鼎祚編：《西漢文記》（臺北：臺灣商務印書館，1987年《四庫全書珍本》，冊327〜332），卷22，頁5。

〔註84〕〔晉〕陸機撰：《陸士衡文集》（臺北：臺灣商務印書館，1967年《四部叢刊初編》，冊133），卷2，頁8。

〔註85〕「意」必須是平日學養所積，感物而成的，並非刻意奪取而來的。張惠言亦云：「意在筆先者，非作意而臨筆也。」〔註86〕陳廷焯接著指出沉鬱之作必須是「神餘言外」，意指通過比興手法，使文學達到言外之旨、象外之象的境界，這般若隱若現、欲露不露、反復纏綿之作，無法一語道破，能使讀者有餘味無窮之感受。陳廷焯又強調沉鬱之作，必有所託，無論是怨夫思婦之懷、孽子孤臣之感，或體會交情冷淡，身世飄零之詞人，皆可託於詞而發之，唯有將內心之怨憤與孤寂，曲折婉轉地表達出來，才能見其詞格之高，性情之厚，故陳廷焯謂「詞則舍沉鬱之外，更無以為詞」也。

陳廷焯「沉鬱」說係集常州詞派理論之大成，《白雨齋詞話》足本十卷，刪稿為八卷，是一部有完整理論、嚴密架構的詞學批評專書。此中論及馮延巳之篇幅，是張惠言、周濟、譚獻、馮煦等輩無法相比的；除「人品與詞品」相關評論已於第四章有所論述外，茲列舉數則如次：

> 馮正中詞，極沉鬱之致，窮頓挫之妙，纏綿忠厚，與溫、韋相伯仲也。

> 正中〈蝶戀花〉四闋，情詞悱惻，可羣可怨。

> 正中〈蝶戀花〉首章：「濃睡覺來鶯亂語（又作慵不語）。驚殘好夢無尋處。」憂讒畏譏，思深意苦。次章云：「誰道閒情拋棄久。每到春來，惆悵還依舊。日日花前常病酒。不辭鏡裏朱顏瘦。」始終不渝其志，亦可謂自信而不疑，果毅而有守矣。三章云：「淚眼倚樓頻獨語。雙燕飛來，陌上相逢否。」忠厚惻怛，藹然動人。四章云：「淚眼問花花不語。亂紅飛入秋千去。」詞意殊怨，然怨之深，亦厚之至。蓋三章猶望其離而復合，四章則絕望矣。作詞解如此用筆，一切叫囂纖冶之失，自無從犯其筆端。

〔註85〕〔清〕沈德潛：《說時晬語》，見丁福保編：《歷代詩話統編》，冊4，頁 676。

〔註86〕〔清〕張惠言：《茗柯文二編・送錢魯斯序》（臺北：臺灣商務印書館，1967 年《四部叢刊初編》，冊 397），卷下，頁 36。

正中意餘於詞，體用兼備，不當作豔詞讀。〔註87〕

詞有貌不深而意深者，韋端己〈菩薩蠻〉，馮正中〈蝶戀花〉是也。若屬樊榭諸詞，造語雖極幽深，而命意未厚，不耐久諷，所以去古人終遠。

馮中正〈蝶戀花〉云：「誰道閑情拋擲久。每到春來，惆悵還依舊。日日花前常病酒。不辭鏡裏朱顏瘦」，可謂沉著痛快之極，然卻是從沉鬱頓挫來。淺人何足知之。〔註88〕

陳廷焯評馮延巳之論，可以「沉鬱頓挫」四字總結之。陳廷焯已替「沉鬱」下一定義，至於「頓挫」，原指聲情而言，如陸機〈遂志賦〉云：「衍（指馬衍〈顯志賦〉）抑揚頓挫，怨之徒也」；〔註89〕鍾嶸《詩品》云：「朓（謝朓）極與余論詩，感激頓挫過其文」；〔註90〕徐大椿《樂府傳聲・頓挫》云：「唱曲之妙，全在頓挫，必一唱而形神畢出，隔垣聽之，其人之裝束形容、顏色氣象，及舉止瞻顧，宛然如見。……頓挫得款，則其中之神理自出」，〔註91〕後用以指情感之表達。可知情思聲氣，是成就文學創作上，形式與內容和諧統一之重要因素；讀其文如見其人，聞其聲如人在側也。杜甫於〈進鵰賦表〉有云：「至於沉鬱頓挫，隨時敏捷，揚雄、枚皋之徒，庶可及也。」〔註92〕屠隆評杜詩亦云：「多得之悲壯瑰麗沉鬱頓挫。」〔註93〕「沉鬱」中往往可見「頓挫」，「頓挫」中往往見其「沉鬱」。陳廷焯評論周邦彥詞云：

頓則有姿態，沉鬱則極深厚。既有姿態，又極深厚，詞中

〔註87〕以上四則，見〔清〕陳廷焯：《白雨齋詞話》，唐圭璋：《詞話叢編》，冊4，卷1，頁3780～3781。

〔註88〕以上二則，同前註，卷6，頁3918、3931

〔註89〕〔晉〕陸機：《陸士衡文集》，卷2，頁7。

〔註90〕〔梁〕鍾嶸著、汪中注：《詩品注》，卷中，〈齊吏部謝朓〉，頁192。

〔註91〕徐大椿：《樂府傳聲・頓挫》（上海：上海古籍出版社，2002年3月《續修四庫全書》，冊1758），頁515。

〔註92〕〔唐〕杜甫撰、〔清〕仇兆鰲注：《杜少陵集詳注》，卷24，頁132。

〔註93〕〔明〕屠隆：《由拳集》（臺北：偉文圖書出版社，1977年9月），卷23，〈與友人書〉，頁1178～1179。

　　三昧，亦盡於此矣。〔註94〕

評辛棄疾〈摸魚兒〉詞云：

　　姿態飛動，極沉鬱頓挫之致。〔註95〕

沉鬱重於內容，感情深厚；頓挫重於形式，別饒姿態。陳廷焯並借佛家「三昧」論作詞之精義要訣即在於此。陳廷焯以「沉鬱頓挫」評周邦彥、辛棄疾，給予極高度之評價，亦以此四字論馮延巳詞「極沉鬱之致，窮頓挫之妙」，馮延巳於陳廷焯心中之詞學成就，顯然可與周、辛相提並論。而陳廷焯之所以有此之說，係緣於馮延巳詞「體用兼備」，意深而旨遠，正符合陳廷焯所提倡「溫厚以為體，沉鬱以為用」的詞學主張。今看馮延巳〈鵲踏枝〉四闋，陳廷焯評為「憂讒畏譏，思深意苦」、「不渝其志，自信不疑，果毅有守」、「忠厚惻怛，藹然動人」、「怨之深，厚之至」云云，無不激賞馮延巳詞中所寄託之無限感慨，或出自於政治紛擾，或出自人生際遇，這般意餘於詞，詞外有意之作，陳廷焯認為「一切叫囂纖冶之失，自無從犯其筆端」，即謂馮延巳詞所蘊含之深厚情感，已凌駕於纖巧形式之上，其間之沉著痛快，淺薄之人是難以瞭解的。陳廷焯又謂馮詞「情詞悱惻，可羣可怨」，羣者，群居相切磋也；怨者，怨刺上政也，語出《論語》，子曰：「《詩》可以興，可以觀，可以羣，可以怨。」〔註96〕馮延巳詞是時代動盪下心路歷程的真實寫照，他將面對國朝即將滅亡的憂危之念，及政治生涯上所遭遇的困頓與窘迫，寄託於詞中，無論是憂傷、恐懼、孤獨或失落，都能曲折地流露而出。讀馮延巳詞，便覺哀怨深刻，總有感發動人之力量蘊於其間，馮詞所蘊含的哀怨之思、身世之感，正是陳廷焯所強調「本諸《風》、《騷》，正其情性」也。而「沉鬱頓挫」之說，亦影響近人對馮詞之評論，饒宗頤《人間詞話平議》云：「予誦正中

〔註94〕〔清〕陳廷焯：《白雨齋詞話》，唐圭璋：《詞話叢編》，冊4，卷1，
　　　　頁3786。

〔註95〕同前註，頁3793。

〔註96〕〔魏〕何晏集解、〔宋〕邢昺疏：《論語注疏・陽貨》（臺北：藝文印
　　　　書館，1989年1月《十三經注疏附校勘記》，冊8），卷17，頁156。

詞，覺有一鼓莽莽蒼蒼之氣，〈鵲踏枝〉數首，尤極沉鬱頓挫」，又云：
「語中無非寄託遙遠，非馮公身分不能道出」，〔註97〕「沉鬱頓挫」，
不但用以論詞，亦能用以論人。

再看陳廷焯《詞則》對馮詞之評點，更能見其端倪：

> 低回曲折，藹乎其言，可以群，可以怨，情詞悱惻。(評〈鵲
> 踏枝〉「幾日行雲何處去」)
>
> 纏綿沉著。(評〈採桑子〉「花前失卻遊春侶」)
>
> 意兼《騷》、《雅》。(評〈臨江仙〉「冷紅飄起桃花片」)
>
> 風神蘊藉，自是正中本色。(評〈虞美人〉「玉鈎鸞柱調鸚鵡」)
>
> 結得蒼涼。(評〈歸國遙〉「江水碧」)
>
> 託物見意。(評〈醉桃源〉「角聲吹斷隴梅枝」「塞鴻二句」)
>
> 〈菩薩蠻〉諸闋語長心重，溫、韋之亞也。(評〈菩薩蠻〉諸
> 闋)
>
> 今日不作樂，當待何時。(評〈三臺令〉「春色」)
>
> 「不道」一語，中含無限曲折。(評〈三臺令〉「明月」)
>
> 此〈憶秦娥〉別調也。意極芊婉，語極沉至。(評〈憶秦娥〉
> 「風淅淅」)〔註98〕

馮延巳詞是意兼《騷》、《雅》之佳作，詞人之思想感情，無論是因韶
光荏苒而發愁，或因人生際遇而有所感，都能將其深刻之情，寄託於
景物上，蘊藉曲折、語重心長。陳廷焯評〈憶秦娥〉(風淅淅)，是「意
極芊婉，語極沉至」，此亦是陳廷焯筆下對馮詞整體特色之概括。

（五）張德瀛

張德瀛，咸豐、同治時人，字采珊，別號山陰道上人，廣東番禺
人，有《耕烟詞》五卷。其詞學理論見於《詞徵》一編，該書卷六有

〔註97〕饒宗頤：〈人間詞話平議〉，見饒宗頤：《饒宗頤二十世紀學術文集》
（臺北：新文豐出版公司，2003 年 10 月），冊 17，卷 12，頁 318。

〔註98〕〔清〕陳廷焯：《詞則・大雅集》，卷 1，頁 35～40。《詞則・別調集》，
卷 1，頁 568～570。

一則係專評嘉道以還之詞人，並有意上溯，而以張惠言爲首。對於張
氏《詞選》所錄之常州詞人，遍加品藻，此正說明張德瀛之理論傾向。
〔註99〕

　　其《詞徵》云：

　　　詞與風詩意義相近者，自唐迄宋，前人鉅製，多寓微旨。
　　　如李太白「漢家陵闕」，〈兔爰〉傷時也。張子同「西塞山
　　　前」，〈考槃〉樂志也。王仲初「昭陽路斷」，〈小星〉安命
　　　也。溫飛卿「小山重疊」，〈柏舟〉寄意也。李後主「花明
　　　月暗」，〈行露〉思也。韋端己「紅樓別夜」，〈匪風〉怨也。
　　　張子澄「浣花溪上」，〈綢繆〉之締好也。馮正中「庭院深
　　　深」，〈葛楚〉之憫亂也。……揆諸樂章，喝于飂聲，信淒
　　　心而咽魄，固難得而遍名矣。〔註100〕

張德瀛謂詞與《詩經・國風》相近，並將詞人詞什比之《國風》。張
德瀛並稱馮延巳〈鵲踏枝〉（庭院深深深幾許）一闋有〈隰有萇楚〉
之憫亂，詩云：

　　　隰有萇楚，猗儺其枝。夭之沃沃，樂子之無知。隰有萇楚，
　　　猗儺其華。夭之沃沃，樂子之無家。隰有萇楚，猗儺其實。
　　　夭之沃沃，樂子之無室。〔註101〕

「萇楚」，植物名，葉長而狹，花赤紫色，其枝莖弱，過一尺，引蔓
於草上；「猗儺」，婀娜也，美盛貌；「夭之沃沃」，茂盛潤澤貌；「無
知」之「知」，有諸多解釋，或引《爾雅・釋詁上》釋「知」字，而
作「匹」意，「無知」猶「無匹」也，正與「無家」、「無室」相對；
或云「知人事、通人道」之意，如《孟子・萬章》云：「知好色則慕
少艾」之「知」；〔註102〕而錢鍾書《管錐篇》駁斥前者說法，引《荀

<hr>

〔註99〕　〔清〕張德瀛：《詞徵》，唐圭璋：《詞話叢編》，冊5，卷6，頁4187。
　　　　　嚴迪昌：《清詞史》（南京：江蘇古籍出版社，2001年7月），頁539。
〔註100〕　〔清〕張德瀛：《詞徵》，唐圭璋：《詞話叢編》，冊5，卷1，頁4079。
〔註101〕　〔漢〕毛亨傳、〔漢〕鄭玄箋、〔唐〕陸德明音義、孔穎達疏：《毛
　　　　　詩注疏・國風・檜風》，卷7，頁264～265。
〔註102〕　〔晉〕郭璞注、〔宋〕邢昺疏：《爾雅注疏・釋詁上》，頁9。〔漢〕

子·王制》:「水火有氣而無生，草木有生而無知，禽獸有知而無義」以釋「知」字，認爲「知」作「知慮」解，並謂:

> 此詩意謂:萇楚無心之物，遂能夭沃茂盛，而人則有身爲患，有待爲煩，形役神勞，唯憂用老，不能長保朱顏青鬢，故覩草木而生羨也。室家之累，於身最切，舉示以概憂生之嗟耳。〔註103〕

錢鍾書所云，是一種憂生念亂之慨，眼前草木潤澤茂盛，反觀己身之年華卻是有限的，這般悲從中來之鬱悶，藉由一草一木之襯托，予以逼出。錢氏之闡釋，與馮延巳「淚眼問花花不語，亂紅飛過秋千去」之憂憤心境頗爲相當，張德瀛謂馮延巳「庭院深深」一闋，是「〈萇楚〉之憫亂」，或出此意。

（六）其他諸家

以上所舉，係屬常州詞派體系之詞論家，以風雅、寄託，爲其理論核心，此外，如賀裳《皺水軒詞筌》云:

> 南唐主語馮延巳曰:「風乍起，吹皺一池春水，何與卿事。」馮曰:「未若細雨夢回雞塞遠，小樓吹徹玉笙寒。不可使聞于鄰國。」然細看詞意，含蓄尚多。……詞雖小技，亦見世風之升降，沿流則易，溯洄實難，一入其中，勢不自禁。
>
> 〔註104〕

毛師彬《蓉城集》云:

> 「宮瓦數行曉日，龍旂百尺春風」，殊有元和氣象，《陽春詞》尚饒蘊藉，堪與李氏齊驅。〔註105〕

趙歧注、〔宋〕孫奭疏:《孟子注疏·萬章》，頁 160。（臺北:藝文印書館，1989 年 1 月《十三經注疏附校勘記》，冊 8）。

〔註103〕錢鍾書:《管錐篇·毛詩正義··隰有萇楚》，冊 1，頁 128;李滌生集釋《荀子集釋·王制》（臺北:臺灣學生書局，1981 年 10 月），頁 180。

〔註104〕〔清〕賀裳:《皺水軒詞筌》，唐圭璋:《詞話叢編》，冊 1，頁 705～706

〔註105〕〔清〕毛師彬:《蓉城集》，見沈雄:《古今詞話·詞評》，唐圭璋:《詞話叢編》，冊 1，卷上，頁 972。

楊希閔《詞軌》云

> 南唐元宗嘗因曲宴內殿，從容謂：「吹皺一池春水、何干卿
> 事？」馮對曰：「安得如陛下小樓吹徹玉笙寒。」國勢岌岌，
> 而君臣措意如此，可慨也。〔註106〕

三則詞論指出馮詞「含蓄尚多」、「尚饒蘊藉」之特色。劉永濟評〈謁
金門〉（風乍起）一闋云：「馮詞首句，無端以風吹池皺引起，本有諷
意，因中主已覺，故引中主所作閨情詞中佳句，而自稱不如，以爲掩
飾。」〔註107〕馮延巳內心之思想感情，流轉於南唐世風之下，面對
國勢岌岌可危之境，僅能寄意於有無之間，語重心長、餘意無窮也。
而《蓉城集》以「元和氣象」〔註108〕比之馮延巳，即指出馮詞寄託

〔註106〕〔清〕楊希閔《詞軌》藏於中國國家圖書館，尚未寓目，另參孫克
　　　　強：《唐宋人詞話》卷2，頁86。

〔註107〕劉永濟：《唐五代兩宋詞簡析》，頁24。

〔註108〕「元和氣象」一詞，首見〔宋〕陸游：《南唐書》載：「宮瓦數行曉
　　　　日，龍旗百尺春風」，識者謂有元和詞人氣格。」（卷11，頁242）
　　　　「宮瓦數行曉日，龍旗百尺春風」出自馮延巳〈壽山曲〉，整闋通
　　　　過銅壺低漏初盡、眾臣上朝情形，勾勒出宮殿肅穆壯麗之景象，及
　　　　祝賀君王壽比南山之心願，詞人亦藉此以期君王的賞識。陸游稱識
　　　　者謂馮延巳有「元和詞人氣格」，《蓉城集》謂馮延巳有「元和氣象」，
　　　　按「元和」係指中唐元和時期，是繼盛唐後另一個唐詩發展之顛峰。
　　　　廣義來說，唐・李肇《唐國史補》云：「元和以後，爲文筆則學奇
　　　　詭於韓愈，學苦澀於樊宗師；歌行則學流蕩於張籍；詩章則學矯激
　　　　於孟郊，學淺切於白居易，學淫靡於元稹；俱名爲元和體。」韓愈、
　　　　樊宗師、張籍、孟郊、白居易、元稹等中唐詩人屬之；狹義來說，
　　　　《舊唐書・元稹傳》云：「稹聰警絕人，年少有才名，與太原白居
　　　　易友善。工爲詩，善狀詠風態物色。當時言詩者，稱元白焉。自衣
　　　　冠士子，至閭閻下俚，悉傳諷之，號爲元和體。」白居易、元稹創
　　　　作出諷刺意味濃厚的詩歌作品，稱之爲「元和體」，另《太平御覽》
　　　　有「元和詞人元稹」之記載。要之，《南唐書》、《蓉城集》所稱，
　　　　應是指元、白新樂府運動下，「爲君、爲臣、爲民、爲物、爲事而
　　　　作，不爲文而作」（白居易〈新樂府序〉）的寄託文學。另參〔唐〕
　　　　李肇：《新校唐國史補》（臺北：世界書局，1968年），卷下，頁57；
　　　　〔後晉〕劉昫等：《新校本舊唐書・元稹傳》（臺北：鼎文書局，1985
　　　　年3月），卷166，頁4331。〔宋〕李昉：《太平御覽》（臺北：臺灣
　　　　商務印書館，1992年1月），卷599，頁2826。

諷刺之作，猶如中唐元、白那般「爲君、爲臣、爲民、爲物、爲事」
而作的新樂府文學。

　　總之，馮延巳詞中所蘊藏之比興寄託，頗受詞論家關注。清代以
前，張炎首先提出「有餘不盡之意」的主張，張炎雖未直指馮詞有所寄
託，然從其他相關詞論可知，張炎是以雅正爲宗，推尊騷雅、清空之說，
並強調景中寫情，含蓄深遠的藝術風格，正與後世評論馮詞之說相得益
彰。張炎之後，沈際飛評點《草堂詩餘》，以爲馮詞有「望澤希寵」之
心，雖失之附會，卻是首位以寄託之說評論馮延巳者。至清代，張惠言
力倡比興寄託之詞學主張，周濟、譚獻、馮煦、陳廷焯、張德瀛諸輩，
在此一理論下，加以發揮，遂有周濟「有寄託入、無寄託出」之闡釋、
譚獻「柔厚折衷」論，以及陳廷焯「沉鬱頓挫」說相繼迭出。另如賀裳
《皺水軒詞筌》、毛師彬《蓉城集》、楊希閔《詞軌》，對於馮延巳之微
辭，亦別有看法。由是可知，蘊藏於馮延巳詞中之火花，因讀者身分、
詞學主張的不同，遂而呈現出千變萬化的面貌。

　　值得注意的是，關於馮延巳詞中比興寄託之探討，受到清代常州
一派熱切注意，究其原因，正與其特定之時代境遇緊緊相扣。常州詞
人所處之世代，正是封建社會型態發生變化的歷史界點，張惠言處於
乾隆末、嘉慶初，此時常州地區資本主義興起，以對抗封建主義政權，
然文人最後所承受的是朝廷嚴屬的文化專制。加上戰爭連年不斷，朝
政逐日腐敗，張惠言等輩便興起挽救頹勢之責任感。至晚清，馮煦、
陳廷焯、譚獻、張德瀛等人，面對接踵而來的鴉片戰爭（1840）、太平
天國之亂（1851）、英法聯軍（1856～1860）等戰役，及家國社會之敗
亂與不安，便產生諸多心理層面之矛盾。常州諸家發之於詞論，便形
成以風雅爲正之主張，梁啓超指出常州派之文學思想，「就是想在乾、
嘉間考證學的基礎上建設順、康間『經世之用』之學。」〔註109〕故常

〔註109〕梁啓超：《中國近三百年學術史》（臺北：臺灣中華書局，1958 年 6
　　　　月），頁 25。

州詞派之興起，可謂一種歷史現象。〔註110〕

　　常州詞人評論馮延巳，有以忠愛纏綿、排間異己論之；有以有寄託入、無寄託出論之；有以旨隱詞微、意內言外論之；有以沉鬱頓挫、沉著痛快論之；有以憫亂猶如風詩者論之；有以尚饒蘊藉論之。諸家之論，各有己見，然卻異口同聲地給予馮延巳詞「鬱伊惝怳，義兼比興」（王鵬運《半塘定稿・鶖翁集》）之肯定，這般「不得志發憤之所作」（張爾田〈曼陀羅㝏詞序〉），最足以動人心弦，也是處於動盪時代下，讀者所能感同身受的文學創作。

第二節　論馮詞的情感抒寫

　　中國詩歌，首先以風騷精神為代表的《詩經》、《楚辭》奠定抒情傳統，嗣秦漢迄隋唐千餘年的變遷發展，先後有以敘事見長的樂府詩、以寫景擅名的山水詩、以說理為囿的玄言詩迭生繼出，但在以「言志」、「緣情」兩大綱領之規範下，無論是質量或數量、成就或影響，抒情詩始終居於壓倒性的主導地位。〔註111〕中晚唐以後，詞體以一種新的文學面貌躋身詩壇，發展至西蜀花間詞人手中，於詩歌傳統之書寫模式外，另闢蹊徑，以清商自娛、以歌舞遣興，多以濃豔香暖、柔靡綺麗之筆調，寫風月閨情、道相思離別，雖有韋莊〈菩薩蠻〉直陳胸臆、抒發身世之作，有李珣〈巫山一段雲〉感時憂亂、弔古傷今之詞，仍屬少數。當詞發展至南唐李煜、馮延巳筆下，遂變伶工詞而為士大夫詞，「剪不斷，理還亂」（李煜〈烏夜啼〉「無言獨上西樓」）的抒情感發蘊含其間，抒情意味遠勝花間，尤以馮延巳大量創作的哀怨淒婉之詞，更是難能可貴。

　　馮延巳獨特的鬱抑惝怳、感傷哀怨之詞風，引起後人諸多揣測，

〔註110〕黃志浩：《常州詞派研究》（北京：中國社會科學出版社，2008 年12 月），頁 12～16。嚴迪昌：《清詞史》，頁 499～500。

〔註111〕余傳棚：《唐宋詞流派研究》（武漢：武漢大學出版社，2004 年 6 月），頁 42。

並認為別有比興變風之義。黃進德云：

> 我們固不能像馮煦那樣去一味撥高馮詞的思想內涵，但也
> 不能像張惠言、陳廷焯等人輕信時論所攻……。對於這類
> 篇什，讀者自可聯繫馮延巳所處的時代及其平生遭際細心
> 體會。……因此，我們不宜膠柱鼓瑟，硬要把作品的創作
> 背景一一坐實，以致流於穿鑿。〔註112〕

若抽離政治寄託之附會闡釋，單純地從詞人的表現手法與所寄寓的思想
感情來看，馮延巳詞是一種心繫身世的兒女情，此般兒女之情是通過雅
麗之筆，以閨中怨婦、笙歌酒宴、傷春悲秋、淒迷景物的書寫來體現，
其中所蘊藏的是身不由己、浮沉不定的悲劇命運，以及面對衰亂時世所
興起的心靈撼動。當這樣的語言形式、題材內容，與詞人懷抱彼此衝撞
後，文學作品才能激發出那股扣人心弦的情感意蘊。王國維嘗云：

> 故能寫真景物、真感情者，謂之有境界。否則謂之無境界。
> 〔註113〕

詞境之有無，在於詞人篇什是否有真感情，是否足以感動人心。馮延
巳詞所蘊含之情感意蘊，與詞境深淺之關係，遂而引起詞論家之關
注。茲析論如次：

一、明代以前評論

關於馮延巳詞中情感抒寫之批評，宋代有陳世脩〈陽春集序〉、
李清照〈詞論〉值得注意；明代則有李廷機、沈際飛評點《草堂詩餘》
涉及之。茲概述如下：

（一）陳世脩

陳世脩〈陽春集序〉云：

> 思深辭麗，均律調新，真清奇飄逸之才也。……以清商自
> 娛，為之歌詩以吟詠性情，飄飄乎才思何其清也。〔註114〕

〔註112〕黃進德：《馮延巳詞新釋輯評・前言》，頁5。
〔註113〕〔清〕王國維：《人間詞話》，頁2。
〔註114〕〔宋〕陳世脩〈陽春集序〉，〔清〕王鵬運刊刻：《陽春集》「四印齋

「思深」是指思想之深遠，「辭麗」是指文辭之華麗，「均律調新」是指聲律勻稱、詞調新穎，「清奇飄逸」是指馮詞之風格特色。陳世脩接著謂馮詞是以清商自娛，藉歌辭抒發感情的清雅之作。所謂「情動於中而形於言，言之不足故嗟歎之，嗟歎之不足故永歌之，永歌之不足，不知手之舞之，足之蹈之也。」〔註115〕情感的興起，是因人的內心對外在人、事、物的觸動而激發，人的內在也因情感的翻騰而有所鼓動，於是，便可藉由語言、文字抒發情緒；當語言、文字不足以表達時，可通過嗟歎來表達；當嗟歎不足以表達時，可通過歌唱來表達；當歌唱不足以表達時，便情不自禁的手足舞蹈，加以宣洩。馮延巳詞，便是一種藉由語言、文字，聲律、詞調，來抒發情感、吟詠情性的文學作品。陳世脩未明說馮詞中所蘊藏之「意」為何深遠，僅以「吟詠性情」一句帶過。然根據〈陽春集序〉，陳世脩以「淵謨大才，弼成宏業，以其勳賢，遂登臺輔」論馮延巳之豐功偉業，並以「國已寧、家已成」謂南唐國勢，此一說法顯然與現實有所出入，卻可看出陳世脩對馮延巳推崇至極。陳世脩謂馮詞「意深」，或出於馮延巳為家國殫精竭慮、鞠躬盡瘁的忠誠之心；但若論及馮詞中吟詠之情為何，實未說出所以然。

（二）李清照

李清照（1084～1156），號易安居士，山東濟南人，夫趙明誠是位金石家，早期生活歡愉，其〈金石錄後序〉〔註116〕是追憶自己與丈夫同治金石之學的種種樂趣。然好景不常，靖康之變後，李清照遭逢國破家亡、流離失所、改嫁張汝舟〔註117〕之命運，其詞便充滿了

本」，頁278。

〔註115〕　〔漢〕毛亨傳、〔漢〕鄭玄箋、〔唐〕陸德明音義、孔穎達疏：《毛詩注疏・毛詩序》，頁11。

〔註116〕　〔漢〕李清照著、徐北文編：《李清照全集評注》（濟南，濟南出版社，1990年12月），頁213～215。

〔註117〕　李清照改嫁一事，詳參劉維崇：《李清照評傳》（臺北：黎明文化事業有限公司，1987年1月），何廣棪《李清照改嫁問題資料彙編》

無限的淒楚，難以言喻的悲感；「物是人非事事休，欲語淚先流」（〈武陵春〉「風住塵香花已盡」），正是李清照生命的眞實寫照。

李清照詞學主張，見於〈詞論〉一篇，胡仔《苕溪漁隱叢話》後集卷三十三載錄，此乃李清照南渡之前一段論詞名篇，〔註118〕她評斷唐宋諸家詞之功過得失，認爲詞「別是一家」，所謂：

> 柳屯田永者，變舊聲，作新聲……雖協音律，而詞語塵下。又有張子野、宋子京……雖時時有妙語，而破碎何足名家。至晏元獻、歐陽永叔、蘇子瞻、學際天人，作爲小歌詞，直如酌蠡水於大海，然皆句讀不葺之詩爾，又往往不協音律……。乃知別是一家，……又晏（幾道）苦無鋪敍，賀（鑄）苦少典重，秦（觀）即專主情致，而少故實，譬如貧家美女，雖極妍麗豐逸，而終乏富貴態。黃（庭堅）即尚故實，而多疵病，譬如良玉有瑕，價自減半矣。〔註119〕

此段文字指出李清照以聲律論、情致論爲理論核心。聲律的抑揚頓挫，繫乎感情的表達，詞莫不因情以配律，因律以抒情。李清照講求擇聲協律，使詞符合四聲句讀、清濁輕重，以達到聲情之美。情致是詞最基本、最重要的內容，沒有情致之文學，便喪失了藝術生命。秦觀詞被評爲「情韻兼勝」〔註120〕就在於其詞蘊藏著深刻的感情，其詞「後會不知何處，是煙浪遠，暮雲重」（〈江城子〉「南來飛燕北歸鴻」），融情於景、淒婉動人。此外，李清照亦提出詞之高雅、渾成、典重、鋪敍、故實的內部特徵，「高雅」是針對柳永「詞語塵下」言；「渾成」是針對張先諸家「有妙語卻破碎」言；「典重」、「鋪敍」是不滿賀鑄、晏幾道而論；「故實」是不滿秦觀、黃庭堅而論。〔註121〕

（臺北：九思出版社，1990 年 12 月）。

〔註118〕楊海明：《唐宋詞史》（天津：天津古籍出版社，1998 年 12 月），頁457。

〔註119〕〔宋〕胡仔：《苕溪漁隱叢話》後集卷 33 引，見張惠民：《宋代詞學資料匯編》，頁 52～53。

〔註120〕〔清〕紀昀等：《四庫全書總目提要》，冊 4，卷 198，頁 5451。

〔註121〕邱世友：《詞論史論稿》，頁 25

在詞品追求上，李清照重視的是高雅、典重之作；在詞的表現上，李清照提倡的是渾成、鋪敘的手法；在詞體發展上，李清照認爲不可忽視傳統繼承的關係。總而言之，達到形式與內容和諧統一的文學作品，才是眞正的佳篇。

李清照秉其詞學主張，評論五代詞云：

> 五代干戈，四海瓜分豆剖，斯文道熄。獨江南李氏君臣尙文雅，故有「小樓吹徹玉笙寒」、「吹皺一池春水」之詞，語雖奇甚，所謂「亡國之音哀以思」也。〔註122〕

對於「五代干戈，四海瓜分豆剖」的衰亂之世，李清照認爲文風已然熄滅，然李清照致嘆南唐，卻不提花間，言下之意，是置花間篇什於斯文道熄之列，而許南唐君臣之作爲「斯文」之遺音，可見其好尙。〔註123〕陳洵同樣將花間與南唐區分爲二，其《海綃說詞》云：「詞興於唐，李白肇基，溫岐受命。五代纘緒，韋莊爲首，溫韋既立，正聲於是乎在矣。天水將興，江南日蹙，心危音苦，變調斯作，文章世運，其勢則然。」〔註124〕陳洵將花間視爲正聲，以爲南唐爲變調，正與李清照之論背道而馳，二人慧眼獨具。

而李清照所以推尊南唐之關鍵，在於「亡國之音哀以思」也。李清照〈詞論〉完成於南渡前，若斷言南唐君臣與李清照之間，有著跨越時代的情感共鳴，難免牽強。然若就南唐詞人作品論之，五代紛擾之際，江南雖偏安一隅，得以倖存，也不過數年光陰而已，在面對北周逼脅、內憂不斷的局勢下，南唐君臣所面臨的，是一個必亡之國土、必亡之朝廷，儘管尊爲一國之君，身居宰相高位，仍無可改變一樁悲劇的發生。李璟「細雨夢回雞塞遠，小樓吹徹玉笙寒。多少淚珠何限恨，倚闌干。」(〈山花子〉(一作〈浣溪沙〉)「菡萏香銷翠葉殘」)馮延巳「風乍起，吹縐一池春水。」(〈謁金門〉「風乍起」)令人不難察

〔註122〕〔宋〕胡仔：《苕溪漁隱叢話》後集卷 33 引，見張惠民：《宋代詞學資料匯編》，頁 52。

〔註123〕余傳棚：《唐宋詞流派研究》，頁 34。

〔註124〕陳洵：《海綃說詞》，唐圭璋：《詞話叢編》，冊 5，頁 4837。

覺家國悲劇籠罩的陰影。黃進德云：「細玩君臣之間風趣的對話，似有彼此心照不宣的憂患意識含蘊其間」，〔註125〕亡國之音充斥於作品間，讀之者孰能不哀？南唐李氏君臣的詞學成就之所以高於花間詞人，就在於其詞雖同寫酒席宴樂、男女悲歡之情事，卻間雜詞人濃厚的憂慮心境，與詞人對家國、對身世的千悲萬慨。李清照給予高度肯定，即因李璟、馮延巳詞，正是情致甚濃之作也。

（三）李廷機、沈際飛

明代評論家對於馮延巳詞中情感抒寫之評論，可見李廷機、沈際飛評點《草堂詩餘》所錄馮延巳詞之心得感想。李廷機（1542～1616），字爾張，號九我，明代福建泉州晉江新門外浮橋（今屬鯉城區浮橋街道）人。李廷機評點資料，見《草堂詩餘評林》一編，該書四卷，現藏中國國家圖書館，筆者尚未寓目，另見黃進德《馮延巳詞新釋輯評》及王兆鵬主編《唐宋詞彙評・五代卷》所引。李廷機《草堂詩餘評林》卷二評點〈謁金門〉（風乍起）云

> 「千回覽鏡千回淚，一度憑欄一度愁。」亦此意。〔註126〕

「千回覽鏡千回淚，一度憑欄一度愁」一句，作家以「千回」對應「一度」，每當女子照鏡梳妝時，兩行淚水似無止盡般，潸然落下，從未停止，一方面是因容顏老去而興起之感慨，一方面是因相思離別所興起之哀怨，女子內心無法滿足的欲望，僅有獨倚欄杆，殷殷期盼，然卻陷入一種一次又一次希望落空的惆悵之感。馮延巳「終日望君君不至，舉頭聞鵲喜」的冀望與失落，正與此意相似。再看李廷機評〈長相思〉（紅滿枝）一闋道：

> 「夢多見稀」，正是閨中之語。「相逢知幾時」，又發相思之意。

又云：

〔註125〕黃進德：《馮延巳詞新釋輯評・前言》，頁4。

〔註126〕〔明〕李廷機評註：《新刻朱批註釋草堂詩餘評林》，卷2，另參王兆鵬編：《唐宋詞彙評・唐五代卷》，頁447。

値此春光滿目，而懷人會晤難期，不能不戚戚也。〔註127〕
「夢多見稀」、「相逢知幾時」，為〈長相思〉（紅滿枝）結語二句，女子僅能在虛幻的夢境裡，才能獲得滿足，然在真實的世界裡，卻徒留女子，虛、實間的對應，襯托出內心的孤寂與悲淒。李廷機謂此句是閨中語，即是閨中少婦的等待伊人的情感表現。末句是女子對於遙遙無期的會面，所流露出的無可奈何，益見悲苦之難遣。此般會晤難期的憂思，對應上片「紅滿枝」、「綠滿枝」萬木崢嶸、生機勃勃的春日景象，以樂景寫悲苦，誰能不哀？又沈際飛評此闋：

　　哀而不傷。〔註128〕

《論語・八佾》云：「〈關雎〉，樂而不淫，哀而不傷。」〔註129〕「哀而不傷」意指有所節制的感情。女主人公因芳草滿目而心生憂愁，卻不流露出傷感情緒，此乃含蓄的表現手法，女主人公所懷之情感，並非坦率地宣洩而出，而是通過景物烘托而娓娓道出。

　　《草堂詩餘》所錄作品，題為馮延巳者，僅不過寥寥數首，或有別作李煜、歐陽脩詞者，故李廷機、沈際飛對馮延巳之直接評語並不多。然若就作品本身來看，如〈鵲踏枝〉（庭院深深身幾許）一闋，李廷機評：「首句疊用三個「深」字最新奇，後段形容春暮光景殆盡」，沈際飛評：「末句參之『點點飛紅雨』句，一若關情，一若不關情，而情思俱・蕩漾無邊」；〔註130〕〈醉桃源〉（南園春半踏青時）一闋，沈際飛評：「景物閒遠」，又評：「簾垂則燕棲，棲則在梁，妄甚」等。〔註131〕可見李廷機、沈際飛二人評點馮詞時，並無夾雜過多比興寄

〔註127〕同前註，頁459。
〔註128〕〔明〕沈際飛評點：《古香岑草堂詩餘》，卷1，頁1。
〔註129〕〔魏〕何晏集解、〔宋〕邢昺疏：《論語注疏・八佾》，頁30。
〔註130〕〈鵲踏枝〉（庭院深深身幾許）一闋，《草堂詩餘》題為歐陽脩，故李廷機、沈際飛之評語，不列入討論範圍。李廷機評語見王兆鵬編：《唐宋詞彙評・唐五代卷》，頁436；沈際飛評語，參《古香岑草堂詩餘》，卷2，頁17。
〔註131〕〈醉桃源〉（南園春半踏青時）一闋，《草堂詩餘》題為歐陽脩詞，故沈際飛評語不列入討論範圍，另參《古香岑草堂詩餘》，卷1，頁22。

託之闡釋，只是就詞論詞，就情論情而已。

二、清代評論

清代以降，關於馮延巳詞中情感抒寫之批評，概述如下：

（一）沈　雄

沈雄（生卒年不詳），字偶僧，江蘇吳江人，約清世祖順治中（1653年）前後在世。工詞，有《柳塘詞》及《古今詞話》傳於世。《古今詞話·凡例》云：「舊有《古今詞話》一書，撰述名氏久矣失傳，又散見一二則於諸刻。茲仍舊名，而斷自六朝，分爲四種。……別列〈詞品〉、〈詞辨〉、〈詞評〉，收所未盡。」〔註 132〕宋有楊湜《古今詞話》，沈雄該編是仍舊本之名，又於〈詞話〉之外，別列〈詞品〉、〈詞辨〉、〈詞評〉三種，以補舊本所未盡。沈雄論及〈詞評〉云：「〈詞評〉向無是書，錯雜見於古今論列新舊刻本，因其表見者節取之，以昭歷代人文，以鼓後來學者。遠可追蹤青蓮、香山，以迄五代、兩宋不磨之佳話。」〔註 133〕沈雄之撰書動機，可知一二矣。

《古今詞話·詞評》載錄所作《柳塘詞話》引陳世脩〈陽春集序〉云：

馮公樂府思深語麗，韻逸調新。

沈雄又云：

然諸家駢金儷玉，而《陽春詞》爲言情之作。〔註 134〕

沈雄藉陳世脩語，肯定馮延巳詞之思想感情與語言形式，若將馮詞比之諸家，馮延巳《陽春集》爲言情之作，與諸家之駢金麗玉有別。「諸家」所指爲誰，沈雄並無點明，然「駢金儷玉」之風格，正如歐陽炯所言，是「鏤玉雕瓊」、「裁花剪葉」（〈花間集序〉）之作，故諸家所指，應就五代詞人而言。

〔註 132〕〔清〕沈雄：《古今詞話·凡例》，唐圭璋：《詞話叢編》，冊 1，頁 730。
〔註 133〕同前註。
〔註 134〕同前註，〈詞評〉，上卷，頁 972。

今觀《柳塘詞話》評魏承班詞云：「魏承班詞，較南唐諸公，更淡而近，更寬而盡」，又謂「相見綺筵時，深情暗共知」（〈菩薩蠻〉「羅裙薄薄秋波染」）、「難話此時心，梁燕雙來去」（〈生查子〉「煙雨晚晴天」）之作是「弄姿無限，只是一腔摹出」；評尹鶚「昔年於此伴蕭娘。依偎佇立，牽惹敘衷腸」（〈臨江仙〉「一番荷芰生舊沼」）云：「豈必曰《花間》、《尊前》句皆婉麗也」；評毛熙震「曉花微斂輕呵展，裊釵金燕軟」（〈酒泉子〉「鈿匣舞鸞」）云：「不止以濃豔見長也，卒章情致尤爲可愛。」〔註135〕由是可知，沈雄雖認爲五代詞什是駢金儷玉，然對於有情致、尤爲可愛之作，亦有所推崇，非獨專馮延巳一家。

此外，《古今詞話・詞評》所錄，並未提及後主李煜，對於溫庭筠、韋莊之詞，亦無任何好尚之論。若以溫、韋、馮、李四家論之，馮延巳最受沈雄之愛戴。

（二）陳廷焯

陳廷焯「沉鬱頓挫」之說，對於馮延巳詞中之比興寄託，已有闡釋。然若單就馮延巳詞之情感抒寫而論，陳廷焯亦有著墨，評論資料多見於所編《雲韶集》。然《雲韶集》完成後，遂久不爲人知。1930年，陳廷焯長子陳兆瑜將稿本贈與南京國學圖書館，方使該編得以保存。〔註136〕筆者未能寓目，僅能根據黃進德《馮延巳詞新釋輯評》、王兆鵬主編《唐宋詞彙評・五代卷》所錄而窺知一二。關於馮延巳詞情感意蘊之討論，陳廷焯《雲韶集》評論內容茲錄如次：

> 情詞並茂，我思其人。（評〈鵲踏枝〉「幾日行雲何處去」）
>
> 連用三「深」字，妙甚。偏是樓高不見，試想千古有情人讀至結處，無不淚下。絕世至文。（評〈鵲踏枝〉「庭院深深深幾許」）
>
> 字正音雅，情味不求深而自深。（評〈採桑子〉「馬嘶人語春風岸」）

〔註135〕同前註，〈詞評〉，上卷，973～974。
〔註136〕彭玉平：〈選本編纂與詞學觀念——晚清陳廷焯詞選編纂探論〉，《學術研究》（2006年第7期），頁139。

句句有骨，不同泛寫。結得蒼涼。(評〈歸國遙〉「江水碧」)

起二語寫得秋風憔悴。只如此結，情味自到。(評〈南鄉子〉「細雨泣秋風」)

香寒燈絕矣，忽然想到去年離別，意雖尋常，運筆卻少。(評〈喜遷鶯〉「宿鶯啼」)

「依舊」二字中有眼淚。結筆風流中自覺酸楚。(評〈三臺令〉「春色」)

孤眠情況，別恨離愁，一一如見。(評〈三臺令〉「明月」) 〔註137〕

又如《白雨齋詞話》云：

正中〈菩薩蠻〉、〈羅敷豔歌〉(《採桑子》)諸篇，溫厚不逮飛卿。然如「憑仗東流。將取離心過橘州。」又「殘月尚彎環。玉箏和淚彈。」又「玉露不成圓。寶箏悲斷弦。」又「紅燭淚闌干。翠屏煙浪寒。」又「雲雨已荒涼，江南春草長。」亦極淒婉之致。〔註138〕

《雲韶集》是陳廷焯仿造朱彝尊《詞綜》而編的一部詞選，其《詞壇叢話》云：「是集(指《雲韶集》)所編，一以雅正爲宗。純正者十之四五，剛健者十之二三，工麗者十之一二。」〔註139〕可見陳廷焯編選《雲韶集》之宗旨，以雅正爲宗，此一主張正是因襲朱彝尊而來，陳廷焯云：「竹垞所選《詞綜》，自唐至元，凡三十八卷，一以雅正爲宗，誠千古詞壇之圭臬也。其所自作，濃淡相兼，疏密相稱，深得風雅之正。」〔註140〕然陳廷焯眼界顯然較朱彝尊廣闊，無論是剛健或工麗，都屬雅正範疇。此外，陳廷焯對於朱彝尊好尙南宋風格之論，頗有微言，曾云：「竹垞獨推南宋，洵獨得之境，後人往往宗其說。然平心而論，風格之

〔註137〕以上資料，出自〔清〕陳廷焯：《雲韶集》，卷1，另見黃進德：《馮延巳詞新釋輯評》，頁 27、33～34、49、108、112、117、132、158、159。

〔註138〕〔清〕陳廷焯：《白雨齋詞話》，唐圭璋：《詞話叢編》，冊4，卷1，頁 3781。

〔註139〕〔清〕陳廷焯：《詞壇叢話》，唐圭璋：《詞話叢編》，冊4，頁 3739。

〔註140〕同前註，頁 3730～3731。

高，斷推北宋。」〔註141〕也因爲如此，陳廷焯對於馮延巳詞之評論，並不囿於政治寄託上，而是注意馮詞之情感意蘊。

　　陳廷焯《雲韶集》之論，大抵可分爲兩端，一爲馮詞之感情流露，一爲馮詞之感情境界。陳廷焯以「情詞並茂，我思其人」論馮詞，即因詞中蘊含著詞人眞實之感情。詞人又將感情寄寓於景物之中，故詞人僅寫秋風憔悴，而「情味」自到也。所謂「情味」，即指作品所蘊含的感情韻味，劉勰《文心雕龍・情采》云：「繁采寡味，味之必厭」，〔註142〕徒有文辭而缺乏感情之作品，稱不上有情味之作，王國維《人間詞話》謂：「彊村學夢窗而情味較夢窗反勝」，〔註143〕關鍵就在於感情之深淺。陳廷焯又以「句句有骨」論馮詞，況周頤《蕙風詞話》云：「眞字是詞骨。情眞、景眞，所作必佳。」〔註144〕馮延巳詞，最大的特色即是以景寫情，而情自在景物之中。如馮延巳寫「香寒」、「燈絕」，並不單敘說時間之流逝，而是別有一層深意，詞人實藉此抒發因去年光景而興起之離別愁緒。

　　馮延巳詞中有骨，景中有淚，故陳廷焯稱其詞極盡淒婉之致，陳廷焯又站在讀者角度謂「試想千古有情人讀至結處，無不淚下」、「意有十層」、「孤眠情況，別恨離愁，一一如見」，正道出讀者心有戚戚之深刻感受。葉嘉瑩嘗云：「境界絕非僅指一種感知之意識作用或感發之心靈活動而已，而是更指能把這種感知及感發的世界寫之於作品之中，同時也使讀者能經由作者之敘寫而體會到這種作品之感發之世界者，方可謂之爲有境界。」〔註145〕境界不只是由詞人、景物、感情所勾勒出來的，更重要的是讀者對於文學作品之體會。

　　陳廷焯《雲韶集》雖直承朱彝尊而來，然論及馮詞，卻不侷限醇

〔註141〕同前註，頁3720。
〔註142〕〔梁〕劉勰撰、周振甫譯注：《文心雕龍・情采》，頁601。
〔註143〕〔清〕王國維：《人間詞話・刪稿》，頁27。
〔註144〕〔清〕況周頤：《蕙風詞話》，唐圭璋：《詞話叢編》，冊5，卷1，頁4408。
〔註145〕葉嘉瑩：《詞學新詮》（北京：北京大學出版社，2008年4月），頁10。

雅、清空之說，而是關注於馮詞所蘊含之情感意蘊，陳廷焯晚年所主
張「沉鬱頓挫」之說，自是受此影響。然此處所評，是針對文學作品
本身的藝術特質而言；而「沉鬱頓挫」之論，則是間雜政治寄託的闡
釋，二者有別。

（三）王國維

　　王國維之詞學理論，見於《人間詞話》一編。王國維論詞主張繫
於「意」、「境」二者，樊志厚〈人間詞序〉云：「文學之事，其內足
以攄己，而外足以感人者，意與境二者而已。」〔註146〕「意」，即指
作家內在之情思，真誠之感情也。「境」，則是文學體式所呈現出的整
體風格形象及意識內涵。故必須通過作家書卷之醞釀、言情與寫景二
者之交融，以及語言文辭之通達自在，才能成為有境界之作。〔註147〕
秉此主張，王國維於五代詞人中，最喜李煜、馮延巳二家，王國維以
「血書」〔註148〕喻李煜詞，以「和淚拭嚴妝」喻馮延巳詞，正因為
李煜、馮延巳之作蘊含著沉痛的亡國之戚與身世飄零之感，讀之往復
幽咽，足以動搖人心。如王國維論及「憂生憂世」詞云：

> 「我瞻四方，蹙蹙靡所騁。」詩人之憂生也。「昨夜西風凋
> 碧樹。獨上高樓，望盡天涯路」似之。「終日馳車走，不見
> 所問津。」詩人之憂世也。「百草千花寒食路，香車繫在誰
> 家樹」似之。〔註149〕

「我瞻四方，蹙蹙靡所騁」語出《詩經・小雅・節南山》：「駕彼四牡，
四牡項領。我瞻四方，蹙蹙靡所騁。」〔註150〕該篇是窮究王政昏亂
之由的詩篇；「我瞻四方，蹙蹙靡所騁」指出望盡天涯，卻無安身立

〔註146〕樊志厚〈人間詞序〉，見〔清〕王國維：《人間詞話・附錄》，頁43。
〔註147〕皮述平：《晚清的詞學思想與方法》（北京：學苑出版社，2004 年 1
　　　　月），頁 132。
〔註148〕〔清〕王國維：《人間詞話》：「尼采謂：『一切文學，余愛以血書者。』
　　　　後主之詞，真所謂以血書者也。」頁 6。
〔註149〕〔清〕王國維：《人間詞話》，頁 8。
〔註150〕〔漢〕毛亨傳、〔漢〕鄭玄箋、〔唐〕陸德明音義、孔穎達疏：《毛
　　　　詩注疏・小雅・節南山》，頁 396。

命之慨。晏殊〈鵲踏枝〉「昨夜西風凋碧樹。獨上高樓，望盡天涯路」此般對生命的憂慮之情似之，此乃王國維所謂「詩人之憂生」也。「終日馳車走，不見所問津」語出陶淵明〈飲酒〉之二十：「如何絕世下，六籍無一親。終日馳車走，不見所問津。」〔註151〕此乃詩人對於世態不滿所興起的憂世之情。王國維舉馮延巳「百草千花寒食路，香車繫在誰家樹」比之，以為馮延巳將自己政治失意後的情緒寄寓於情人的追尋中，道出詞人所懷所思，與陶淵明相似。值得注意的是，王國維肯定詞作為寄興深微的功用，如此一來才能帶給讀者聯想的藝術空間，然並不表示王國維是認同張惠言諸輩所提倡的寄託說，畢竟張惠言諸輩流於政治附庸，王國維所強調的卻是一種言外之味，弦外之響的情感抒寫。

　　王國維重視作家之真感情，亦重視真景物，在此基礎上提出「以景寓情」的創作手法，蔣兆蘭《詞說》即云：「詞宜融情入景，或即景抒情，方有韻味。若舍景言情，正恐粗淺直白，了無蘊藉，索然意盡耳。」〔註152〕可見情、景對於文學創作的重要性。王國維云：

　　大家之作，其言情也必沁人心脾，其寫景也必豁人耳目。
　　其辭脫口而出，無矯揉妝束之態。以其所見者真，所知者
　　深也。〔註153〕

　　昔人論詩詞，有景語、情語之別。不知一切景語，皆情語
　　也。〔註154〕

王國維所謂的「真」，即是一種以自然之眼觀物，以自然之舌言情的真誠表露，將心中之所懷所念，發之於外在景物，所抒之情能深入人心、動人魂魄，所寫之景必如在眼前，使人如臨其境。因為情真、景真，詞人應乎所感，始能不矯揉造作，一切出於自然，正如況周頤《蕙

〔註151〕〔晉〕陶潛撰、龔斌校箋：《陶淵明集校箋》（臺北：里仁書局，2007年8月），頁288。
〔註152〕〔清〕蔣兆蘭：《詞說》，唐圭璋：《詞話叢編》，冊5，4639。
〔註153〕〔清〕王國維：《人間詞話》，頁18。
〔註154〕〔清〕王國維：《人間詞話·刪稿》，頁24。

風詞話》所云：「由於情景眞，書卷足。所謂滿心而發，肆口而成。」
〔註155〕

　　王國維論馮延巳詞云：

　　人知和靖〈點絳唇〉、聖俞〈蘇幕遮〉、永叔〈少年游〉三
　　闋，爲詠春草絕調，不知先有正中「細雨濕流光」五字，
　　皆能攝春草之魂者也。〔註156〕

吳曾《能改齋詞話》嘗評詠草詞云：「梅聖俞在歐陽公坐，有以林逋
草詞『金谷年年，亂生青草誰爲主』爲美者，梅聖俞別爲〈蘇幕遮〉
一闋云：『露堤平，煙墅杳。亂碧萋萋，雨後江天曉。獨有庾郎年最
少。窣地春袍，嫩色宜相照。……』歐公擊節賞之。又自爲一詞云：
『闌干十二獨凭春。晴碧遠連雲。千里萬里，二月三月，行色苦愁
人。……』蓋〈少年遊令〉也，不惟前二公所不及，雖置諸唐人溫、
李集中，殆與之爲一矣。」〔註157〕王國維不但不以爲然，並將馮延
巳列於林逋、梅堯臣、歐陽脩之上，指出三人之前，馮延巳「細雨溼
流光」，已攝春草之魂也。王國維之論，意指馮延巳極寫春草之神態，
所以有此成就，蓋出於春草之中，寄寓著詞人深刻之情。雖說「情自
中生，景自外得」（李漁《閑情偶記·戒浮泛》），然景中有情，一切景
語，便是情語也。

〔註155〕〔清〕況周頤著、孫克強輯考：《蕙風詞話·廣蕙風詞話》，卷1，
　　　　頁10。
〔註156〕〔清〕王國維：《人間詞話》，頁7。林逋〈點絳唇〉：「金谷年年，
　　　　亂生春色誰爲主。餘花落處。滿地和煙雨。　　又是離歌，一闋長
　　　　亭暮。王孫去。萋萋無數。南北東西路。」（《全宋詞》，冊1，頁7）；
　　　　梅堯臣〈蘇幕遮〉：「露堤平，烟墅杳。亂碧萋萋，雨後江天曉。獨
　　　　有庾郎年最少。窣地春袍，嫩色宜相照。　　接長亭，迷遠道。堪
　　　　怨王孫，不記歸期早。落盡梨花春又了。滿地殘陽，翠色和煙老。」
　　　　（《全宋詞》，冊1，頁118）；歐陽脩〈少年游〉：「闌干十二獨凭春。
　　　　晴碧遠連雲。千里萬里，二月三月，行色苦愁人。　　謝家池上，
　　　　江淹浦畔，吟魄與離魂。那堪疏雨滴黃昏，更特地、憶王孫。」（《全
　　　　宋詞》，冊1，頁158）。
〔註157〕〔清〕吳曾：《能改齋詞話》，唐圭璋：《詞話叢編》，冊1，卷2，
　　　　頁149～150。

王國維又云：

> 有有我之境，有無我之境。「淚眼問花花不語，亂紅飛過秋
> 千去。」「可堪孤館閉春寒，杜鵑聲裡斜陽暮。」有我之境
> 也。「采菊東籬下，悠然見南山。」「寒波澹澹起，白鳥悠
> 悠下。」無我之境也。有我之境，以我觀物。故物皆著我
> 之色彩。無我之境，以物觀物，故不知何者為我，何者為
> 物。古人為詞，寫有我之境者為多，然未始不能寫無我之
> 境，此在豪杰之士能自樹立耳。〔註158〕

「有我之境」與「無我之境」相對，前者是一種表現作者思想、感情的
藝術境界。詞人寫物的同時，將自己的情思投注於客觀景物之中，使它
帶上主觀詞人的感情色彩，王國維云：「以我觀物，故物皆著我之色彩」，
即是「有我之境」的最佳詮釋；後者是通過客觀描寫以傳達作者思想感
情的藝術境界。作者與外物融為一體，沒有物我之別，故王國維云：「不
知何者為我，何者為物」。王國維將馮延巳詞視作「有我之境」，即在於
馮延巳是站在主觀的角度觀物、寫物，花之所以不語，是因為詞人無可
奈何；花之所以亂，是因為詞人心亂。王國維又謂馮詞：

> 〈醉花間〉之「高樹鵲銜巢，斜月明寒草」，余謂韋蘇州之「流
> 螢度高閣」，孟襄陽之「疏雨滴梧桐」不能過也。〔註159〕

王國維以馮延巳〈醉花間〉（晴雪小園春未到）「高樹鵲銜巢，斜月明寒
草」與韋應物〈寺居獨夜寄崔主簿〉「寒雨暗深更，流螢度高閣」〔註160〕、
孟浩然「微雲淡河漢，疏雨滴梧桐」〔註161〕之句相比，一為詞、一為
五律，一為聯句，王國維仍可一較高下，以為韋、孟之作，均不及馮延
巳。馮延巳〈醉花間〉詞云：「晴雪小園春未到。池邊梅自早。高樹鵲

〔註158〕　〔清〕王國維：《人間詞話》，頁1～2。
〔註159〕　同前註，頁6。
〔註160〕　韋應物〈寺居獨夜寄崔主簿〉：「幽人寂不寐，木葉紛紛落。寒雨暗
　　　　　深更，流螢度高閣。坐使青燈曉，還傷夏衣薄。寧知歲方晏，離居
　　　　　更蕭索。」〔清〕清聖祖敕撰：《全唐詩》，冊6，卷187，頁1911。
〔註161〕　「微雲淡河漢，疏雨滴梧桐。逐逐懷良馭，蕭蕭顧樂鳴」此為聯句，
　　　　　無題。同前註，冊5，卷160，頁1669。

銜巢，斜月明寒草。　　山川風景好。自古金陵道。少年看卻老。相逢莫厭醉金杯，別離多，歡會少。」整闋寫別離愁緒，聚少離多之感慨。上片以「春未到」、「梅自早」寫早春雪後的蓬勃生機，下片以山川美景、金陵古道帶出小園之風光，正呼應樓閣內醉酒金杯的歡會場面。然「高樹鵲銜巢，斜月明寒草」一句，寫喜鵲營巢、斜月寒草，卻令人聯想歸宿及行人，意味深遠，帶出「別離多，歡會少」的無限感慨。至於韋應物詩，以寒雨直下，流螢飛動，寫幽人不寐的寂寞淒涼之情，所寫景象不出寺門之外，聯想空間有限。孟浩然「微雲淡河漢，疏雨滴梧桐」，從天上之微雲河漢，寫到地上之疏雨梧桐，工整巧妙，然卻僅限於外在景物，少了作者的深厚情味。〔註162〕三家相比，優劣可見。

　　關於詞之「境界」說，王國維闡釋道：

詞以境界爲最上。有境界則自成高格，自有名句。五代北宋之詞所以獨絕者在此。

境非獨謂景物也。喜怒哀樂，亦人心中之一境界。故能寫眞景物，眞感情者，謂之有境界。否則謂之無境界。〔註163〕

詞以境界爲最高準繩，有境界者自成高格，五代北宋猶然。皮述平《晚清詞學的思想與方法》論及王國維境界說云：「『境』作爲一種文學內涵，已非其初始意義所指涉之具體自然區域或客觀的社會人事，反而更接引出哲學意象上的內外虛實，表裏相代等概念——亦即緣於對自然生命的關照與感化。」〔註164〕王國維所謂的「境」，不單指外在景物，亦不單指內在情感，而是兩者之間相爲表裏的興發感動。王國維讀馮延巳詞，評其境界云：

馮正中詞雖不失五代風格，而堂廡特大，開北宋一代風氣。

與中、後二主詞皆在花間範圍之外。〔註165〕

馮延巳所寫，是傷春怨別之辭、臺閣園庭之景、男女相思之情，與五

〔註162〕施議對議注：《人間詞話譯注》，頁64。
〔註163〕〔清〕王國維：《人間詞話》，頁1～2。
〔註164〕皮述平：《晚清詞學的思想與方法》，頁133。
〔註165〕〔清〕王國維：《人間詞話》，頁6。

代諸家詞人並無不同，故王國維謂馮延巳「不失五代風格」。然馮延巳之所以能於五代詞人中出類拔萃，下開北宋風流，則在於其詞「堂廡特大」。「堂廡」，原指堂以及堂周圍的廊屋，此處引申爲境界。「堂廡特大」，意謂境界之深廣，超越了原本的創作藩籬。由王國維所論可知，馮延巳詞可見其鮮明的個性，懷有憂世之情，寄興深微，所思所想，藉由景物之烘托而娓娓道出，情寓於景，景中有人也。也因爲馮延巳詞中所蘊含之感情，不拘一事一地之侷限，因此容易帶給讀者廣闊的聯想空間，引起讀者深層的心靈共鳴。樊志厚〈人間詞序〉云：「溫、韋之精豔，所以不如正中者，意境有深淺也。」〔註166〕溫庭筠、韋莊二家成就均高，然意境卻不如馮延巳，正是因爲馮延巳有著他們所沒有的感情境界，〔註167〕王國維又云：

> 張皋文謂飛卿之詞「深美閎約」。余謂此四字，唯馮正中足
> 以當之。劉融齋謂「飛卿精妙絕人」。差近之耳。〔註168〕

王國維借張惠言評溫庭筠之語稱馮延巳詞「深美閎約」，並以爲溫詞只不過「精妙絕人」而已。「深美閎約」與「精妙絕人」之差異，就在於藻麗之美外，是否還有「深厚」、「閎大」、「含蓄」的內容。就王國維之論，「深美閎約」之喻更近馮延巳詞；而溫庭筠詞，王國維以「畫屏金鷓鴣」評之，其詞多以精美名物堆砌，字句雕琢，卻缺少主觀情思，無法使人感動，此乃溫詞不及馮詞之故也。

　　就以上王國維所論，馮延巳詞所蘊含之個人特質極爲鮮明，所書寫之情意境界眞切動人，所寫所敘不爲現實之情事所侷限，並能引發

〔註166〕樊志厚〈人間詞序〉，見〔清〕王國維：《人間詞話・附錄》，頁44。
〔註167〕葉嘉瑩〈馮延巳詞承先啓後之成就與王國維之境界說〉謂馮延巳：
　　　　「一方面有韋莊詞的長處，可以給讀者直接的感動，但另一方面卻
　　　　避免了韋詞的短處，不被現實的情事所侷限，而能像溫詞一樣給人
　　　　以比較更自由的豐富的聯想，他所寫的不是歷史的事件，不是現實
　　　　中的一件情事，⋯⋯他所寫的是內心中極爲深微幽隱的一種感情的
　　　　意境，一種感情的境界。」《詞學》第九輯（上海：華東師範大學
　　　　出版社，1992年7月），頁62。
〔註168〕〔清〕王國維：《人間詞話》，頁4。

讀者更深、更廣之聯想，此正是馮延巳詞「別具風格」〔註169〕的藝術特色也。

（四）其他諸家

除上舉三家外，清代論詞絕句對於馮延巳詞所蘊含之情感抒寫，亦有所關注。筆者蒐得汪筠、章愷、高旭三家論詞絕句各一首，另又自龔自珍《己亥雜詩》蒐得一首七言絕句，雖非論詞之作，仍可見作家之間的情感共鳴。茲錄如次：

1、汪　筠

汪筠（1715～？），字珊立，浙江秀水（今嘉興）人，有《謙谷集》。讀朱彝尊《詞綜》後，將所得心得撰成二十首論詞絕句，絕句之四同論韋莊、馮延巳詞云：

> 浣花端己添惆悵，僕射《陽春》且奈何。小令未應誇北宋，亂來哀怨覺情多。〔註170〕

首二句，汪筠點出所評對象及其風格。韋莊，字端己，有《浣花集》。根據《花間集》，韋莊詞 48 首，曾昭岷、王兆鵬等編《全唐五代詞》另據《尊前集》、《類編草堂詩餘》增錄 6 首。54 首作品中不少是作於入西蜀後，追憶唐朝滅亡前之行蹤，頗生有家歸不得之苦衷，故愁情滋生。且作品中提及「惆悵」二字者，即有十闋之多：「惆悵夢餘山月斜」、「紅樓別夜堪惆悵」、「惆悵玉籠鸚鵡」、「惆悵夜來煙月」、「惆悵舊房櫳」、「惆悵曉鶯殘月」、「惆悵香閨暗老」、「惆悵前回夢裏期」、「惆悵異鄉雲水」、「萬般惆悵向誰論」。〔註171〕字裡行間已見惆悵，其情更是一種深情苦調。

馮延巳曾與孫忌任左、右僕射，故汪筠以「僕射」稱之；「奈何」

〔註169〕〔清〕蔡嵩雲：《柯亭詞論》云：「正中詞，纏綿悱惻，在五代，別具一種風格。」唐圭璋：《詞話叢編》，冊 5，頁 4910。

〔註170〕〔清〕汪筠：〈讀《詞綜》書後二十首論詞絕句〉，見孫克強：《清代詞學批評史論・附錄》，頁 382。

〔註171〕曾昭岷、王兆鵬等：《全唐五代詞》，頁 150～171。

二字，出自〈浣溪沙〉（春到青門柳色黃）「閨中紅日奈何長」句。汪筠以官職稱謂直指馮延巳身分，又點出詞中「無可奈何」之意味，正道出馮延巳政治際遇與身世之感。

韋莊、馮延巳二家，都有深厚之情感風格，然韋莊之情直敘坦露，可於詞中求；馮延巳則婉轉蘊藉，可於景中求，二家風格不同，表現手法亦不同。

第三、四句，汪筠指出小令之佳，不應誇北宋，一方面道出五代詞作為北宋風流之濫觴，一方面肯定五代詞人之作。馮延巳〈鵲踏枝〉（梅花繁落千萬片）云「猶自多情，隨雪隨風轉」，〈玉樓春〉（雪雲乍變春雲簇）云「芳菲次第長相續，自是多情無處足」，詞人之情，是綿綿不斷，故情多，哀怨亦多，「亂來哀怨覺情多」正是汪筠推尊韋莊、馮延巳詞之因。王國維云：「然其歡愉愁怨之致，動於中而不能抑者，類發於詩餘，故其所造獨工。五代詞之所以獨勝，亦以此也。」〔註172〕可見汪筠與王國維所見略同。

2、章　愷

章愷（1718～1770），字虞仲，號北亭，浙江嘉善人。有《北亭集》、《蕉雨秋房杏花春雨樓詞》。有論詞絕句八首，絕句之二論馮延巳云：

> 玉柱細箏雁作行，羅敷一曲豔歌長。一池春水關何事，枉向東風暗斷腸。〔註173〕

首句「玉柱細箏」，出自馮延巳〈鵲踏枝〉（六曲闌干偎碧樹）「誰把鈿箏移玉柱。穿簾海燕驚飛去」句。「玉柱」指一種以玉裝飾之柱，用以繫弦；「細箏」指裝飾精美之弦樂器。「玉柱」、「細箏」道出樓閣內富貴人家之擺設；然詞人用意在於「誰把鈿箏移玉柱」的疑問上。此句帶出細箏激越聲聲，以致雙燕奪簾飛去的景象，獨守空閨之思

〔註172〕〔清〕王國維：《人間詞話》，頁11。

〔註173〕〔清〕章愷：〈論詞絕句八首〉，見孫克強：《清代詞學批評史論‧附錄》，頁386。

婦，其心靈深處亦隨之泛起漣漪。至於「雁行」一詞，有同列前進之意，亦有彼此相伴之意，黃庭堅〈宜陽別元明用觴字韵〉詩云：「千林風雨鶯求友，萬里雲天雁斷行」，〔註174〕辛棄疾〈滿江紅〉（塵土西風）詞云：「珠淚爭垂華燭暗，雁行欲斷哀箏切」（《全宋詞》，冊3，頁1887），作者往往借「雁行」以代孑然一身的孤寂感或懷才不遇之悲憤，馮延巳詞即有「月東出，雁南飛」（〈更漏子〉「風帶寒」）、「雁孤飛，人獨坐」（〈更漏子〉「雁孤飛」）、「孤雁來時，塞管聲嗚咽」（〈鵲踏枝〉「秋入蠻蕉風半裂」）等句，亦與此呼應。若將「雁作行」與「穿簾海燕驚飛去」相應，前者有冀望，後者則希望落空，莫不悲哀！

次句「羅敷一曲」指〈羅敷艷歌〉一調，又名〈採桑子〉，「艷歌長」用以指馮詞的內容與形式。馮詞之「艷」，在於辭藻之華麗，以綺艷之筆，寫樓閣庭園，道相思離別，故有「夢過金扉，花謝窗前葉合枝」（西風半夜簾櫳冷）、「繡戶慵開。香印成灰」（酒闌睡覺天香暖）、「一樹櫻桃帶雨紅」（小堂深靜無人到）等句；馮詞之「長」，在於情感之深刻，故陳廷焯《白雨齋詞話》云：「正中〈菩薩蠻〉、〈羅敷艷歌〉諸篇，溫厚不逮飛卿。然如『憑仗東流。將取離心過橘州。』……亦極淒婉之致。」〔註175〕「憑仗東流。將取離心過橘州」出自〈採桑子〉（笙歌放散人歸去），愁隨東流，情味不求深而情自深也。

第三句，章愷論及南唐君臣相戲之詞林佳話，前已詳談，不再贅述。而末句云「枉向東風暗斷腸」，「東風」暗指「吹縐一池春水」之罪魁禍首，近人楊仲謀評馮詞有「池塘水皺怨東風」〔註176〕一句。章愷用意，即暗指家國之衰，而馮延巳之作則寄寓著此般深刻感慨，所謂「滿目悲涼。縱有笙歌亦斷腸」〈鵲踏枝〉（花前失卻遊春侶）也。

〔註174〕黃庭堅〈宜陽別元明用辛棄及觴字韻〉，見《全宋詩》（北京：北京大學出版，1991年7月），卷998，頁11445。

〔註175〕〔清〕陳廷焯：《白雨齋詞話》，卷1，頁3781。

〔註176〕楊仲謀：《評詞絕句註》（臺中：四川同鄉會，1988年10月），頁21。

3、高　旭

高旭（1877～1925），江蘇省金山縣人，字號天梅、鈍劍、慧雲等，有《高旭集》傳世。其詞學主張見於〈論詞絕句三十首〉及〈十大家詞題詞〉，後者可參王師偉勇與同門學姐鄭琇文合撰〈高旭論「十大家詞」絕句探析〉一篇。高旭論馮延巳之論詞絕句，則見於〈論詞絕句三十首〉之八，絕句云：

> 幾番愁絕〈清平調〉，一往情深〈蝶戀花〉。略具性靈原不
> 易，《陽春》一錄是名家。〔註177〕

〈清平調〉即〈清平樂〉，〈蝶戀花〉即〈鵲踏枝〉。馮延巳〈清平樂〉詞三闋，〈鵲踏枝〉詞十四闋，高旭分別以「幾番愁絕」、「一往情深」論之。今觀〈清平樂〉（深冬寒月）一闋云：「披衣獨立披香，流蘇亂結愁腸。往事總堪惆悵，前歡休更思量。」道盡失寵後悲痛欲絕的心境。「披香」〔註178〕原為漢宮殿名，後泛指宮殿，「披衣獨立」，如同曹丕〈雜詩〉所謂「輾轉不能寐，披衣起徬徨」〔註179〕那般悲傷不能自已的表現。馮延巳又藉流蘇作比，寫愁腸之亂結，帶出往事不堪回首的絕望之情。又如「雨晴煙晚」一闋云：「黃昏獨倚朱闌，西南新月眉彎。砌下落花風起，羅衣特地春寒」，「黃昏」二字，尤感孤獨；而「新月眉彎」更指出相見之無期；「落花風起」不但帶出肌膚之寒，更帶出詞人之愁，情悽意切，沁人心脾也。〔註180〕「西園春早」一闋云：「與君同飲金杯，飲餘相取徘徊。次第小桃將發，軒車莫厭頻來」，道出主人公與友人把酒共飲的珍惜之情，不難窺見詞人不甘孑然獨處的情愫。高旭

〔註177〕〔清〕高旭：〈論詞絕句三十首〉，見孫克強：《清代詞學批評史論・附錄》，頁491。

〔註178〕班固〈西都賦〉「披香發越」，《文選》李善注：「漢宮闕名。長安有合歡殿、披香殿。」後泛指「宮殿」，如李商隱〈官妓〉：「珠箔輕明拂玉墀，披香新殿鬥腰支。」〔梁〕蕭統編、〔唐〕李善注：《文選》，頁25、〔清〕清聖祖敕撰：《全唐詩》，卷539，頁6181。

〔註179〕傅亞庶注譯：《三曹詩文全集譯注》（長春：吉林文史出版社，1997年1月），頁297。

〔註180〕黃進德：《馮延巳詞新釋輯評》，頁74～75。

謂〈清平樂〉諸調「幾番愁絕」，正指出馮詞中所蘊含的鮮明感情。至於〈鵲踏枝〉十四闋，王鵬運即以「鬱伊悄怳」稱之，其中又以「誰道閑情拋擲久」、「幾日行雲何處去」、「庭院深深深幾許」、「六曲闌干偎碧樹」最爲人稱道，本文已多所闡述，不再贅舉。然馮延巳詞中那股揮之不去，似拋卻未拋的閑愁苦悶、夜夜夢魂的無可奈何、春心無限的深層悲怨，溢於言表，蘊含著「一往情深」的熱烈執著。

對於馮延巳中所蘊含的眞情流露，高旭給予高度肯定，並指出文學作品能略具性靈，本爲不易之事。「性靈」即是作家的創作情思，近似王國維所謂的「意」。對於晚唐五代詞人而言，能寄寓眞感情者，並不多見，西蜀韋莊是一例，南唐李煜亦是一例，而高旭在此則點名《陽春集》一編，稱許馮延巳爲「名家」，正因字裡行間可見作者之性靈，是「有我之境」也。

4、龔自珍

龔自珍（1792～1841），字爾玉，又字璱人；更名易簡，字伯定；又更名鞏祚，號定盦，又號羽琌山民，浙江仁和（今杭州）人。是清代思想家、文學家。《己亥雜詩》〔註181〕之十八云：

> 詞家從不覓知音，累汝千回帶淚吟。惹得而翁懷抱惡，小
> 橋獨立慘歸心。〔註182〕

龔自珍於絕句後載：「吾女阿幸書馮延巳詞三闋，日日誦之，自言能識此詞之怡，我竟不知也。」可見龔自珍撰此絕句，是因見其女阿幸誦讀馮詞之故。首句言詞家從不覓知音，而知音卻在篇什之中，帶出下句「千回帶淚吟」的感受。李廷機《草堂詩餘評林》以「千回覽淚

〔註181〕「己亥」，即指1839年，是年龔自珍辭官南歸，後又北上接取家屬，在南北往返的途中，寫成315首短詩，並名爲《己亥雜詩》。組詩內容，以詩人一生經歷爲主線，述寫平生遭遇、人際交遊等，題材廣泛，或記事、或抒情，內容複雜，大多借題發揮，抨擊時弊，表達其對政治的反抗與冀望。

〔註182〕龔自珍撰、劉逸生注：《龔自珍己亥雜詩注》（北京：中華書局，1999年2月），頁19。

千回淚，一度憑闌一度愁」一句評馮延巳〈謁金門〉（風乍起）詞，
龔自珍「千回帶淚吟」不知是否受其影響，此說可作一參考。第三句
「惹得而翁懷抱惡」，「而翁」，指龔自珍；「惡」，甚也。龔自珍眼見
女兒因馮詞而心有戚戚，遂而勾起己身之情緒。馮延巳〈思越人〉有
「酒醒情懷惡」〔註183〕一句，亦是這般情懷滿溢之慨。末句「小橋
獨立慘歸心」，語出〈鵲踏枝〉（誰道閑情拋擲久）：「獨立小橋風滿袖。
平林新月人歸後」句。此闋道盡詞人閑愁欲拋卻拋不得的苦苦掙扎，
每逢春臨，舊愁未了，新愁又來的無限惆悵。結語詞人以「獨立小橋」
二句作結，流露出詞人孤危處境與淒苦心情。此絕句是龔自珍於南北
往返時所撰，因人尚在旅途中，故言「歸心」。龔自珍在政治上，提
出許多政治革新理念，卻遭受打壓，頗有「知音難覓」之慨。

　　嚴格說來，此絕句應屬生活心情之雜記，並非論馮詞而作，然此
處卻可發現有四層「接受」關係，第一層為馮延巳及其詞本身；第二
層為阿幸因閱讀馮詞所興之思；第三層為龔自珍因阿幸之動容所興之
懷抱；第四層是龔自珍因馮詞所寄寓之深刻情感，所興起之心靈共
鳴。自始至終，皆因「情」起，因「情」感發。

　　總之，馮延巳通過雅麗筆調，訴閨中語、發相思意，總在吞吐間
流露出無以言喻的悲怨，於是寄情於客觀存在的景物上，詞人主觀的
感受自在景中。馮延巳筆下的景物，由近而遠，由閨中到庭園，由樓
閣到天涯，詞人藉由金爐玉箏、畫梁雙燕、河畔青蕪、百草千花，抒
發笙歌人散後的寂寥，道盡夢斷酒醒後的愁緒，「芳草年年與恨長」
是景物的描繪，更是詞人心境的寫照。

　　〔宋〕陳世脩以「思深辭麗」、「吟詠性情」論之；李清照以「亡
國之音哀以思」論之；〔明〕李廷機、沈際飛二家，亦有戚戚焉。清以

〔註183〕馮延巳〈思越人〉詞云：「酒醒情懷惡。金縷褪、玉肌如削。寒食
　　　　過卻。海棠零落。乍倚遍、闌干煙澹薄。翠幕簾櫳籠畫閣。春睡著。
　　　　覺來失、秋千期約。」

前之評論，雖只是寥寥數語，卻是一針見血，李清照指出馮延巳身世憂患之思，更是可貴。清代以降，詞學批評臻於高峰，相關評論自當不少。沈雄一方面注意詞的外在形式，稱馮延巳詞造語雅麗，韻調逸新；一方面則強調詞的內在思想，稱馮延巳詞是言情之作，評論相當全面。陳廷焯追隨常州諸輩，提出沉鬱頓挫說之前，其詞力學浙派，奉朱彝尊、姜夔爲詞之圭臬，所編《雲韶集》，沒有張惠言、周濟等人附會、穿鑿之偏見，而是著重馮延巳詞中情感意蘊的抒寫上。馮延巳情感之表露，使陳廷焯有「我思其人」之感觸，正是因爲馮詞情眞、景眞之故。王國維於唐五代諸家中，最喜李煜、馮延巳，正是因爲李、馮兩家詞，言情能沁人心脾，寫景能觸人耳目，是有眞感情、眞景物之佳篇，此般有境界之作，是詞中上乘，非馮延巳身分不能道出。汪筠、章愷、高旭、龔自珍等人，對於馮詞中無可奈何之悲慨、感士不遇之渴望有所興發，一來因馮詞的哀怨情愁，而觸動心靈共鳴，一來則因馮詞言情之作而給予詞學上的肯定。由是可知，馮延巳詞之所以能觸動不同時代，不同讀者的心靈深處，即在於詞中所寄寓之情感，如此鮮明，如此深刻。

第三節　論馮詞的承先啓後

　　五代詞的兩大中心，一爲花間，一爲南唐。晚唐溫庭筠以下，韋莊、牛嶠、歐陽炯、顧敻、李珣、孫光憲等十八人，〔註184〕先後寫下了五百多首詞，奠定詞爲豔科的基本格局。偏安一隅之南唐，無論是地理環境的優勢、經濟城市的繁榮，或是君王對文學的提倡，都成了詞體蓬勃發展的重要因素。中主李璟、後主李煜、宰相馮延巳，在笙歌宴飲之餘，面對國勢凋零的局勢，發之於詞，多了一分花間詞人所缺少的憂患意識與身世慨嘆，豐富詞的題材，提高詞的意境，形成了繼花間詞人後重要的作家群體。就時間論，花間詞人先興；就成就

〔註184〕據《花間集》所錄，包括：溫庭筠、皇甫松、韋莊、薛昭蘊、牛嶠、張泌、毛文錫、牛希濟、歐陽炯、和凝、顧敻、魏承班、孫光憲、鹿虔扆、閻選、尹鶚、毛熙震、李珣等十八家。

論，南唐詞人尤高。儘管南唐詞篇的思想內容仍不脫花間範疇，但詞人卻能以眞切的情感，細密的手法，通過藻麗的語言，寫下動人心扉的篇章。〔清〕鄭方坤〈論詞絕句三十六首〉論南唐詞云：

> 三唐詩卷集菁英，作者如林各善鳴。生面別開長短句，山
> 花池水盡干卿。〔註185〕

「山花」指南唐李璟〈山花子〉（一作〈浣溪沙〉）（菡萏香銷翠葉殘），「池水」指馮延巳〈謁金門〉（風乍起）。盛唐、中唐、晚唐爲詩歌之鼎盛時期，作者如林，然至晚唐五代，詩體衰微，詞遂代興，至南唐君臣筆下，始能別開生面，於豔科小道中，注入鮮明的詞人個性，所謂「小令南唐擲地聲」〔註186〕是也。

南唐詞人中，以詞學風格論之，李煜、馮延巳可謂並駕齊驅，沈雄《蓉城集》即云：「《陽春詞》尚饒蘊藉，堪與李氏齊驅。」〔註187〕然若以詞學發展論之，馮延巳實當之無愧，陳秋帆《陽春集箋・自序》云：「推本言之，當時詞人，求其風格高軼，含蓄蘊藉，堂廡特大，爲宋人楷模，應推延巳。北宋諸賢，得其一端，足以名世。」〔註188〕王強《唐宋詞講錄》亦云：「他（馮延巳）承前人傷春怨別的小詞之傳統，又開有宋一代之風氣，是個詞史上承先啓後的人物。」〔註189〕推崇之極可見矣。關於馮延巳承先啓後的相關討論，茲析論如次：

一、明代以前評論

馮延巳承先啓後的相關討論，清代以前並不多見，就筆者所得，

〔註185〕〔清〕鄭方坤：〈論詞絕句三十六首〉，另見孫克強：《清代詞學批評史論・附錄》，頁371。

〔註186〕「小令南唐擲地聲」出自〔清〕鄭方坤：〈論詞絕句三十六首〉：「相公曲子雅知名，小令南唐擲地聲。拔置四郊多壘辱，別將騷雅豎長城。」另見孫克強：《清代詞學批評史論・附錄》，同前註。

〔註187〕〔清〕毛師彬：《蓉城集》，見收於《古今詞話・詞評》，唐圭璋：《詞話叢編》，冊1，卷上，頁972。

〔註188〕陳秋帆：《陽春集箋・自序》，頁1。

〔註189〕王強：《唐宋詞講錄》（北京：崑崙出版社，2003年3月），頁12。

僅見宋代劉攽及明代湯顯祖二人有所關注。劉攽《中山詩話》云：「晏
元獻尤喜江南馮延巳歌詞。其所自作，亦不減延巳。」〔註190〕劉攽
指出宋初晏殊因喜愛馮延巳詞，故受其影響，並認爲馮、晏兩家作品
難分軒輊。然劉攽之論，僅是寥寥數語，對於馮延巳承先啓後之詞學
成就，止於晏殊一人而已。至明代湯顯祖，始能多所著墨。

　　湯顯祖（1955～1616），字義仍，號海若、清遠道人，晚年號若
士、繭翁，江西臨川人，是明末戲曲大家。其《玉茗堂集》云：

　　　詞至西蜀、南唐極盛，往往情至文生，纏綿流露。不獨爲
　　　蘇、黃、秦、柳之開山，即宣和、紹興之盛，皆肇於此矣。

　　〔註191〕

宣和、紹興年間，正值北宋末至南宋初（1120～1162）階段，李清照、
葉夢得、朱敦儒等詞人屬之，李清照詞如〈醉花陰〉（薄霧濃雲愁永晝）、
〈如夢令〉（昨夜雨疏風驟），〔註192〕葉夢得詞如〈賀新郎〉（睡起啼
鶯語）、〈虞美人〉（落花已作風前舞），〔註193〕朱敦儒〈行香子〉（寶

〔註190〕〔宋〕劉攽：《中山詩話》，見施蟄存、陳如江輯錄：《宋元詞話》，
　　　　頁 56。

〔註191〕〔明〕湯顯祖：《玉茗堂集》，見〔清〕沈辰垣、王奕清：《歷代詩
　　　　餘・詞話》引湯顯祖《玉茗堂集》，卷 113，頁 15。

〔註192〕〔宋〕李清照〈醉花間〉：「薄霧濃雲愁永晝。瑞腦消金獸。佳節
　　　　又重陽，玉枕紗廚，半夜涼初透。　　東籬把酒黃昏後。有暗香
　　　　盈袖。莫道不消魂，簾捲西風，人似黃花瘦。」（《全宋詞》，冊 2，
　　　　頁 929）〈如夢令〉：「昨夜雨疏風驟。濃睡不消殘酒。試問捲簾人，
　　　　卻道海棠依舊。知否。知否。應是綠肥紅瘦。」（《全宋詞》，冊 2，
　　　　頁 927）。

〔註193〕〔宋〕葉夢得〈賀新郎〉：「睡起啼鶯語。掩青苔、房櫳向晚，亂紅
　　　　無數。吹盡殘花無人見，惟有垂楊自舞。漸暖靄、初回輕暑。寶扇
　　　　重尋明月影，暗塵侵、尚有乘鸞女。驚舊恨，遽如許。　　江南夢
　　　　斷橫江渚，浪黏天、葡萄漲綠，半空煙雨。無限樓前滄波意，誰采
　　　　蘋花寄取。但悵望、蘭舟容與。萬里雲帆何時到，送孤鴻、目斷千
　　　　山阻。誰爲我，唱金縷。」（《全宋詞》，冊 2，頁 764）〈虞美人〉：
　　　　「落花已作風前舞。又送黃昏雨。曉來庭院半殘紅。惟有遊絲千丈、
　　　　罥晴空。　　殷勤花下同攜手。更盡杯中酒。美人不用斂蛾眉。我
　　　　亦多情無奈、酒闌時。」（《全宋詞》，冊 2，頁 776）。

篆香沉）、〈桃源憶故人〉（西樓幾日無人到），[註194] 以上諸篇風格有
別，然均可視爲「情至文生」、「纏綿流露」之作。若溯其文學發展脈
絡，柳永、蘇軾、黃庭堅、秦觀等人，必有影響。蔡嵩雲《柯亭詞論》
即云：「北宋初，仍循五代遺法歌小令。中葉以後，慢詞漸興，詞樂始
突飛猛進，內容逐日趨於繁複矣。當時創調製譜最有名者，首推柳耆
卿。」[註195] 詞發展至柳永筆下，拓寬了詞的題材，變舊曲作新聲，
使文體自小詞的侷限舒展開來，然其旖旎近情的風格，仍不脫五代以
來綺羅香澤之態、綢繆宛轉之度。至蘇軾之手，無意不可入，無事不
可言，下開辛棄疾一派，然豪放疏宕之作外，尚有不少蘊藉婉轉之詞，
如〈水龍吟〉「春色三分，二分塵土，一分流水。細看來，不是楊花點
點，是離人淚。」[註196] 遣詞造語簡單平易，讀之卻聲韻諧婉，情意
深刻無窮。而黃庭堅〈南歌子〉（槐綠低窗暗）[註197]、秦觀〈踏莎
行〉（霧失樓臺）[註198] 等，均是情韻兼勝之作。故視柳、蘇、黃、

[註194]　〔宋〕朱敦儒〈行香子〉：「寶篆香沈。錦瑟塵侵。日長時、懶把金
　　　　針。裙腰暗減，眉黛長顰。看梅花過，梨花謝，柳花新。　　春寒
　　　　院落，燈火黃昏。悄無言、獨自銷魂。空彈粉淚，難託清塵。但樓
　　　　前望，心中想，夢中尋。」（《全宋詞》，冊 2，頁 852）〈桃源憶故
　　　　人〉：「西樓幾日無人到。依舊紅圍綠繞。樓下落花誰掃。不見長安
　　　　道。　　碧雲望斷無音耗。倚徧闌干殘照。試問淚彈多少。溼徧樓
　　　　前草。」（《全宋詞》，冊 2，頁 853）。
[註195]　蔡嵩雲：《柯亭詞論》，唐圭璋：《詞話叢編》，冊 5，頁 4900。
[註196]　〔宋〕蘇軾〈水龍吟〉：「似花還似非花，也無人惜從教墜。拋家傍
　　　　路，思量卻是，無情有思。縈損柔腸，困酣嬌眼，欲開還閉。夢隨
　　　　風萬里，尋郎去處，又還被、鶯呼起。　　不恨此花飛盡，恨西園、
　　　　落紅難綴。曉來雨過，遺蹤何在，一池萍碎。春色三分，二分塵土，
　　　　一分流水。細看來，不是楊花點點，是離人淚。」（《全宋詞》，冊 1，
　　　　頁 277。）
[註197]　〔宋〕黃庭堅〈南歌子〉：「槐綠低窗暗，榴紅照眼明。玉人邀我少
　　　　留行。無奈一帆煙雨、畫船輕。　　柳葉隨歌皺，梨花與淚傾。別
　　　　時不似見時情。今夜月明江上、酒初醒。」（《全宋詞》，冊 1，頁
　　　　410）。
[註198]　〔宋〕秦觀〈踏莎行〉：「霧失樓臺，月迷津渡。桃源望斷無尋處。
　　　　可堪孤館閉春寒，杜鵑聲裡斜陽暮。　　驛寄梅花，魚傳尺素。砌
　　　　成此恨無重數。郴江幸自繞郴山，爲誰流下瀟湘去。」（《全宋詞》，

秦四家爲南渡詞人之開山祖師，不無道理。然若探尋詞體發展的根源，西蜀花間詞及南唐詞即爲濫觴。〔清〕汪懋麟〈棠村詞序〉云：

> 歐、晏正其始；秦、黃、周、柳、姜、史，李清照之徒備其盛。〔註199〕

晏、歐之作即沿五代詞風而來，而柳永、黃庭堅、秦觀、李清照等人之作品，再加上蘇軾幽怨纏綿之作，詞風相承的脈絡顯然可見。湯顯祖雖以「西蜀」、「南唐」概括五代詞，然就馮延巳「上翼二主、下啓晏歐」（馮煦〈唐五代詞選序〉）的詞學成就而言，將他視爲宋代婉約風流之肇端亦不爲過。

二、清代評論

陳秋帆《陽春集箋·序》云：「遜清之季，詞學昌盛，詞家蔚起，探本索原，多崇馮氏。」〔註200〕清人推崇馮延巳詞，除因其詞蘊含濃厚的寄託之意、流露濃烈的情感意蘊外，馮延巳於詞體演進上，扮演「承先啓後」的關鍵角色，即是其詞受到重視的第三個主因。關於馮延巳「承先啓後」的相關討論，概述如下：

（一）馮　煦

馮煦以馮延巳後世子孫自居，以「吾家正中才絕代」（〈論詞絕句十六首〉）肯定馮延巳的文學造詣；以「鬱伊惝怳」（〈陽春集序〉）論定馮詞蘊含的比興寄託；至於馮延巳於詞體發展中承先啓後的詞學成就，馮煦更是關注，其〈陽春集序〉云：

> 詞雖導源李唐，然太白、樂天興到之作，非其專詣。逮及季葉，茲事始盛。溫、韋崛興，專精令體。南唐起於江左，祖尚聲律。二主倡於上，翁（馮延巳）和於下，遂爲詞家淵藪。〔註201〕

冊1，頁460）。
〔註199〕汪懋麟〈梁清標棠村詞序〉，施蟄存：《詞籍序跋萃編》，頁544。
〔註200〕陳秋帆：《陽春集箋·序》，頁2。
〔註201〕〔清〕馮煦〈陽春集序〉，見〔清〕王鵬運刊刻：《陽春集》「四印

敦煌《雲謠集》的出土，證明詞肇源於民間，約在初、盛唐之際已出
現；當詞自民間發展至文人筆下，倚聲作詞者，有李白、韋應物、戴
叔倫、劉禹錫、張志和、白居易諸輩，於作詩之餘，往往以小詞自遣。
其中成就較高者，除劉禹錫〔註 202〕外，莫過於李白、白居易二人。
李白〈清平調〉其一云：「雲想衣裳花想容。春風拂檻露華濃。若非
羣玉山頭見，會向瑤臺月下逢」（《全唐五代詞》，頁 14），可謂膾炙
人口。另如〈憶秦娥〉：「簫聲咽。秦娥夢斷秦樓月。秦樓月。年年柳
色。灞橋傷別。　　樂游原上清秋節。咸陽古道音塵絕。音塵絕。西
風殘照，漢家陵闕」（《全唐五代詞》，頁 16）、〈菩薩蠻〉：「平林漠漠
煙如織。寒山一帶傷心碧。暝色入高樓。有人樓上愁。　　玉階空佇
立。宿鳥歸飛急。何處是歸程。長亭更短亭」（《全唐五代詞》，頁 12）
二闋，無論是表現手法，或是藝術境界上，均相當嫻熟，因此歷來學
者多質疑此二詞非李白之作。〔註 203〕姑且不論是非真偽，〔宋〕黃昇
譽之為「百代詞曲之祖」；〔註 204〕湯顯祖《花間集敘》稱之為「唐調
之始」；〔註 205〕陳廷焯《白雨齋詞話》謂之為「詞中鼻祖」，〔註 206〕
李白作為詞體初祖之地位，已根深柢固，難以動搖。白居易〈竹枝〉：
「瞿塘峽口水煙低，白帝城頭月向西。唱到竹枝聲咽處，寒猿闇鳥一
時啼」（《全唐五代詞》，頁 69）、〈長相思〉：「汴水流。泗水流。流到
瓜洲古渡頭。吳山點點愁。　　思悠悠。恨悠悠。恨到歸時方始休。
月明人倚樓。」（《全唐五代詞》，頁 74）、〈憶江南〉：「江南好，風景

齋」本，頁 277。
〔註 202〕劉禹錫（772～842），字夢得，洛陽人。詩文與白居易齊名，二人
　　　　留意民間歌謠，於倚聲填詞方面，頗為用心。曾昭岷、王兆鵬等編
　　　　《全唐五代詞》收詞三十九首，堪稱豐富。《全唐五代詞》，頁 52。
〔註 203〕〈菩薩蠻〉、〈憶秦娥〉兩闋作者問題，可參葛景春〈近六十年來李
　　　　白詞真偽討論綜述〉，《文學評論叢刊》第 31 輯（北京：文化藝術
　　　　出版社，1989 年 3 月），頁 181～197。
〔註 204〕〔宋〕黃昇：《花庵詞選·唐宋諸賢絕妙詞選》，卷 1，頁 11。
〔註 205〕〔明〕湯顯祖：〈花間集敘〉，施蟄存：《詞籍序跋萃編》，頁 634。
〔註 206〕〔清〕陳廷焯：《白雨齋詞話》，唐圭璋：《詞話叢編》，卷 5，頁 3902。

舊曾諳。日出江花紅勝火，春來江水綠如藍。能不憶江南」（《全唐五
代詞》，頁72）等數闋，均以民間風物為題材，語言鮮明，風格自然，
雖非正聲，卻蘊含詞人性情，亦屬佳作。〔清〕沈道寬謂「中唐劉白
導詞源」，〔註207〕即肯定白居易於詞體發展之地位。

　　然馮煦論及詞體發展的源流，以李白、白居易詞為興到之作，
且七言絕句之跡仍見，以為非詞之正格；至晚唐溫庭筠、五代韋莊，
詞式始定，小令遂為成熟。由是可知，關於詞的起源，馮煦認為係
肇於晚唐五代溫、韋之手。至若南唐之流，馮煦云：「祖尚聲律。
二主倡於上，翁（馮延巳）和於下，遂為詞家淵藪」，馮煦指出南
唐君臣上下，崇好聲律，烈祖李昇尚文雅，南唐遂以文學著稱；李
璟、李煜貴為二主，不但極力推崇，並有作品問世；宰相馮延巳有
《陽春集》百餘闋，更為可觀。馮煦之論，雖礙於君臣身分，而有
上下之別，然馮煦確實指出南唐詞人作品於詞體發展過程中所扮演
的重要地位。

　　此外，馮煦《蒿庵論詞》云：

> 詞至南唐，二主作於上，正中和於下，詣微造極，得未曾
> 有。宋初諸家，靡不祖述二主，憲章正中，譬之歐、虞、
> 褚、薛之書，皆出逸少。晏同叔去五代未遠，馨烈所扇，
> 得之最先，故左宮右微，和婉而明麗，為北宋倚聲家初祖。
> 劉攽《中山詩話》謂「元獻喜馮延巳歌詞，其所自作，亦
> 不減延巳」，信然。〔註208〕

馮煦以「詣微造極，得未曾有」，稱讚南唐君臣之作，可見在馮煦眼
中，此三人之詞學地位，是凌駕溫、韋諸輩之上，獲得高度的肯定。
而歐陽詢、虞世南、褚遂良、薛稷四家書法是直接承襲東晉王羲之、
王獻之以來的書法傳統，為以後更精嚴的楷書樹立典範。馮煦以此為

〔註207〕〔清〕沈道寬〈論詞絕句四十二首〉之五：「中唐劉白導詞源，五
　　　　季風流格律存。踵事增華誇藻麗，可將大輅笑椎輪。」見孫克強：
　　　　《清代詞學批評史論‧附錄》，頁409。
〔註208〕〔清〕馮煦：《蒿庵論詞》，唐圭璋：《詞話叢編》，冊4，頁3585。

喻，稱宋初諸家如寇準、晏殊、范仲淹、歐陽脩等人，〔註209〕莫不以二李、馮延巳爲典範準繩，其中又以晏殊去五代未遠，承南唐詞風最先。可見，馮煦一方面肯定南唐詞下開北宋的詞學成就，一方面對於馮延巳之於北宋倚聲初祖晏殊的影響大表認同。

除晏殊外，歐陽脩詞亦出自南唐馮延巳，並下開蘇軾、秦觀二家。馮煦云：

> 文忠家廬陵，而元獻家臨川，詞家遂有西江一派。其（歐陽脩）詞與元獻同出南唐。……疏儁開子瞻，深婉開少游。
> 〔註210〕

歐陽脩詞上承馮延巳，下開蘇軾之疏儁、秦觀之深婉。歐詞之疏儁，係一種達觀自得的意趣，即使政治失意，鬱抑不得志，亦能寄託山水、樂觀以對。蘇軾疏儁處即受其影響，出自遣玩游賞的意興、疏放曠達的情懷；歐詞之深婉，是一種以天下爲己任的身世慨嘆，詞人所懷所念，攸關家國命運、人生感慨。秦觀深婉處即受其影響，繫乎深層複雜的感傷，刻苦銘心的悲緒。就前者言，此乃歐陽脩別於馮延巳之處；就後者言，馮詞之沉鬱，秦觀之深婉，可謂一脈相承。馮煦謂秦觀詞云：「寄慨身世，閑雅有情思，酒邊花下，一往而深，而怨悱不亂，悄乎得〈小雅〉之遺。」〔註211〕秦觀詞寄寓身世之慨，情致濃厚，即使以酒邊花下爲題材，亦能一往情深，怨悱不亂。又蔡嵩雲《柯亭詞論》云：「少游詞，雖間有《花間》遺韵，其小令深婉處，實出自六一，乃是《陽春》一脈。」〔註212〕由是可知，馮詞之於北宋諸家之影響，不僅止於晏、歐兩家而已。

（二）劉熙載

劉熙載《詞概》論及馮延巳承先啓後之詞學成就，以一語扼要概

〔註209〕〔清〕馮煦：《蒿庵論詞》：「宋初大臣之爲詞者，寇萊公、晏元獻、范蜀公，與歐陽文忠並有聲藝林。」同前註，頁3585。
〔註210〕同前註。
〔註211〕同前註，頁3586。
〔註212〕蔡嵩雲：《柯亭詞論》，唐圭璋：《詞話叢編》，冊5，頁4911。

括，所謂：

> 馮延巳詞，晏同叔得其俊，歐陽永叔得其深。〔註213〕

晏、歐二家沾丐馮延巳詞風，前者得馮延巳之俊朗，後者得馮延巳之深婉，二家創作個性、審美情趣不同，得益處亦不盡相同。

　　晏殊順遂顯達的身世，造就平淡溫潤的詞風，如〈採桑子〉：「時光只解催人老，不信多情。長恨離亭。淚滴春衫酒易醒。　　梧桐昨夜西風急，淡月朧明。好夢頻驚。何處高樓雁一聲。」（《全宋詞》，冊1，頁93）此闋寫多情的人，飽嘗傷痛，想要藉酒澆愁，入夢逃避，無奈酒醉易醒，好夢頻驚。詞人所表現的是一種深切的傷感之情；而末句「何處高樓雁一聲」，卻結得超脫高遠。馮延巳〈拋球樂〉：「坐對高樓千萬山。雁飛秋色滿闌干。燒殘紅燭暮雲合，飄盡碧梧金井寒。咫尺人千里，猶憶笙歌昨夜歡」一闋，雖寫曲終人散的離索之感，然「坐對高樓千萬山」此般遠揚的情思、超曠的意興，卻沖淡了悲傷情調，使人神往。又如〈醉花間〉「高樹鵲銜巢，斜月明寒草」句，王國維以爲韋應物「流螢度高閣」，孟浩然「疏雨滴梧桐」不能過，〔註214〕正因爲馮延巳於「和淚拭嚴妝」外，仍有高遠俊逸的一面。晏殊生長於太平盛世，過著雍容安逸的生活，其詞有一種嫻靜幽美的風度、溫潤富貴的氣象，〔清〕沈道寬〈論詞絕句〉云：「珠玉新編逸韻饒，仙郎仙筆更飄飄」，〔註215〕晏殊捕捉到馮詞「俊」的表現，並非巧合，而是詞人創作個性使然。

　　歐陽脩與晏殊同是江西人，就地域言，同屬詞中西江一派，直承馮延巳詞風。然歐陽脩生平際遇與晏殊大大不同，雖貴爲一代儒宗，卻缺少晏殊達觀圓融的處事態度，常因直言論事遭到貶謫，發之於詞，便形成了不同於晏殊的詞風。劉熙載謂歐陽脩得馮詞之深，「深」

〔註213〕〔清〕劉熙載：《詞概》，唐圭璋：《詞話叢編》，冊4，頁3689。
〔註214〕〔清〕王國維：《人間詞話》，頁6。
〔註215〕〔清〕沈道寬：〈論詞絕句四十二首〉之九云：「珠玉新編逸韻饒，仙郎仙筆更飄飄。世儒也愛玲瓏句，夢踏楊花過謝橋。」見孫克強：《清代詞學批評史論・附錄》，頁409。

即是一種深摯婉切的風格，其〈踏莎行〉云：「候館梅殘，溪橋柳細。草薰風暖搖征轡。離愁漸遠漸無窮，迢迢不斷如春水。　寸寸柔腸，盈盈粉淚。樓高莫近危闌倚。平蕪盡處是春山，行人更在春山外。」（《全宋詞》，冊1，頁123）上片寫旅途所見，詞人通過殘梅、細柳、薰草、暖風的細微變化，勾勒出行人的離愁，如同迢迢不斷的春水；下片則是行人念及閨中思婦柔腸寸斷之辭，設想思婦倚闌凝睇，望青山無際之悵望。整闋寫來言情婉摯，感人心脾。再看馮延巳〈臨江仙〉：「秣陵江上多離別，雨晴芳草煙深。路遙人去馬嘶沉。青簾斜掛，新柳萬枝金。　隔江何處吹橫笛，沙頭驚起雙禽。徘徊一晌幾般心。天長煙遠，凝恨獨沾襟。」馮延巳此闋，藉由「雨晴芳草」之大好春光，映襯出離愁別恨的萬般愁緒，女子望著行人離去的背影，僅能獨自傷心。整闋情景交融，讀之能不黯然銷魂。由是可知，歐陽脩得馮詞中的一往情深，體現出韻味雋永的一面。

　　劉熙載分別指出晏殊、歐陽脩二家詞的風格特色，然無論俊朗或深婉，均出自南唐馮延巳一家，馮詞之於宋初晏、歐的影響，脈絡分明，顯然易見。

（三）陳廷焯

　　陳廷焯《詞壇叢話》論及五代詞及詞人之地位云：

> 詞至五代，譬之於詩，兩宋猶三唐，五代猶六朝也。後主小令，冠絕一時。韋端己亦不在其下。終五代之際，當以馮正中為巨擘。〔註216〕

《雲韶集》又云：

> 唐人之詞猶六朝之詩，五代之詞猶初唐之詩也。李後主情詞淒婉，獨步一時。和成績（凝）、韋端己、毛平珪（文錫）三家語極工麗，風骨稍遜。孫孟文（光憲）崛起，筆力之高庶幾唐人。自馮正中出，始極詞人之工，上接飛卿，下

〔註216〕〔清〕陳廷焯：《詞壇叢話》，唐圭璋：《詞話叢編》，冊4，頁3719～3720

開歐、晏，五代詞人斷推巨擘。〔註217〕

就陳廷焯之論，殊值留意者凡四端：其一、將詞體發展比之於詩：詞於兩宋，如詩於三唐，蔚爲一代文學。至若六朝詩歌，講求音律和諧、辭藻華美的藝術手法，建立近體詩的基本體製，爲唐詩前所未有的繁榮局面，創造了先決條件；五代詞即如六朝詩歌，爲宋詞百花絢爛的景象，奠定了基本格局。其二，論花間之優劣：以爲孫光憲筆力之高，庶幾唐人，領先諸輩，其次爲和凝、韋莊、毛文錫等人，造語工麗，然風骨稍遜。其三、推崇凄婉之作：以爲李煜詞情凄婉，於五代詞人中，冠絕一時。其四、論馮延巳之成就：以爲詞人之工、士大夫之作，自馮延巳出。又馮延巳詞上承溫庭筠，下開晏、歐，其承先啓後的詞學成就，被譽爲五代巨擘。

陳廷焯又云：

> 正中詞高處，入飛卿之室，卻不相沿襲，雅麗處，時或過之。〔註218〕

> 正中詞爲五代之冠。正中詞如摩詰之詩，字字和雅，晏、歐之祖也。〔註219〕

陳廷焯一方面謂馮詞入溫庭筠之室，有花間痕跡；一方面謂馮詞雅麗處，爲晏、歐祖述，而溫詞有所不及。可見馮延巳詞雖出於花間，卻不爲所囿，其詞有獨特的詞人性格與藝術手法，故能出花間之窠臼，開宋初諸家之流風。

陳廷焯《白雨齋詞話》論及詞體流派云：

> 唐宋名家，流派不同，本原則一。論其派別，大約溫飛卿一體（皇甫子奇、南唐二主附之）。韋端己一體（牛松卿附之）。馮正中爲一體（唐五代諸詞人以暨北宋晏、歐、小山等附之）。張子野爲一體，秦淮海爲一體（柳詞高者附之）。

〔註217〕〔清〕陳廷焯：《雲韶集》，另見黃進德：《馮延巳新釋輯評·輯評》，頁188。

〔註218〕同前註，頁189。

〔註219〕同前註，頁188～189。

蘇東坡爲一體。賀方回爲一體（毛澤民、晁具茨高者附之）。
周美成爲一體（竹屋、草窗附之）。辛稼軒爲一體（張、陸、
劉、蔣、陳、杜合者附之）。姜白石爲一體。史梅溪爲一體。
吳夢窗爲一體。王碧山爲一體（黃公度、陳西麓附之）。張
玉田爲一體。其間惟飛卿、端己、正中、淮海、美成、梅
溪、碧山七家，殊塗同歸。餘則各樹一幟，而皆不失其正。
東坡、白石尤爲矯矯。〔註220〕

陳廷焯視馮延巳詞爲一體，與溫庭筠、韋莊二體並列討論，而唐五代諸
詞人以及北宋晏、歐、小山等附之。陳廷焯又以爲溫庭筠、韋莊、馮延
巳、秦觀、周邦彥、史達祖、王沂孫七家，實殊途同歸。陳廷焯評馮延
巳詞「極沉鬱之致，窮頓挫之妙，纏綿忠厚，與溫、韋相伯仲」；〔註221〕
稱秦觀詞「最深厚、最沉著」；〔註222〕謂周邦彥詞「極其感慨，無處不
鬱」；〔註223〕論史達祖、王沂孫詞「未有不沉鬱者」，〔註224〕此七家言
情極盡淒婉，表現手法含蓄蘊藉，正是共通之處，陳廷焯歸爲一流，蓋
出於此。而馮延巳處於五代末葉，對於詞體發展之進程，更居關鍵地位。

（四）王國維

王國維亦曾論及馮延巳承先啓後之詞學成就，所謂：

馮正中詞雖不失五代風格，而堂廡特大，開北宋一代風氣。
與中、後二主詞皆在《花間》範圍之外。〔註225〕

此段文字意涵有二：其一、馮延巳詞上承花間，不失五代風格，卻脫
於花間範圍外；其二、馮延巳境界深廣、堂廡特大，故能下開北宋風
氣。近人詹安泰〈讀詞偶記〉云：

正中雖不乏寄意深遠之作，選聲設色，猶不盡脫花間習氣。

〔註220〕〔清〕陳廷焯：《白雨齋詞話》，唐圭璋：《詞話叢編》，冊4，卷8，
　　　　頁3962。
〔註221〕同前註，卷1，頁3780。
〔註222〕同前註，頁3785。
〔註223〕同前註，頁3787。
〔註224〕同前註，頁3776。
〔註225〕〔清〕王國維：《人間詞話》，頁6。

〔註226〕

「選聲設色」，指詞之形式。此處指出馮延巳詞在用字造語上仍見花間習氣。然何謂「花間習氣」？便得從詞體發展之背景論起。

西蜀花間詞孕育於一座適合倚聲之學發展的文化都市——成都，當地城市經濟之繁榮，管弦歌舞之多，造就了君臣上下聲色犬馬、狎妓宴飲之風尚，發之於詞，便成柔靡綺麗之作。〔清〕郭麐《靈芬館詞話》即云：

> 風流華美，渾然天成，如美人臨粧，却扇一顧，花間諸人
> 是也。〔註227〕

整體來說，花間詞在題材呈現上，多以香暖之筆，寫樽前月下、秦樓楚館，歌男女之情、閨房之思，此般「文抽麗錦」、「拍按香檀」（歐陽炯〈花間集序〉）之作，總讓人有風雲氣少之憂。然十八位花間詞人，在風格上仍別具個性，如溫庭筠「精妙絕人」、韋莊「意婉詞直」、孫光憲「措辭警鍊」，〔註228〕自不可以偏概全。

花間詞人中，以溫、韋成就最高，能於一片煙柳花海中脫穎而出。就溫庭筠詞而言，王國維以「畫屏金鷓鴣」喻之，陳廷焯以「風流秀曼」〔註229〕論之，正指出溫庭筠精美豔麗之語言風格，其詞如〈南歌子〉：「懶拂鴛鴦枕，休縫翡翠裙。羅帳罷鑪熏。近來心更切，爲思君」（《全唐五代詞》，頁 115）；〈菩薩蠻〉：「玉纖彈處眞珠落。流多暗濕鉛華薄。春露涴朝華。秋波浸晚霞。　　風流心上物。本爲風流出。看取薄情人。羅衣無此痕」（《全唐五代詞》，頁 125），詞人筆下是鴛鴦枕、翡翠裙，所念是眞珠落、鉛華薄，如此精美之詞，卻缺少主觀情感之表述，雖引人聯想，卻難求共鳴。而周濟評爲「蘊藉最深」，

〔註226〕詹安泰：〈讀詞偶記〉，見詹伯慧編：《詹安泰詞學論集》，頁 226。
〔註227〕〔清〕郭麐：《靈芬館詞話》，唐圭璋：《詞話叢編》，冊 1，頁 1501。
〔註228〕溫庭筠「精妙絕人」，見劉熙載：《詞概》，唐圭璋：《詞話叢編》，
　　　　冊 4，頁 3689；韋莊「意婉詞直」、孫光憲「措辭警鍊」，見陳廷焯：
　　　　《白雨齋詞話》，唐圭璋：《詞話叢編》，冊 4，卷 1，頁 3779～3780。
〔註229〕〔清〕陳廷焯：《詞壇叢話》，唐圭璋：《詞話叢編》，冊 4，頁 3719。

〔註230〕陳廷焯亦稱「飛卿詞全祖〈離騷〉，所以獨絕千古」，〔註231〕只不過是「比興寄託」之附會而已。

　　韋莊詞風恰與溫庭筠相反。韋莊親臨亡國之慟，對於生平之感受，特為深刻，其詞係以清簡勁直之筆，抒己身所感，王國維以「弦上黃鶯語」喻之，劉熙載以「惆悵自憐」〔註232〕論之，韋莊詞正是充滿詞人之生命與感情的最佳篇什。然韋莊詞近乎白話，流於刻露，不見任何留白，其詞如〈荷葉杯〉：「記得那年花下。深夜。初識謝娘時。水堂西面畫簾垂。攜手暗相期。　　惆悵曉鶯殘月。相別。從此隔音塵。如今俱是異鄉人。相見更無因」（《全唐五代詞》，頁158）；〈女冠子〉：「四月十七。正是去年今日。別君時。忍淚佯低面，含羞半斂眉。　　不知魂已斷，空有夢相隨。除卻天邊月，沒人知」（《全唐五代詞》，頁169），往往於一詞之中，敘一事，抒一情，雖感情真摯，卻不足以引發聯想，彌補了溫詞之無情，卻少了溫詞的朦朧與精美。

　　馮延巳詞，王國維以「和淚拭嚴妝」論之。「嚴妝」，一方面指語言形式的表現手法。馮延巳詞，應歌之作頗多，如〈鵲踏枝〉：「幾度鳳樓同飲宴。此夕相逢，卻勝當時見。低語前歡頻轉面。雙眉斂恨春山遠。　　蠟燭淚流羌笛怨。偷整羅衣，欲唱情猶懶。醉裏不辭金盞滿。陽關一曲腸千斷」一闋，寫出鳳樓之金碧輝煌、蠟燭之紅豔透亮，帶出羅衣之斑斕，金爵之耀人。又如〈抛球樂〉：「酒罷歌餘興未闌。小橋秋水共盤桓。波搖梅蕊當心白，風入羅衣貼體寒。且莫思歸去，須盡笙歌此夕歡」一闋，寫秦樓楚館，酒酣歌舞的歡愉氛圍，此一場面僅有日日笙歌，沉醉於富貴溫柔之王公國戚、達官貴人才能體會。由是可知，馮延巳之藝術表現手法與溫庭筠如出一轍，可見花間之餘續也。馮延巳「嚴妝」之另一層面，係指馮延

〔註230〕〔清〕周濟：《介存齋論詞雜著》，唐圭璋：《詞話叢編》，冊2，頁1631。

〔註231〕〔清〕陳廷焯：《白雨齋詞話》，唐圭璋：《詞話叢編》，冊4，卷1，頁3777。

〔註232〕〔清〕劉熙載：《詞概》，唐圭璋：《詞話叢編》，冊4，頁3689。

已知其不可而爲之的執著精神。葉嘉瑩謂馮延巳詞之感情「有一種固執，有一種操守」，﹝註233﹞即使是面對無可奈何、無能爲力的悲劇時，仍然有所堅持。王國維以「和淚」論馮延巳的心靈境界，即是馮延巳盤旋鬱結的心靈寫照，此與韋莊惓惓故國之思，正是同一面目。

馮延巳「和淚拭嚴妝」的特色，即是其詞「別具一種風格」﹝註234﹞的主要表現手法，亦是馮延巳脫於花間，有別溫、韋的最大因素。蓋溫庭筠詞雖以精美之物引起讀者聯想，卻缺乏主觀情感，不能直接給予讀者眞誠之感動；韋莊詞清簡勁直，雖極富直接動人之力量，卻過於直抒其事，反而爲外事所侷限。﹝註 235﹞至於馮延巳詞，吸收溫庭筠的濃，及韋莊的淡，同以濃麗之筆塡詞，卻不顯得珠光寶氣，同是抒發胸臆，卻能曲折含蓄，層次迭見，馮延巳詞係一種心靈上所體認的感情境界，能激發讀者無窮感受，給予讀者無限想像。

王國維謂馮延巳「堂廡特大」，實針對溫、韋詞風而言，馮詞境界之深且廣，故能凌駕溫、韋之上，此乃溫、韋二家不及馮延巳之處，亦是馮延巳下開北宋一代風氣的主要原因。

（五）況周頤

況周頤（1879～1926），原名周儀，字夔笙，號蕙風，廣西臨桂人，與王鵬運、鄭文焯、朱祖謀爲清末詞壇四大家。庚子八國聯軍前後，因國事日非，政治敗亂，發而爲詞，寄興深微，多沉痛怨悱之音。其詞學主張見於《蕙風詞話》五卷及《續編》二卷，係繼承常州詞派理論而來，以溫厚雅正爲宗，並重視詞家性情在作品中的表現。曾論及五代之作云：

> 唐五代詞並不易學，五代詞尤不必學，……其錚錚佼佼者，
> 如李重光之性靈，韋端己之風度，馮正中之堂廡，豈操觚

﹝註233﹞ 葉嘉瑩：《唐五代名家詞選講》，頁 68。
﹝註234﹞ 蔡嵩雲：《柯亭詞論》，唐圭璋：《詞話叢編》，冊 5，頁 4910。
﹝註235﹞ 葉嘉瑩：《迦陵論詞叢稿》，頁 72～73。

之士能方其萬一。〔註236〕

況周頤謂唐五代詞不易學，五代詞尤不必學，何也？況周頤云：「塡詞第一要襟抱。惟此事不可強，並非學力所能到」，〔註237〕襟抱即指作者的眞性情。況周頤提出作詞之三要：「重」、「拙」、「大」，〔註238〕此三者爲審美的最高境界。「重」則反對「輕」，沉著之謂，在氣格而不在字句；「拙」則反對「巧」；「大」則反對「纖」。簡言之，況周頤主張詞不要輕巧纖麗，換句話說，正是一種「沉著」、「溫厚」的詞學主張。

況周頤舉李煜、韋莊、馮延巳三家爲例，認爲其詞非操觚率爾之士能學。蓋李煜詞出於性靈，「以吾言寫吾心」，〔註239〕詞之眞者，無須強求，當是自然流露；韋莊詞則有風度，猶如疏梅、文杏，即使面臨斷井、頹垣，亦能保持眞性。〔註240〕至若馮延巳詞，況氏借王國維「堂廡特大」評語論之，其《歷代詞人考略》亦云：「馮詞如古蕃錦，如周、秦寶鼎彝。琳瑯滿目，美不勝收。詞之境詣至此，不易學並不易知，未庸漫加撰擇，與後主詞實異曲同工也。」〔註241〕「古蕃錦」〔註242〕比喻馮詞形式之奇豔絕倫；「寶鼎彝」〔註243〕比喻馮

〔註236〕〔清〕況周頤著、孫克強輯考：《蕙風詞話‧廣蕙風詞話》，卷1，頁11～12。
〔註237〕同前註，卷2，頁21。
〔註238〕同前註，卷1，頁3。
〔註239〕同前註，卷1，頁7。
〔註240〕況周頤云：「塡詞如何乃有風度。……自善葆吾本有之清氣始。……花中疏梅、文杏。亦復託根塵世，甚且斷井、頹垣，乃至摧殘爲紅雨，猶香。」同前註，卷1，頁7。
〔註241〕〔清〕況周頤著、孫克強輯考：《蕙風詞話‧廣蕙風詞話‧歷代詞人考略》，卷4，頁210。
〔註242〕〔清〕王士禎：《花草蒙拾》云：「花間字法，最著意設色，異紋細豔，非後人纂組所及。……山谷所謂古蕃錦者，其殆是耶。」唐圭璋：《詞話叢編》，冊1，頁673。
〔註243〕三代鼎彝，體製端重雅潔，古人常以之論道，〔宋〕洪皓〈聚道齋〉云：「古人以道寓諸器，今人謂器與道異；不知器存道亦存，制器尚象皆其類。張公榜齋爲聚首，古器用居三代寶；鼎彝雕鏤出神怪，篆籀文章資探討。虯螭怒目肆攫拿，犀兕頓足紛交加；雲雷葷蘬靡不有，巧妙肯使毫氂差。詞嚴義密見款識，傳之萬祀期不

詞內容思想之雅正，其詞境造詣至此，與李煜有異曲同工之妙，不易學，也不易知。由是可知，況周頤對於馮延巳詞的推崇。

此外，況周頤《蕙風詞話》云：

> 後晉高祖天福二年，契丹太宗改元會同，國號遼。……自是已還，密邇文化。當是時，中原多故，而詞學寖昌。其先後唐莊宗，其後南唐中主，以知音提倡於上。和成績《紅葉稿》、馮正中《陽春集》揚葩振藻於下。〔註244〕

五代之際，雖中原多故，然君臣上下倚聲填詞，樂此不疲，故詞學寖昌，有後唐莊宗、中主李璟提倡於上，有和凝、馮延巳唱和於下，其《紅葉稿》、《陽春集》，更是辭藻華麗之作，對於詞體之發展，有推波助瀾之功用。

況周頤《蕙風詞話·未刊稿》又云：

> 《陽春》一集，爲臨川珠玉所宗，愈瑰麗愈醇樸。南渡名家沾丐膏馥，輒臻上乘。〔註245〕

詞經馮延巳發展至晏殊手中，語言風格愈瑰麗，而思想感情愈醇樸。況周頤《歷代詞人考略》稱晏殊〈浣溪沙〉「無可奈何花落去，似曾相似燕歸來」云：「此等詞無須表德，並無須實說，所謂『不著一字，盡得風流』，羅羅清疏卻按之有物」，〔註246〕正是一種醇雅質樸的表現。況周頤又指出除晏殊外，南渡名家亦沾丐馮詞膏馥，詞人篇什遂臻於上乘。所謂「南渡名家」，即宣和、紹興間詞人，根據王兆鵬《宋南渡詞人群體研究》指出，包括葉夢得、朱敦儒、李綱、李清照、張

墜：仲淹著書非著論，侍郎獨識先公意。見說侍郎才更優，牙籤插架如鄴侯；從來器寶待人寶，此器此人今罕儔。」見《鄱陽集》（臺北：臺灣商務印書館，年月未詳《四庫珍本別輯》，冊319），卷3，頁2。

〔註244〕〔清〕況周頤著、孫克強輯考：《蕙風詞話·廣蕙風詞話》，卷3，頁40。

〔註245〕〔清〕況周頤著、孫克強輯考：《蕙風詞話·廣蕙風詞話·輯佚》，頁418。

〔註246〕〔清〕況周頤著、孫克強輯考：《蕙風詞話·廣蕙風詞話·歷代詞人考略》，卷7，頁225。

元幹等。〔註247〕詞體發展至此，無論是語言風格，或是表現手法，已達到成熟的地步，而詞所蘊含的眞切情感，是處於山河淪陷、戰亂頻繁的時代下，詞人所獨有的文學特色，其至眞之情，由性靈肺腑中流出，如李清照〈點絳唇〉：「寂寞深閨，柔腸一寸愁千縷。惜春春去。幾點催花雨。　　倚遍闌干，祇是無情緒。人何處。連天衰草，（一作「連天芳樹。」）望斷歸來路。」（《全宋詞》，冊2，頁932），女子一寸柔腸，卻有著「千絲萬縷」的愁緒，寫來婉轉哀凄，末句「連天衰草，望斷歸來路」，更覺情詞怨悱、黯然銷魂。況周頤謂南渡名家，沾丐馮、晏，李清照之作，正可視爲代表。

（六）蔣兆蘭、蔡嵩雲

蔣兆蘭，清末民初人，其《詞說》論及宋初詞家工小令云：

> 歐陽、大小晏、安陸、東山，皆工小令，足爲師法。詞家醉心南宋慢詞，往往忽視小令，難臻極詣。鄙意此道，要當特致一番功力於溫、韋、李、馮諸作，擇善揣摩，浸淫沉潛，積而久之，氣韻意味，自然醇厚不復薄索。蓋宋初諸公，亦正從此道來也。〔註248〕

蔣兆蘭一方面推崇北宋晏殊、歐陽脩、晏幾道、張先、賀鑄諸家小令，以爲諸作足爲後世效法。一方面又謂「詞家醉心南宋慢詞」，「詞家」應指清初朱彝尊浙西之流，浙派推尊南宋姜夔、張炎，以清空醇雅爲宗。蔣兆蘭指出詞家忽視小令之弊，故難臻絕詣，畢竟小令如詩中絕句，首重造意，若只圖敷衍成篇，難成佳作。又宋初小令可上溯至晚唐五代，溫庭筠、韋莊、李煜、馮延巳之作，以意境爲上，遣詞次之，氣韻意味自然醇厚，蔣兆蘭即論定「宋初諸公，正從此道來」。陳匡石《聲執》亦云：「至於北宋小令，近承五季。慢詞蕃衍，其風始微。晏珠、歐陽脩、張先，固雅負盛名。而砥柱中流，斷非幾道莫屬。由是

〔註247〕 王兆鵬：《宋南渡詞人群體研究》（臺北：文津出版社，1992年3月），頁4。
〔註248〕 〔清〕蔣兆蘭：《詞說》，唐圭璋：《詞話叢編》，冊5，頁4637～4638。

以上稽李煜、馮延巳，而至於韋莊、溫庭筠，薪盡火傳，淵源易溯。⋯⋯唐五代所取，則為溫、韋、李、馮四家。⋯⋯北宋初期，關於令曲，已開宋人之風氣，略變五代之面目者，則為歐陽脩。」〔註249〕陳匪石之論，即替蔣兆蘭評語下一註解。小令體裁，肇於五代，衍於北宋，其間能變化五代面目，下開後世風氣者，當推歐陽脩。而歐陽脩所取資之對象，即是溫、韋、馮、李四家詞人。可見，馮延巳與其他三家諸作，獲得了小令體製發展上的極大肯定。

此外，清末民初詞人蔡嵩雲《柯亭詞論》論及詞家治小令之途徑云：

> 自來治小令者，多崇尚《花間》。《花間》以溫、韋二派為主，餘各家為從。溫派穠豔，韋派清麗，不妨各就所嗜而學之，若性不喜《花間》，尚有二途可循。或取清麗芊綿家數，由漱玉以上規後主，參以後唐之韋莊，輔以清初之納蘭，此一途也。或取深俊婉約家數，由宋初珠玉、六一、淮海諸家，上溯至正中，更以近代王靜庵之《人間詞》擴大其詞境，此亦一途也。〔註250〕

就蔡嵩雲之論，小令途徑，大抵有三：一以《花間》為主，溫庭筠之穠豔、韋莊之清麗為其楷模；一以後唐莊宗、李煜、李清照，下至納蘭性德等清麗芊綿之家數為主；一以馮延巳、晏殊、歐陽脩、秦觀，下至王國維等深俊婉約之風流為主。蔡嵩雲將馮延巳詞歸於第三途徑，其詞之深俊婉約，即影響晏殊、歐陽脩、秦觀等人，晚清王國維更有所嗣響。由是可知，馮延巳詞，不僅晏殊得其俊、歐陽脩得其深，晏、歐之後，更下開婉約詞派。蔡嵩雲又補充道：「近代王靜庵《人間詞》，接武歐、晏，其實歐、晏仍自《陽春》出。《人間詞》中，〈蝶戀花〉調最多，亦最佳，即〈鵲踏枝〉也。」〔註251〕王國維《人間詞》以〈蝶戀花〉最多，而馮延巳《陽春集》亦以〈鵲踏枝〉最具成

〔註249〕陳匪石：《聲執》，唐圭璋：《詞話叢編》，冊5，卷下，頁4969。
〔註250〕蔡嵩雲：《柯亭詞論》，唐圭璋：《詞話叢編》，冊5，頁4904
〔註251〕同前註，頁4910。

就，兩調異名而實同也。王國維步武晏、歐，晏、歐實出於馮延巳，詞人一脈相承之痕跡顯然可見。蔡嵩雲之論，又較蔣兆蘭更進一層。

（七）其他諸家

除上述評論外，筆者再得數則批評資料，概述如下：

1、程恩澤

程恩澤（1785～1837），字雲芬，號春海，安徽歙縣人。有《程侍郎遺集》。其〈題周稚圭前輩《金梁夢月詞》八首〉之二云：

> 高才延巳追端己，小令中唐溢晚唐。更用騷心爲樂府，漫天哀豔李重光。〔註252〕

程恩澤開宗明義直指馮延巳詞追隨韋莊一事；次句則指中唐小令成就高於晚唐；結尾兩句，認爲李煜以「騷心」寫樂府，感情纏綿，扣人心弦，給予高度評價。由是觀之，程恩澤將韋莊、馮延巳、李煜三家並舉，又推崇中唐如劉禹錫、白居易之作，所重視的是一種有情致，直抒胸臆的文學作品，對於花間諸輩，並不予置評。王國維《人間詞話》云：「韋端己之詞，骨秀也；李重光之詞，神秀也。」〔註253〕意即韋莊詞疏淡中見穠密，率直中見沉鬱；而李煜詞則是一種千錘百鍊後，所表現的赤子之情。馮延巳介於二者中間，雖不同家數，卻能體現詞人眞性情自然流露的一面。程恩澤將此三家並列，不無道理。

2、譚瑩

譚瑩（1800～1871），字兆仁，別字玉生，廣東南海人，有《樂志堂集》。其〈論詞絕句一百首〉〔註254〕論及唐五代詞人，包含李白、白居易、張志和、溫庭筠、韓偓、孟昶、韋莊、李璟、李煜諸輩，對

〔註252〕〔清〕程恩澤：〈題周稚圭前輩《金梁夢月詞》八首〉之二，見孫克強：《清代詞學批評史論・附錄》，頁427。
〔註253〕〔清〕王國維：《人間詞話》，頁5。
〔註254〕譚瑩「論詞絕句」研究，參王曉雯：《譚瑩「論詞絕句」研究》（東吳大學中國文學系博士論文，2008年7月）。

於馮延巳卻略而不談，貶抑意味昭然可見。然今就譚瑩〈論詞絕句一百首〉論李璟及論晏殊之作，可稍微窺得譚瑩筆下馮延巳之詞學成就。二首絕句如次：

> 能使《陽春集》價低，〈浣溪沙〉曲手親題。一池春水干卿事，酷似空梁落燕泥。〔註255〕

> 楊柳桃花調亦陳，三家村裡住無因。歌詞許似馮延巳，語語原因類婦人。〔註256〕

前一首論詞絕句，譚瑩以李璟與馮延巳君臣相戲的詞林佳話，及李璟親題〈浣溪沙〉〔註257〕一事發端，並舉隋煬帝與薛道衡事相較。薛道衡有「暗牖懸蛛網，空梁落燕泥」〔註258〕名句，〔唐〕劉餗《隋唐嘉話》記載：「煬帝善屬文，而不欲人出其右，司隸薛道衡由是得罪，後因事誅之。曰：『更能作「空梁落燕泥」否？』」〔註259〕〔宋〕洪邁《容齋隨筆》亦載：「薛道衡以『空梁落燕泥』之句爲隋煬帝所嫉。」〔註260〕譚瑩將李璟、馮延巳與煬帝、薛道衡相提並論，同是君臣身分，一則相戲，一則相妒，若從文人相輕的角度思考，譚瑩用意可見，畢竟李璟在位之際，詞名不遜馮延巳，兩人勢必存在競爭心態。由此絕句可知，馮延巳詞名，顯然對李璟造成極大的威脅，然首句「能使《陽春集》價低」，謂馮詞不及李璟之作，高下立判。

　　後一首絕句，「楊柳桃花調亦陳」出自晏幾道〈鷓鴣天〉：「舞低

〔註255〕〔清〕譚瑩：〈論詞絕句一百首〉，見孫克強：《清代詞學批評史論‧附錄》，頁438。

〔註256〕同前註，頁439。

〔註257〕李璟親題〈浣溪沙〉事，見〔宋〕馬令：《南唐書‧談諧傳‧王感化》，卷25，頁167。

〔註258〕「暗牖懸蛛網，空梁落燕泥」出自薛道衡〈昔昔鹽〉，見〔明〕陸時雍編：《古詩鏡》（臺北：臺灣商務印書館，1986年3月《景印文淵閣四庫全書》，冊1411），卷29，頁246。

〔註259〕〔唐〕劉餗：《隋唐嘉話》（北京：中華書局，1991年《叢書集成初編》，冊2743），卷上，頁1。

〔註260〕〔宋〕洪邁：《足本容齋隨筆‧續筆》（臺北：廣文書局，1995年6月），冊上，卷7，頁5。

楊柳樓心月，歌盡桃花扇底風。」〔註261〕次句「三家村裡住無因」
化用晁補之評語：「晏元獻不蹈襲人語，而風調閑雅，如『舞低楊柳
樓心月，歌盡桃花扇底風』知此人不住三家村也。」〔註262〕晁補之
將晏幾道詞作晏殊詞，譚瑩未詳辨悉。第三句「歌詞許似馮延巳」，
譚瑩指出晏殊詞近似馮延巳，道出兩人詞風的傳承關係；第四句「語
語原因類婦人」，所謂「婦人語」，即是一種以歌舞遊宴、惜春怨別、
留連光景之作，此正與馮延巳閑愁滿懷之詞風如出一轍。譚瑩表明心
跡，對於晏殊喜作婦人語，並不苟同。〔明〕毛晉《宋六十名家詞·
珠玉詞跋》載：「其暮子幾道云：『先公爲詞，未嘗作婦人語也。』」
〔註263〕譚瑩或認爲此般「婦人語」詞品不高，或認爲其詞綺豔淫靡，
譚瑩專論晏殊，而對於馮延巳的批評，亦能從中窺見。

3、繆荃孫

繆荃孫（1844～1919），生於江陰申港鎮繆家村，字炎之，一字
筱珊（小山），晚號藝風老人。其〈宋元詞三十一家詞序〉云：

> 陽春領袖於南唐，慶湖負聲於北宋。碧山之綿渺，梅溪之
> 軼麗，中圭雙秀，不殊怨悱之音。〔註264〕

繆荃孫開宗明義即言南唐詞以馮延巳爲翹楚，儘管中主李璟提倡於
上，後主李煜唱和於下，仍不及馮延巳領袖地位。賀鑄自號慶湖老人，
其詞語意精新，用心甚苦，「另有一種傷心說不出處」，〔註265〕堪稱

〔註261〕〔宋〕晏幾道〈鷓鴣天〉：「彩袖殷勤捧玉鍾。當年拚卻醉顏紅。舞
低楊柳樓心月，歌盡桃花扇影（底）風。　從別後，憶相逢。幾
回魂夢與君同。今宵賸把銀釭照，猶恐相逢是夢中。」（《全宋詞》，
冊1，頁225）。

〔註262〕晁補之評語，見〔宋〕吳曾：《能改齋漫錄》，唐圭璋：《詞話叢編》，
冊1，頁125。

〔註263〕〔明〕毛晉：《宋六十名家詞·珠玉詞跋》，（上海：上海古籍出版
社，1989年12月），頁12。

〔註264〕〔清〕繆荃孫〈宋元詞三十一家詞序〉，施蟄存《詞籍序跋粹編》，
頁721。

〔註265〕〔清〕陳廷焯：《白雨齋詞話》，唐圭璋：《詞話叢編》，冊4，卷1，
頁3786。

北宋之佳作。至若南宋王沂孫、史達祖兩家詞人，一則綿渺，一則軼麗，別有風格，然怨悱之音，實與馮延巳、賀鑄異曲同工。如王沂孫〈醉落魄〉下片：「垂楊學畫蛾眉綠。年年芳草迷金谷。如今休把佳期卜。一掬春情，斜月杏花屋」，陳廷焯《白雨齋詞話》評為：「婉麗中見幽怨」；〔註266〕史達祖〈喜遷鶯〉：「柳院燈疏，梅廳雪在」一句，張伯駒《叢碧詞話》謂：「八字寫景好，真是歐（陽修）、秦（觀）句法。」〔註267〕「歐秦句法」正是以景寫情之表現手法。由是可知，無論是北宋賀鑄，或是南宋王沂孫、史達祖，其情詞怨悱處，均可見馮詞痕跡。

4、沈曾植

沈曾植（1850～1922），浙江吳興人。其《菌閣瑣談》云：

> 劉公勇謂「詞須上脫香奩（同「奩」字），下不落元曲，乃稱作手」。亦為一時名語。然不落元曲易耳，浙派固絕無此病。而明季諸公宗《花間》者，乃往往不免。若所謂上脫香奩者，則韋莊、光憲既與致光同時，延巳、熙震亦與成績並世，波瀾不二，風習相通，方當于此津逮唐餘，求欲脫之，是欲升而去其階已。〔註268〕

沈曾植《菌閣瑣談》引劉公勇謂「詞須上脫香奩，下不落元曲，乃稱作手」。「香奩」，指花間詞也。沈曾植之論，主要是因明代諸公推尊《花間》，卻陷於《花間》泥沼所興之感慨。劉公勇「詞須上脫香奩」一句，並非斥責花間風格，相反的，是認同花間詞在詞史演進上之重要地位。然真正可稱為詞中作手者，則必須脫於花間，別開生面。韋莊、孫光憲、毛熙震、和凝諸輩，身處於花間風尚中，能別有特色，已屬難得。而馮延巳所處之南唐，與花間波瀾不二，風習相通，可謂源於花間，又超越花間也。

〔註266〕同前註，卷7，頁3946。

〔註267〕張伯駒：《叢碧詞話》，見《詞學》（第一輯），頁86。

〔註268〕〔清〕沈曾植：《菌閣瑣談》，唐圭璋：《詞話叢編》，頁3606。

5、焦袁熙

焦袁熙（1660～1735），字南浦，號廣期，有《此木軒直寄詞》。
其〈採桑子〉題作「馮相」，詞云：

> 一池春水風吹皺，甚事干卿。主聖臣英。白雪陽春和得成。
>
> 　篇章訛亂君休訝，好似門生。歐晏齊名，異代推公作
>
> 主盟。〔註269〕

此闋上片言南唐君臣相戲之詞林佳話，並以「主聖臣英」，推尊李、
馮二家。「白雪陽春和得成」則是假借趙聞禮《陽春白雪》之名，指
稱馮延巳《陽春集》及李璟詞，足相輝映也。下片進而將馮延巳與晏
殊、歐陽脩兩家詞人並論。詞人首先以「門生」比之歐陽脩，指出《六
一詞》與《陽春集》作品互見、篇章訛亂的現象，〔註270〕恰似門生
之於業師的學習因承，致作品極似而難辨也。其次，論晏殊與歐陽脩
齊名，並推馮延巳為異代詞壇之宗主，推崇之意顯而易見。

　　總之，歷代評論家論及馮延巳承先啓後之詞學成就，大抵不出二
端：一、上承花間，嗣響溫、韋；二、下開兩宋風流。就前者言，馮詞
濃豔處如溫庭筠，往往借女子口吻，寫風月、記名物、抒閨情、道離愁，
不脫花間習氣；而清麗處如韋莊，性情流露，不假造作，能感人肺腑，
動人心脾。馮詞雖上承花間，然其作品卻注入大量鮮明的作家血淚，故
能擺脫窠臼，下開兩宋風流，作為詞體自五代發展至北宋的關鍵跳板。
陳廷焯譽為五代巨擘，繆荃孫稱之南唐領袖，誠實至名歸。

　　就後者言，形式方面，北宋小令，近承五代而來，晏、歐祖述馮
延巳，成為小令途徑之楷模，而歐陽脩能略變小令面目，遂開後世風
氣；北宋晏幾道、秦觀、賀鑄，甚至是清代王國維，莫不受其影響。
內容方面，馮詞深俊婉約、堂廡特大的風格，為晏、歐所師法，一則
得其俊，一則得其深，雖不同路數，卻能沾丐馮詞之長；而後，蘇軾

〔註269〕張宏生主編：《全清詞‧順康卷》，冊18，頁10579。
〔註270〕詳參本文第二章第三節「作品互見情形」。

得歐陽脩之疏雋處，秦觀得歐陽脩之深婉處，仍可見馮延巳之痕跡。至若周邦彥、李清照、姜夔、史達祖、王沂孫諸輩，無不受薰染。馮延巳真乃影響兩宋詞壇最深遠之作手也。

　　雖然如此，馮延巳承先啓後之詞學成就，並非屹立不搖。有推崇至極者，如馮煦、陳廷焯、王國維、繆荃孫、焦袁熙；有客觀論之者，如湯顯祖、劉熙載、況周頤、蔣兆蘭；亦有不表認同者，如譚瑩。評論者不同的觀點，或出自個人的私心與好尚，或出自個人的經驗與學識，無優劣之別，只是視野不同而已。

第六章 結 論

　　過去以馮延巳爲研究者，往往側重詞人的時代背景與創作歷程，以及文學作品的內容形式與風格特色。或以作家爲研究核心，探討詞人之於作品的聯繫性與因果性；或從作品本身出發，梳理其藝術風格及文學成就。然此傳統研究方法，往往忽略一個重要的環節，即讀者的存在價值。本文援用「接受理論」作爲研究基礎，站在讀者的角度，審視不同時代的讀者群體在面對馮延巳詞時，所表現的各種感受與響應。無論是馮延巳詞的傳播接受研究、創作接受研究，或批評接受研究，均能突破傳統窠臼，重新給予馮延巳詞新的文學定位，茲分三方面總結如次：

一、馮延巳詞的傳播接受

　　馮延巳詞的傳播接受研究，首先側重文本的整體性，針對馮延巳《陽春集》流傳的客觀存在，作一扼要概述。由刊刻詞集現象可知，宋代距南唐最近，雖有馮璂及崔公度藏本、陳世脩嘉祐本、南宋長沙本流傳之可能，然均未傳世，實難究詰。金、元兩代，未有《陽春集》之刊刻，此與當時天翻地覆的環境巨變與文化現象密切相關。明代雖有毛晉、吳訥刊刻《陽春集》，然前者未及流傳，後者則至民國始爲通行，無太大裨益。泊乎清代，馮延巳《陽春集》的文學光芒，因侯

文燦、金武祥、蕭江聲、王鵬運、劉繼增等人重刻《陽春集》，遂能大放異彩。

其次，用心於文本的個體性，運用計量方式，逐一統計歷代選本擇錄馮延巳詞的情形。宏觀來說，可得馮延巳詞在不同時代的好尚優劣：就歷代選本選錄馮延巳詞總數觀之，其詞最受清代歡迎，二十二部選本中，收錄馮詞達 288 首，實屬可觀。明代十四部選本中，收錄馮詞 185 首，略遜清代。至若宋編選本，僅錄馮詞 14 首，金元選本則不錄，收錄情形實不足觀。簡言之，馮詞於兩宋、金、元朝的傳播接受，顯然差強人意，甚至呈現停滯的狀態；然至明、清兩代，馮詞的傳播接受，則是倒吃甘蔗，漸入佳境，尤以清代為甚；此或緣時代風氣、學術氛圍使然，致令馮詞的傳播接受，臻於巔峰。

微觀來說，馮延巳的經典名篇，即通過選本擇錄而凸顯出來；馮延巳作品與諸詞家互見的問題，亦通過編選家的用心，而窺得解決之一徑。就前者言，〈謁金門〉（風乍起）係最廣為流傳之作，自宋迄清，均受到編選家的喜愛與重視。次為〈長相思〉（紅滿枝），宋、明、清選本均收錄；雖作者有所疑義，且《陽春集》「百家詞」本及「名家詞」本不錄，然流行之趨勢，更勝他作，尤以明代為甚。可見，明代編選家認定此詞係屬馮延巳詞無疑，縱使所見《陽春集》刊刻本不錄，亦無大礙。再次為〈拋球樂〉（霜積秋山萬樹紅）及〈鵲踏枝〉（六曲闌干偎碧樹）二詞。〈拋球樂〉一詞，清代以前僅《唐詞紀》錄之，清代以降，卻廣受編選家歡迎，接受程度甚至凌駕〈謁金門〉之上，可見此詞至清代始受到編選家與讀者的密切注意，並成為代表作之一。〈鵲踏枝〉一詞，見收於明、清選本，尤以清代最夥。此詞與其餘三闋〈鵲踏枝〉（誰道閑情、幾日行雲、庭院深深）往往被相提並論，然入選情形卻居四闋之冠，或因藝術價值為人肯定，或因其他三詞多作歐陽脩詞，而此詞多作馮詞之故。就後者言，馮詞互見考辨實屬不易，然藉由歷代選本擇錄情形，可見箇中端倪。畢竟編選家輯錄作品的眼光，除了出自個人的學識涵養外，亦代表時代下的文學傾向。馮延巳與諸

詞家作品互見情形，即可藉此重新梳理。而馮延巳詞最受爭議之作，莫過於〈鵲踏枝〉四闋，另如〈謁金門〉（風乍起）、〈醉桃源〉（東風吹水日銜山）、〈搗練子〉（深院靜），亦眾說紛紜，不免有莫衷一是之無奈，然卻能呈現出馮延巳詞為歷代讀者所接受的不同面向。

二、馮延巳詞的創作接受

　　馮延巳詞的創作接受，通過歷代作家不斷的學習與模仿，得以跨越時代藩籬，注入不同時代的文學氛圍與創作新血，而別見一格。馮延巳詞的藝術價值，便藉由後世作家的創作接受，再次受到肯定。

　　歷代作家對於馮延巳詞的創作接受，形式上可分和韻、仿擬、集句三種；方法不外效仿體製、內容與風格；表現方式或直接明顯，或間接隱藏，或推崇認同，或效顰學步。就宋代而論，作家對於馮詞的創作接受，往往隱而不顯，除二詞於題下云「追和馮延巳」、「改馮相三願詞」外，其餘諸闋，必須參比原形，了解因創，針對體製、內容、風格三端逐一探討，始能窺得一二。而宋代詞人中，以晏殊、歐陽脩、晏幾道等南唐餘緒最為重要。三家的地域關係、身分地位、政治背景、心路歷程，均與馮延巳有相近之處，馮延巳詞發展至北宋，遂能引起共鳴，其詞壇地位亦大為提升。

　　就金元而論，詞題下未見任何「和」、「擬」、「集」馮延巳詞等相關字樣，唯通過字句借鑒之檢索、詞話材料之探討，始能見其一二。而元好問〈清平樂〉詞，有化用馮延巳詞句之痕跡；可知馮延巳詞在金元時的創作接受，雖然不顯，卻非全然空白。

　　就明代而論，作家對於馮延巳詞的創作接受，以仿擬形式最夥，〈南鄉子〉尤為人所樂道；然此詞在明代之前，作者別有三說，或云李煜，或云花間詞人，或云歐陽脩，莫衷一是。至陸深、吳子孝兩人刻意效擬，總算有接受之著落。劉基〈謁金門〉（風嫋嫋）、陳鐸〈長相思〉（恨花枝）二詞，屬體製上的因襲，一為化用借鑒，一為追和原韻。至於陸嘉淑「戲學」馮延巳〈浣溪沙〉之作，當屬另類之接受。

要之，馮延巳詞在金元兩代，飽受沉寂之待遇；至明代，再度受到重視，馮詞再創作之無限可能性由是可觀。

就清代而論，作家對於馮延巳詞的創作接受，以集句作品最夥，〈鵲踏枝〉（庭院深深深幾許）與〈謁金門〉（風乍起）二詞尤受歡迎。集句作品的呈現，不但可窺作家對馮詞的好尚程度，亦能一探作者的真偽問題。和韻作品，以王鵬運〈鵲踏枝〉十闋最為可觀，作家不但從形式、聲韻上進行追和，還從內容、風格上深入揣摩，使和韻作品增添一分馮詞的韻味。而荊措〈春雲怨〉詞，將馮偉壽誤為馮延巳，實屬荒謬；然人名訛誤所帶來的附加價值，亦是詞家始料未及的。至於項廷紀〈應天長〉詞，實依《陽春集》舊本擬作；該詞雖經後世考訂，認為出自李璟之手，然詞人最初之用心，係以馮延巳為仿擬對象，可見影響之深刻。

三、馮延巳詞的批評接受

馮延巳詞的批評接受，係出自歷代讀者個人的價值判斷及相關的詞學理論，通過確切的文字敘述，進行主觀好惡的審美感受及文學作品的藝術鑑賞。筆者通過「人品與詞品」、「藝術風格與詞學成就」兩大議題，凸顯馮延巳詞在評論家挑剔眼光及嚴格審視下的文學定位。

「人品與詞品」方面，兩宋史料，或給予馮延巳人品最嚴厲的定奪，如《釣磯立談》、《資治通鑑》、《新五代史》、《南唐書》（含馬令、陸游兩人之作）、《通鑑總類》等。論馮延巳之可喜，是學問淵博、辯說縱橫；論馮延巳之可惡，是結黨營私，狎侮朝士，諂佞無能、苛政暴斂。即使馮延巳有損怨之美談，卻無法抹滅史籍上赤裸裸的人格審判。或亦肯定馮延巳鼎輔之任，如徐鉉以「風雲夙契」、「魚水冥符」喻馮延巳高居權位、君臣相得；以「具瞻之望」、「聲猷茂遠」論馮延巳的為政之功，給予馮延巳政治生涯高度評價。明代以降之史籍資料，以陳霆《唐餘紀傳》及吳任臣《十國春秋》載南唐事最為詳盡；然二書仍不出《南唐書》（含馬令、陸游兩人之作）範圍。此外，王

夫之《讀通鑑論》能洞鑑古今，明察秋毫，不爲史籍中犀利批判之辭
影響，給予馮延巳客觀評價，尤屬可貴。史學家對於馮延巳人品的相
關評論，褒貶可見，然貶更甚於褒。

馮延巳詞品的相關討論，往往繫乎人品。清代以前，陳世脩論定
馮延巳才業磊壯、才思清飄，美德萃於一身，肯定馮延巳人品，亦讚
許其詞品。清代以降，有論定馮延巳人品與詞品相矛盾者，有論定馮
延巳人品與詞品相契合者。前者如張惠言、周濟、陳廷焯、楊希閔等
人，均以爲馮延巳人品不足取；然論及詞品時，張惠言以爲詞中有排
間異己之念，周濟則以人品高下論定作者眞僞，難免失之附會。而陳
廷焯、楊希閔則就詞論詞，不以人廢言，確較張、周客觀。後者如劉
熙載、馮煦、張爾田、王國維等人，不泥史料攻訐之辭，且對詞人所
處的時代背景能感同身受，故能站在詞人角度給予高度肯定。

諸評論家有的站在詞學理論的立場，深入闡釋，有的以馮延巳子
孫而自詡，對於馮延巳人品與詞品的相關討論，無論是正面稱許，或
是間接質疑，均能凸顯讀者對於馮延巳及其詞不同面貌的批評視野。

「藝術風格與詞學成就」方面，首先論馮詞的比興寄託：清代以
前，張炎首先提出「有餘不盡之意」的主張；後有沈際飛評點《草堂
詩餘》，以爲馮詞有「望澤希寵」之心。至清代，張惠言力倡「比興
寄託」說；之後，遂有周濟「有寄託入、無寄託出」、譚獻「柔厚折
衷」以及陳廷焯「沉鬱頓挫」之闡釋相繼迭出，以因應時代洪流的巨
變；「比興寄託」說遂蔚爲成熟。秉此主張，諸評論家論及馮延巳詞
所蘊含的微言大義，有以忠愛纏綿、排間異己論之；有以有寄託入、
無寄託出論之；有以旨隱詞微、意內言外論之；有以沉鬱頓挫、沉著
痛快論之；有以憫亂猶如風詩者論之；有以尙饒蘊藉論之。諸家之論，
各有己見，然卻異口同聲地給予馮延巳詞「鬱伊倘怳，義兼比興」的
肯定。可見，馮延巳詞足以動人心弦，使動盪時代下的讀者感同身受。

其次，論馮詞的情感抒寫：馮延巳往往通過雅麗筆調，訴閨中語、
發相思意，在吞吐間流露出無以言喻的悲怨之情。陳世脩以「思深辭

麗」、「吟詠性情」論之;李清照以「亡國之音哀以思」論之;〔明〕李
廷機、沈際飛二家,亦有戚戚焉。清以前之評論,雖是寥寥數語,卻
能一針見血,道出馮延巳詞所蘊含的深刻懷思。清代以降,沈雄以造
語雅麗,韻調逸新,稱許馮詞的外在形式;又以「言情之作」頌美馮
詞的內在思想,扼要指出馮詞的風格特色。而馮延巳詞情感抒寫的表
現手法,往往是寓情於景,使客觀景物染上主觀情感,所謂「言情能
沁人心脾,寫景能觸人耳目」,遂使陳廷焯有「我思其人」之感觸。正
因爲馮詞情眞、景眞,王國維視爲有境界之作,是詞中之上乘。汪筠、
章愷、高旭、龔自珍等人,亦因馮詞的哀怨情愁,而觸動心靈共鳴。

　　再次,論馮詞的承先啓後:馮延巳承先啓後之詞學成就,不出二
端:一、上承花間,嗣嚮溫、韋;二、下開兩宋風流。就前者言,溫、
韋、馮三家鼎足而立,馮詞濃豔處如溫庭筠,清麗處如韋莊。其詞雖
上承花間而來,然其作品卻注入大量鮮明的個人色彩與生平血淚,故
能擺脫淫靡空泛的花間習性,下開兩宋婉約風流。陳廷焯譽爲五代巨
擘,繆荃孫奉爲南唐領袖,實至名歸。就後者言,形式上,馮延巳小
令作爲晏、歐祖述之楷模,遂開後世風氣,北宋晏幾道、秦觀、賀鑄,
甚至是清代王國維,莫不受其影響。風格上,馮詞深俊婉約、堂廡特
大的風格,爲晏、歐所師法,雖不同路數,卻能沾丐馮詞之長;而後,
蘇軾詞之疏雋處,秦觀詞之深婉處,仍可見馮詞之痕跡;至若周邦彥、
李清照、姜夔、史達祖、王沂孫諸輩,無不受其薰染。〔清〕焦袁熙
甚乃譽馮延巳爲異代詞壇之盟主,可見其影響之深遠。

　　總之,不同時代下的不同讀者對馮延巳詞千變萬化的接受感受,
體現出文學作品並非只是獨立不變的客體;馮延巳詞不是一尊死寂無
聲的紀念碑,它如同一部管弦樂譜,悠揚於每個時代、每位讀者的心
靈深處,在不間斷的演奏中,獲得一次又一次的熱烈迴響。馮延巳詞
的文學價值,便通過歷代讀者持續且豐富的接受回饋與響應,更加碩
大茁壯。

重要參考文獻

一、專　書

（一）馮延巳詞集、研究專著

【詞集】

1. 〔明〕吳訥刊刻：《陽春集》「唐宋元明百家詞」本，臺北：廣文書局，1971 年 5 月。

2. 〔清〕侯文燦刊刻：《陽春集》「名家詞集」本，南京：古籍出版社，1988 年 2 月（據金武祥重刻本）。

3. 〔清〕王鵬運刊刻：《陽春集》「四印齋」本，上海：上海古籍出版社，2002 年 3 月（《續修四庫全書》）。

4. 陳秋帆：《陽春集箋》，民國 22 年（1933）年南京書店排印本。

5. 鄭郁卿：《陽春集箋》，臺北：嘉新水泥公司文化基金會，1973 年 6 月。

6. 黃進德：《馮延巳詞新釋輯評》，北京：中國書店，2006 年 7 月。

【專著】

1. 夏承燾：《五代南唐馮延巳先生正中年譜》，臺北：臺灣商務印書館，1980 年 12 月。

2. 夏承燾：《唐宋詞人年譜‧馮正中年譜》，臺北：明倫出版社，1970 年 12 月。

3. 林文寶：《馮延巳研究》，臺北：嘉新水泥公司文化基金會，1971 年。

（二）其他詞集

【總集】

1. 〔後蜀〕趙崇祚編、李一氓校、李冰若注：《宋紹興本花間集附校注》，臺北：鼎文書局，1974 年 10 月。

2. 曾昭岷、王兆鵬等編：《全唐五代詞》，北京：中華書局，1999 年 12 月。

3. 唐圭璋編：《全宋詞》，北京：中華書局，1998 年 11 月。

4. 唐圭璋編：《全金元詞》，臺北：洪氏出版社，1980 年 11 月。

5. 饒宗頤初纂、張璋總纂：《全明詞》，北京：中華書局，2004 年 1 月。

6. 周明初、葉曄編：《全明詞補編》，杭州：浙江大學出版社，2007 年 1 月。

7. 南京大學中國語言文學系全清詞編纂研究室編：《全清詞・順康卷》，北京：中華書局，2002 年 5 月。

8. 張宏生主編：《全清詞・順康卷補編》，南京：南京大學出版社，2008 年 5 月。

9. 楊家駱主編：《清詞別集百三十四種》，臺北：鼎文書局，1976 年 8 月。

【選集】

1. 〔宋〕佚名：《尊前集》，臺北：廣文書局，1971 年 5 月（《唐宋元明百家詞》）。

2. 〔宋〕佚名：《金奩集》，上海：上海古籍出版社，2002 年 3 月（《續修四庫全書》）。

3. 〔宋〕曾慥：《樂府雅詞》，臺北：臺灣商務印書館，1986 年 3 月（《景印文淵閣四庫全書》）。

4. 〔宋〕書坊刻：《草堂詩餘》，上海：上海古籍出版社，2002 年 3 月（《續修四庫全書》）。

5. 〔宋〕黃昇：《花庵詞選・唐宋諸賢絕妙詞選》，臺北：曾文出版社，1975 年。

6. 〔元〕鳳林書院：《元草堂詩餘》，臺北：新文豐出版公司，1985 年 2 月（《叢書集成新編》）。

7. 〔明〕顧從敬：《類編箋釋草堂詩餘》，上海：上海古籍出版社，2002 年 3 月（《續修四庫全書》）。

8. 〔明〕錢允治：《類編箋釋續選草堂詩餘》，上海：上海古籍出版社，2002 年 3 月（《續修四庫全書》）。

9. 〔明〕顧從敬編、沈際飛評點：《古香岑草堂詩餘》，明崇禎間太末翁少麓刊本。

10. 〔明〕楊慎：《詞林萬選》，臺南：莊嚴文化出版公司，1997 年 6 月（《四庫全書存目叢書》）。

11. 〔明〕楊慎：《百琲明珠》，明萬曆四十一年原刻本。

12. 〔明〕佚名《天機餘錦》，民國 20 年（1931）國立中央研究院歷史語言研究所排印本。

13. 〔明〕陳耀文：《花草粹編》，臺北：臺灣商務印書館，1986 年 3 月（《景印文淵閣四庫全書》）。

14. 〔明〕董逢元：《唐詞紀》，臺南：莊嚴文化出版公司，1997 年 6 月（《四庫全書存目叢書》）。

15. 〔明〕茅暎：《詞的》，北京：北京出版社，2000 年 1 月（《四庫未收書輯刊》）。

16. 〔明〕卓人月：《古今詞統》，上海：上海古籍出版社，2002 年 3 月（《續修四庫全書》）。

17. 〔明〕陸雲龍：《詞菁》，明刻本。

18. 〔明〕潘游龍：《古今詩餘醉》，據明崇禎丁丑（10 年）海陽胡氏十竹齋刊本影印。

19. 〔清〕朱彝尊：《詞綜》，臺北：世界書局，1956 年。

20. 〔清〕先著、程洪輯，劉崇德、徐文武點校：《詞潔》，保定：河北大學出版社，2007 年 9 月。

21. 〔清〕沈辰垣等：《歷代詩餘》，臺北：廣文書局，1972 年 5 月。

22. 〔清〕沈時棟：《古今詞選》，臺北：臺灣東方書店，1956 年 5 月。

23. 〔清〕夏秉衡：《清綺軒詞選》（《歷代名人詞選》），臺北：大西洋圖書公司，1968 年 5 月。

24. 〔清〕黃蘇：《蓼園詞選》，見《清人選評詞集三種》，濟南：齊魯書社，1988 年 9 月。

25. 〔清〕張惠言：《詞選》，臺北：廣文書局，1979 年 6 月。

26. 〔清〕董毅：《續詞選》，臺北：廣文書局，1979 年 6 月。

27. 〔清〕周濟編、譚獻評點：《詞辨》，見《清人選評詞集三種》，濟南：齊魯書社，1988 年 9 月。

28. 〔清〕陳廷焯：《詞則》，上海：上海古籍出版社，1984 年 5 月。

29. 〔清〕王闓運：《湘綺樓詞選》，民國 6 年（1917）王氏湘綺樓刊本。

30. 〔清〕梁令嫺《藝蘅館詞選》，臺北：中華書局，1970 年 10 月。

31. 〔清〕成肇麐：《唐五代詞選》，臺北：臺灣商務印書館：2006 年 5 月。

32. 龍榆生：《唐宋名家詞選》，臺北：大孚書局，1978 年 1 月。

33. 劉永濟：《唐五代兩宋詞簡析》，臺北：龍田出版社，1982 年 1 月。

34. 鄭騫：《詞選》，臺北：中國文化大學出版社，1982 年 2 月。

35. 唐圭璋：《唐宋詞簡釋》，臺北：木鐸出版社，1982 年 3 月。

36. 劉瑞潞：《唐五代詞鈔小箋》，長沙：岳麓書社，1983 年 12 月。

37. 俞陛雲：《唐五代兩宋詞選釋》，臺北：文史哲出版社，1988 年 7 月。

38. 胡適：《詞選》，北京：中華書局，2007 年 4 月。

39. 龍榆生編選、卓清芬注說：《唐宋名家詞選》，臺北：里仁書局，2007 年 10 月。

【別集】

1. 〔五代〕李璟、李煜：《南唐二主詞》，臺北：廣文書局，1971 年 5 月（《唐宋元明百家詞》）。

2. 〔五代〕李璟、李煜著：《南唐二主詞》，上海：上海書店，1994 年《叢書集成續編》。（附：王仲聞校訂：《南唐二主詞校訂》，北京：中華書局，2007 年 5 月）。

3. 〔宋〕張先：《張子野詞》，上海：上海書店、江蘇廣陵古籍刻印社，1989 年 7 月（《彊邨叢書》）。

4. 〔宋〕晏殊：《珠玉詞》，臺北：廣文書局，1971 年 5 月（《唐宋元明百家詞》）。

5. 〔宋〕晏幾道：《小山詞》，臺北：廣文書局，1971 年 5 月（《唐宋元明百家詞》）。

6. 〔宋〕歐陽脩：《近體樂府》，上海：上海古籍出版社，1989 年 9 月（《景刊宋金元明本詞》）。

7. 〔宋〕歐陽脩撰、羅泌校：《近體樂府》，上海：上海古籍出版社，1989 年 12 月（《宋六十名家詞》）。

8. 〔宋〕歐陽脩：《醉翁琴趣外篇》，上海：上海古籍出版社，1989 年 9 月（《景刊宋金元明本詞》）。

9. 〔宋〕晁補之：《晁氏琴趣外篇》，上海：上海古籍出版社，1989 年 9 月（《景刊宋金元明本詞》）。

10. 〔宋〕杜安世:《壽域詞》,臺北:廣文書局,1971 年 5 月(《唐宋元明百家詞》)。

11. 〔清〕陳維崧撰:《湖海樓詞》,臺北:中華書局,1981 年(《四部備要》)。

12. 〔清〕項廷紀:《憶雲詞》,上海:商務印書館,1937 年 12 月(《叢書集成初編》)。

【詞譜‧詞韻】

1. 〔明〕周瑛:《詞學筌蹄》,上海:上海古籍出版社,2002 年 3 月(《續修四庫全書》)。

2. 〔明〕張綖:《詩餘圖譜》,上海:上海古籍出版社,2002 年 3 月(《續修四庫全書》)。

3. 〔明〕程明善:《嘯餘譜》,上海:上海古籍出版社,2002 年 3 月(《續修四庫全書》)。

4. 〔清〕賴以邠:《填詞圖譜》,臺南:莊嚴文化出版公司,1997 年 6 月(《四庫全書存目叢書》)。

5. 〔清〕萬樹、徐本立、杜文瀾:《索引本詞律》,臺北:廣文書局,1989 年 10 月。

6. 〔清〕王奕清等:《欽定詞譜》,臺北:臺灣商務印書館,1986 年 3 月(《景印文淵閣四庫全書》)。

7. 〔清〕秦巘:《詞繫》,北京:北京師範大學出版社,1996 年 9 月。

8. 〔清〕葉申薌:《天籟軒詞譜》,清道光間刊本。

9. 〔清〕舒夢蘭、謝朝徵:《白香詞譜》,臺北:世界書局,1994 年 3 月。

10. 〔清〕謝元淮:《碎金詞譜》,臺北:學海出版社,1980 年 11 月。

11. 〔清〕戈載:《詞林正韻》,臺北:文史哲出版社,1991 年 12 月。

(三)詩文集、全集

【總集】

1. 〔宋〕洪興祖:《楚辭補注》,臺北:大安出版社,2004 年 1 月。

2. 〔宋〕朱熹:《楚辭辯證》,臺北:臺灣商務印書館,1985 年 9 月(《景印文淵閣四庫全書》)。

3. 〔清〕王夫之:《楚辭通釋》,臺北:里仁書局,1981 年 10 月。

4. 〔清〕嚴可均校輯:《全上古三代秦漢三國六朝文》,北京:中華書

局，1999 年 6 月。

5. 〔清〕董誥等編：《欽定全唐文》，臺北：文友書局，1972 年 8 月。

6. 〔清〕陸心源：《唐文拾遺》，臺北：文海出版社，1962 年。

7. 〔清〕清聖祖敕撰：《全唐詩》，臺北：明倫出版社，1971 年 10 月。

8. 陳校君輯校：《全唐詩補編》，北京：中華書局，1992 年 10 月。

9. 北京大學古文獻研究所編：《全宋詩》，北京：北京大學出版社，1991
   年 7 月。

【選集】

1. 〔明〕梅鼎祚編：《西漢文紀》，臺北：臺灣商務印書館，1987 年（《四
   庫全書珍本》）。

2. 〔明〕陸時雍編：《古詩鏡》，臺北：臺灣商務印書館，1986 年 3 月
   （《景印文淵閣四庫全書》）。

3. 〔清〕顧嗣立：《元詩選》，北京：中華書局，1987 年 1 月。

【別集】

1. 〔魏〕曹植撰、趙幼文注：《曹植集校注》，臺北：明文書局，1985
   年 4 月。

2. 〔晉〕陸機撰：《陸士衡文集》，臺北：臺灣商務印書館，1967 年（《四
   部叢刊初編》）。

3. 〔晉〕陶潛撰、龔斌校箋：《陶淵明集校箋》，臺北：里仁書局，2007
   年 8 月。

4. 〔唐〕杜甫撰、〔清〕仇兆鰲注：《杜少陵集詳注》，北京：北京圖書
   館出版社，1999 年 4 月。

5. 〔唐〕韓偓：《韓翰林集》，臺北：新文豐出版公司，1989 年 7 月（《叢
   書集成續編》）。

6. 〔唐〕韓偓：《香奩集》，臺北：新文豐出版公司，1989 年 7 月（《叢
   書集成續編》）。

7. 〔宋〕蘇軾：《蘇東坡全集》，臺北：河洛圖書出版社，1975 年 9 月。

8. 〔宋〕黃庭堅著，戴月芳主編：《黃庭堅詩文》，臺北：錦繡出版公
   司，1992 年 7 月。

9. 〔宋〕黃庭堅：《山谷題跋》，臺北：廣文書局，1971 年 12 月。

10. 〔宋〕李清照著、徐北文編：《李清照全集評注》，濟南，濟南出版
    社，1990 年 12 月。

11. 〔宋〕陳與義：《簡齋集》，北京：中華書局，1983 年 9 月。

12. 〔宋〕陳起：《江湖小集》，臺北：臺灣商務印書館，1984 年 7 月（《景印文淵閣四庫全書》）。

13. 〔宋〕劉將孫：《養吾齋集》，臺北：臺灣商務印書館，1986 年 3 月（《景印文淵閣四庫全書》）。

14. 〔宋〕洪皓：《鄱陽集》，臺北：臺灣商務印書館，年月不詳（《四庫珍本別輯》）。

15. 〔金〕元好問：《遺山先生文集》，臺北：臺灣商務印書館，1979 年 11 月（《四部叢刊正編》）。

16. 〔明〕樓鑰：《攻媿集》，北京：中華書局，1995 年（《叢書集成初編》）。

17. 〔明〕屠隆：《由拳集》，臺北：偉文圖書出版社，1977 年 9 月。

18. 〔清〕朱彝尊：《曝書亭集》，臺北：臺灣商務印書館，1984 年 7 月（《景印文淵閣四庫全書》）。

19. 〔清〕張惠言：《茗柯文二編》，臺北：臺灣商務印書館，1967 年（《四部叢刊初編》）。

20. 〔清〕馮煦：《蒿盦類稿・續稿・奏稿》，臺北：文海出版社，1969 年（《近代中國史料叢刊》）。

21. 〔清〕龔自珍撰、劉逸生注：《龔自珍己亥雜詩注》，北京：中華書局，1999 年 2 月。

22. 魯迅：《魯迅全集》，臺北：谷風出版社，1980 年 12 月。

（四）筆記雜錄

1. 〔唐〕劉餗：《隋唐嘉話》，北京：中華書局，1991 年（《叢書集成初編》）。

2. 〔宋〕史虛白子某：《釣磯立談》，北京：中華書局，1985 年（《叢書集成初編》）。

3. 〔宋〕孫光憲：《北夢瑣言》，成都：巴蜀書社，1993 年 11 月（《中國野史集成》）。

4. 〔宋〕鄭文寶：《南唐近事》，成都：巴蜀書社，1993 年 11 月（《中國野史集成》）。

5. 〔宋〕龍袞：《江南野史》，成都：巴蜀書社，1993 年 11 月（《中國野史集成》）。

6. 〔宋〕闕名：《江南餘載》，成都：巴蜀書社，1993 年 11 月（《中國野史集成》）。

7. 〔宋〕李昉：《太平御覽》，臺北：臺灣商務印書館，1992 年 1 月。

8. 〔宋〕文瑩撰、鄭世剛、楊立揚點校：《玉壺清話》，北京：中華書局，1997 年 12 月（《唐宋史料筆記叢刊》）。

9. 〔宋〕釋惠洪：《冷齋夜話》，臺北：臺灣商務印書館，1985 年 2 月（《景印文淵閣四庫全書》）。

10. 〔宋〕趙令時：《侯鯖錄》，北京：中華書局，2002 年 9 月。

11. 〔宋〕馬永易：《實賓錄》，合肥：安徽教育出版社，2002 年 2 月（《中華漢語工具書書庫》）。

12. 〔宋〕陳善：《捫虱新話》，北京：中華書局，1985 年（《叢書集成初編》）。

13. 〔宋〕曾慥、王汝濤等校注：《類說校注》，福州：福建人民出版社，1996 年 1 月。

14. 〔宋〕趙與時：《賓退錄》，臺北：臺灣商務印書館，1985 年 2 月（《景印文淵閣四庫全書》）。

15. 〔宋〕潘自牧：《記纂淵海》，臺北：新興書局，1972 年 1 月。

16. 〔宋〕俞文豹：《吹劍續錄》，臺北：世界書局，1963 年 4 月（《宋人箚記八種》）。

17. 〔宋〕張端義：《貴耳集》，臺北：臺灣商務印書館，1985 年 2 月（《景印文淵閣四庫全書》）。

18. 〔宋〕葉夢得：《避暑錄話》，臺北：臺灣商務印書館，1985 年 2 月（《景印文淵閣四庫全書》）。

19. 〔明〕徐應秋：《玉芝堂談薈》，臺北：臺灣商務印書館，1985 年 6 月（《景印文淵閣四庫全書》）。

20. 〔清〕納蘭性德：《淥水亭雜識》，北京：學苑出版社，2005 年 9 月（《清代學術筆記叢刊》）。

21. 〔清〕何焯：《義門讀書記》，臺北：臺灣商務印書館，1985 年 2 月（《景印文淵閣四庫全書》）。

22. 〔清〕王士禛：《池北偶談》，臺北：漢京文化事業有限公司，1984 年 5 月。

23. 〔清〕王士禛：《居易錄》，臺北：臺灣商務印書館，1985 年 2 月（《景印文淵閣四庫全書》）。

24. 古本小說集成編委會編：《五代史平話》，上海：上海古籍出版社，年月不詳（《古本小說集成》）。

（五）經、史、子、方志諸集

【經】

1. 〔清〕阮元校勘:《重刊宋本十三經注疏附校勘記》,臺北:藝文印書館,1989 年 1 月:

   〔漢〕孔安國傳、〔唐〕孔穎達疏:《尚書正義》。

   〔漢〕毛亨傳、〔漢〕鄭玄箋、〔唐〕陸德明音義、孔穎達疏:《毛詩注疏》。

   〔漢〕鄭玄注、〔唐〕陸德明音義、孔穎達疏:《禮記注疏》

   〔漢〕何休注、〔唐〕徐彥疏:《春秋公羊傳注疏》。

   〔魏〕何晏集解、〔宋〕邢昺疏:《論語注疏》。

   〔漢〕趙歧注、〔宋〕孫奭疏:《孟子注疏》。

   〔晉〕郭璞注、〔宋〕邢昺疏:《爾雅注疏》。

【史】

1. 〔漢〕司馬遷:《史記》,臺北:鼎文書局,1977 年 2 月。

2. 〔漢〕班固撰:《漢書》,臺北:鼎文書局,1983 年 10 月。

3. 〔唐〕李肇:《新校唐國史補》,臺北:世界書局,1968 年。

4. 〔後晉〕劉昫等:《新校本舊唐書》,臺北:鼎文書局,1985 年 3 月。

5. 〔宋〕歐陽脩、宋祁撰:《新校本新唐書附索引》,臺北:鼎文書局,1985 年 2 月

6. 〔宋〕薛居正:《新校本舊五代史并附編三種》,臺北:鼎文書局,1977 年 9 月。

7. 〔宋〕歐陽脩撰、徐无黨注:《新校本新五代史附十國春秋》,臺北:鼎文書局,1980 年 10 月。

   附:〔清〕吳任臣:《十國春秋》,北京:中華書局,1983 年 12 月。

8. 〔宋〕馬令:《南唐書》,北京:中華書局,1985 年(《叢書集成初編》)。

9. 〔宋〕陸游:《南唐書》,北京:中華書局,1985 年(《叢書集成初編》)。

   附:〔明〕陳霆:《唐餘紀傳》,上海:上海古籍出版社,2002 年 3 月(《續修四庫全書》

   　　任爽:《南唐史》,吉林:東北師範大學出版社,1995 年 9 月。

   　　鄒勁風:《南唐國史》,南京:南京大學出版社,2003 年 3 月。

10. 〔元〕脫脫等:《新校本宋史并附編三種》,臺北:鼎文書局,1983 年 11 月。

11. 〔宋〕司馬光:《資治通鑑》,北京:中華書局,1996 年 7 月。

12. 〔宋〕李燾:《續資治通鑑長編》,北京:中華書局,2004 年 9 月。

13. 〔宋〕沈樞:《通鑑總類》,臺北:臺灣商務印書館,1984 年 7 月(《景印文淵閣四庫全書》)。

14. 〔元〕馬端臨:《文獻通考》,臺北:臺灣商務印書館,1987 年 12 月。

15. 〔清〕高宗敕撰:《續通志》,杭州:浙江古籍出版社,2000 年 1 月。

【子】

1. 李滌生集釋:《荀子集釋》,臺北:臺灣學生書局,1981 年 10 月。

2. 陳啓夫:《增訂韓非子校釋》,臺北:臺灣商務印書館,1985 年 12 月。

3. 〔漢〕揚雄著、〔清〕汪榮寶義疏:《法言義疏》,臺北:世界書局,1958 年 5 月。

4. 〔漢〕王充著、王暉校:《論衡校釋》,臺北:臺灣商務印書館,1983 年 12 月。

【方志】

1. 〔宋〕羅愿:《新安志》,臺北:成文出版社,1974 年 12 月(《中國方志叢書》)。

2. 〔宋〕史能之:《咸淳毗陵志》,臺北:成文出版社,1983 年 3 月(《中國方志叢書》)。

(六)詩詞評論

1. 〔梁〕鍾嶸著、汪中注:《詩品注》,臺北:正中書局,1978 年 10 月。

2. 〔梁〕劉勰撰、周振甫譯注:《文心雕龍》,臺北:里仁書局,1984 年 5 月。

3. 〔宋〕魏泰:《臨漢隱居詩話》,臺北:臺灣商務印書館,1986 年 3 月(《景印文淵閣四庫全書》)。

4. 〔宋〕阮閱:《詩話總龜》,臺北:臺灣商務印書館,1986 年 3 月(《景印文淵閣四庫全書》)。

5. 〔宋〕周密:《浩然齋雅談》,臺北:新文豐出版公司,1985 年 1 月(《叢書集成新編》)。

6. 〔明〕楊慎:《升菴詞品》,臺北:宏業書局,1972 年 4 月(《函海叢書》)。

7. 〔清〕徐釚:《詞苑叢談校箋》,北京:人民文學出版社,2005 年 12

月。

8. 〔清〕宋翔鳳：《樂府餘論》，上海：上海書店，1994 年（《叢書集成續編》）。

9. 〔清〕陳廷焯：《白雨齋詞話足本》，上海：上海古籍出版社，1984年 5 月。

10. 〔清〕王國維：《人間詞話》，北京：中國人民大學出版社，2004 年 9 月。

11. 〔清〕王國維著、施議對譯注：《人間詞話譯注》，臺北：貫雅文化事業有限公司，1991 年 5 月。

12. 〔清〕況周頤著、孫克強輯考：《蕙風詞話・廣蕙風詞話》，鄭州：中州古籍出版社，2003 年 11 月。

13. 張伯駒：《叢碧詞話》，《詞學》（第一輯），上海：華東師範大學出版社，1981 年 11 月。

14. 唐圭璋：《詞話叢編》，北京：中華書局，2005 年 10 月：

〔宋〕楊繪：《時賢本事曲子集》。

〔宋〕楊湜：《古今詞話》。

〔宋〕王灼：《碧雞漫志》。

〔宋〕吳曾：《能改齋詞話》。

〔宋〕胡仔：《苕溪漁隱詞話》。

〔宋〕張侃：《拙軒詞話》。

〔宋〕周密：《浩然齋詞話》。

〔宋〕張炎：《詞源》。

〔宋〕沈義父：《樂府指迷》。

〔元〕吳師道：《吳禮部詞話》。

〔明〕陳霆：《渚山堂詞話》。

〔清〕王又華：《古今詞話》。

〔清〕王士禛：《花草蒙拾》

〔清〕賀裳：《皺水軒詞筌》。

〔清〕沈雄：《古今詞話》。

〔清〕田同之：《西圃詞說》。

〔清〕郭麐：《靈芬館詞話》。

〔清〕周濟：《介存齋論詞雜著》

〔清〕周濟：《宋四家詞選目錄序論》。

〔清〕吳衡照：《蓮子居詞話》。

〔清〕丁紹儀：《聽秋聲館詞話》

〔清〕李佳：《左庵詞話》。

〔清〕江順詒：《詞學集成》。

〔清〕謝章鋌：《賭棋山莊詞話》。

〔清〕馮煦：《蒿庵論詞》。

〔清〕沈曾植：《菌閣瑣談》。

〔清〕劉熙載：《詞概》。

〔清〕陳廷焯：《詞壇叢話》。

〔清〕陳廷焯：《白雨齋詞話》。

〔清〕譚獻：《復堂詞話》。

〔清〕張德瀛：《詞徵》。

〔清〕王闓運：《湘綺樓評詞》。

〔清〕蔣兆蘭：《詞說》。

陳洵：《海綃翁說詞稿》。

蔡嵩雲：《柯亭詞論》。

陳匪石：《聲執》

15. 史雙元主編：《唐五代詞紀事會評》，合肥：黃山書社，1995 年 12 月。

16. 孫克強：《唐宋人詞話》，鄭州：河南文藝出版社，1999 年 8 月。

17. 施蟄存、陳如江輯錄：《宋元詞話》，上海：上海書店，1999 年 2 月。

18. 吳熊和主編：《唐宋詞匯·兩宋卷》，杭州：浙江教育出版社 2004 年 12 月。

19. 王兆鵬編：《唐宋詞匯評·唐五代卷》，杭州：浙江教育出版社，2007 年 3 月。

（七）詞學專著

1. 唐圭璋：《宋詞四考》，臺北：明倫出版社，1971 年 4 月。

2. 詞學編輯委員會：《詞學》（第一輯～）上海：華東師範大學出版社，1981 年 11 月～。

3. 劉少雄：《南宋姜吳典雅詞派相關詞學論題之探討》，臺北：國立臺

灣大學出版委員會，1985 年。

4. 葉嘉瑩：《迦陵論詞叢稿》，臺北：明文書局，1987 年 12 月。

5. 唐圭璋：《詞學論叢》，臺北：宏業書局，1988 年 9 月。

6. 繆鉞、葉嘉瑩合撰：《靈谿詞說》，臺北：國文天地雜誌社，1989 年 12 月。

7. 吳宏一：《清代詞學四論》，臺北：聯經出版事業公司，1990 年 7 月。

8. 王兆鵬：《宋南渡詞人群體研究》，臺北：文津出版社，1992 年 3 月。

9. 蕭鵬：《群體的選擇——唐宋人選唐宋詞》，臺北：文津出版社，1992 年 11 月。

10. 黃兆漢：《金元詞史》，臺北：臺灣學生書局，1992 年 12 月。

11. 謝桃坊：《中國詞學史》，成都：巴蜀書社，1993 年 6 月。

12. 艾治平：《婉約詞派的流變》，瀋陽：遼寧大學出版社，1994 年 1 月。

13. 鄧喬彬、周聖偉、高建中：《中國詞學批評史》，北京：中國社會科學出版社，1994 年 7 月。

14. 朱崇才：《詞話學》，臺北：文津出版社，1995 年 1 月。

15. 詹伯慧：《詹安泰詞學論集》，汕頭：汕頭大學出版社，1997 年 10 月。

16. 楊海明：《唐宋詞史》，天津：天津古籍出版社，1998 年 12 月。

17. 劉揚忠：《唐宋詞流派史》，福州：福建人民出版社，1999 年 3 月。

18. 葉嘉瑩：《中國詞學的現代觀》，臺北：大安出版社，1999 年 7 月。

19. 嚴迪昌：《清詞史》，南京：江蘇古籍出版社，2001 年 7 月。

20. 陶然：《金元詞通論》，上海：上海古籍出版社，2001 年 7 月。

21. 邱世友：《詞論史論稿》，北京：人民文學出版社，2002 年 1 月。

22. 張仲謀：《明詞史》，北京：人民文學出版社，2002 年 2 月。

23. 王強：《唐宋詞講錄》，北京：崑崙出版社，2003 年 3 月。

24. 王偉勇：《宋詞與唐詩之對應研究》，臺北：文史哲出版社，2003 年 6 月。

25. 陶子珍：《明代詞選研究》，臺北：秀威資訊科技股份有限公司，2003 年 7 月。

26. 皮述平：《晚清的詞學思想與方法》，北京：學苑出版社，2004 年 1 月。

27. 吳熊和：《唐宋詞通論》，杭州：浙江古籍出版社，2004 年 3 月。

28. 王兆鵬：《詞學史料學》，北京：中華書局，2004 年 5 月。

29. 余傳棚：《唐宋詞流派研究》，武漢：武漢大學出版社，2004 年 6

月。

30. 孫克強：《清代詞學》，北京：中國社會科學出版社，2004 年 7 月。

31. 鄧喬彬：《唐宋詞美學》，濟南：齊魯書社，2004 年 10 月。

32. 劉尊明：《唐宋詞綜論》，北京：中國社會科學出版社，2004 年 12 月。

33. 陳水雲：《清代詞學發展史論》，北京：學苑出版社，2005 年 7 月。

34. 朱崇才：《詞話史》，北京：中華書局，2006 年 3 月。

35. 吳梅：《詞學通論》，上海：世紀出版集團、上海古籍出版社，2006 年 4 月。

36. 陶子珍：《明代四種詞集叢編研究》，臺北：秀威資訊科技股份有限公司，2006 年 7 月。

37. 高峰：《唐五代詞研究史稿》，濟南：齊魯書社，2006 年 8 月。

38. 葉嘉瑩：《唐五代名家詞選講》，北京：北京大學出版社，2007 年 1 月。

39. 葉嘉瑩：《北宋名家詞選講》，北京：北京大學出版社，2007 年 1 月。

40. 謝旻琪：《明代評點詞集研究》，臺北：花木蘭文化出版社，2007 年 3 月（《古典詩歌研究彙刊》）。

41. 黃雅莉：《宋代詞學批評專題研究》，臺北：文津出版社，2008 年 4 月。

42. 葉嘉瑩：《詞學新詮》，北京：北京大學出版社，2008 年 4 月。

43. 沙先一、張暉：《清詞的傳承與開拓》，上海：上海古籍出版社，2008 年 5 月。

44. 王兆鵬：《詞學研究方法十講》，北京：北京大學出版社，2008 年 6 月。

45. 孫克強：《清代詞學批評史論》，上海：上海古籍出版社，2008 年 11 月。

46. 黃志浩：《常州詞派研究》，北京：中國社會科學出版社，2008 年 12 月。

（八）文學理論

1. 〔明〕徐師曾：《詩體明辨》，臺北：廣文書局，1972 年 4 月。

2. 〔明〕徐師曾：《文體明辨序說》，臺北：長安出版社，1978 年 12 月。

3. 孫琴安：《中國評點文學史》，上海：上海社會科學院出版社，1999 年 6 月。

4. 鄒雲湖：《中國選本批評》，上海：上海三聯書店，2002 年 7 月。

5. 張少康：《中國文學理論批評史》，2006 年 7 月。

6. 〔德國〕姚斯、〔美國〕霍拉勃著，周寧、金元浦譯：《接受美學與接受理論》，瀋陽：遼寧人民出版社，1987 年 9 月。

7. R. C. 赫魯伯（Robert C. Holub）著、董之林譯：《接受美學理論》，臺北：駱駝出版社，1994 年 6 月。

8. 伊麗莎白·弗洛恩德 Elizabeth Freund 著、陳燕谷譯：《讀者反應理論批評》，臺北：駱駝出版社，1994 年 6 月。

9. 馬以鑫：《接受美學新論》，上海：學林出版社，1995 年 10 月。

10. 陳文忠：《中國古典詩歌接受史》，合肥：安徽大學出版社，1998 年 8 月。

11. 金元浦：《接受反應文論》，濟南：山東教育出版社，1998 年 10 月。

12. 王金山、王青山：《文學接受研究》，呼和浩特：內蒙古大學出版社，2005 年 7 月。

13. 尚學峰、過常寶、郭英德等：《中國古典文學接受史》，濟南：山東教育出版社，2005 年 11 月。

14. 鄔國平：《中國古代接受文學與理論》，哈爾濱：黑龍江人民出版社，2005 年 11 月。

15. 陳文忠：《文學美學與接受史研究》，蕪湖：安徽師範大學出版社，2008 年 4 月。

（九）接受史研究

1. 高中甫：《歌德接受史》，北京：社會科學文獻出版，1993 年 4 月。

2. 楊文雄：《李白詩歌接受史》，臺北：五南圖書有限公司，2000 年 3 月。

3. 尚永亮：《莊騷傳播接受史綜論》，北京：文化藝術出版，2000 年 10 月。

4. 蔡振念：《杜詩唐宋接受史》，臺北：五南圖書有限公司，2002 年 2 月。

5. 李劍鋒：《元前陶淵明接受史》，濟南：齊魯書社，2002 年 7 月。

6. 劉學鍇：《李商隱詩歌接受史》，合肥：安徽大學出版社，2004 年 8 月。

7. 朱麗霞：《清代辛稼軒接受史》，濟南：齊魯書社，2005 年 1 月。

8. 王玫：《魏晉文學接受史論》，上海：上海古籍出版社，2005 年 7 月。

9. 李冬紅：《《花間集》接受史論稿》，濟南：齊魯書社，2006 年 6 月。

（十）其他文學專著

1. 〔清〕王夫之：《讀通鑑論》，臺北：河洛圖書出版社，1976 年 3 月。
2. 褚斌杰、譚家健：《先秦文學史》，北京：人民文學出版社，1989 年 11 月。
3. 錢鍾書：《管錐篇》，臺北：書林出版公司，1990 年 8 月。
4. 程千帆、吳新雷：《兩宋文學史》，高雄：麗文文化事業股份有限公司，1993 年 10 月。

（十一）目錄、彙編、辭典

【目錄】

1. 〔宋〕陳振孫：《直齋書錄解題》，臺北：廣文書局，1978 年 3 月。
2. 〔明〕錢溥：《秘閣書目》，臺南：莊嚴文化出版公司，1997 年 6 月（《四庫全書存目叢書》）。
3. 〔清〕張金吾：《愛日精廬藏書志》，臺北：文史哲出版社，1982 年 3 月。
4. 〔清〕紀昀等：《四庫全書總目提要》，石家莊：河北人民出版社，2000 年 3 月。
5. 〔清〕瞿鏞編纂、瞿果行標點、瞿鳳起覆校：《鐵琴銅劍樓藏書目》，上海：上海古籍出版社，2000 年 9 月。
6. 〔清〕莫友芝：《邵亭知見傳本書目》，臺北：廣文書局，1996 年 1 月。
7. 王重民撰：《中國善本書提要》，上海：上海古籍出版社，1986 年 4 月。
8. 天津圖書館主編：《中國古籍善本書目書名索引》，濟南：齊魯書社，2003 年 4 月。

【彙編】

1. 昌彼得等撰：《宋人傳記資料索引》，臺北：鼎文書局，1975 年 3 月。
2. 金啓華、張惠民等：《唐宋詞集序跋匯編》，臺北：臺灣商務印書館，1993 年 2 月。
3. 張惠民：《宋代詞學資料匯編》汕頭：汕頭大學出版社，1993 年 11 月。

4. 施蟄存：《詞籍序跋萃編》，北京：中國社會科學出版社，1994 年 12
月。

【辭典】

1. 彭會資主編：《中國文論大辭典》，天津：百花文藝出版社，1990 年
7 月。

2. 王兆鵬、劉尊明主編：《宋詞大辭典》，南京：鳳凰出版社，2003 年
9 月。

二、論　文

（一）馮延巳研究

【碩、博士論文】

1. 姚友惠：《馮延巳與晏殊詞比較研究》，彰化：彰化師範大學碩士論
文，2001 年。

2. 胡淑慧：《《陽春詞》、《珠玉詞》異同辨》，呼和浩特：內蒙古大學碩
士論文，2002 年 5 月。

3. 范詩屏：《馮晏歐詠秋詞研究》，高雄：國立高雄師範大學碩士論文，
2005 年。

4. 歐陽俊杰：《論馮延巳詞的士大夫化》，重慶：西南大學碩士論文，
2006 年 5 月。

5. 戴文婧：《馮延巳研究》，揚州：揚州大學碩士論文，2007 年 5 月。

6. 李曉飛：《論馮延巳詞「悲喜縱錯」、「盤旋鬱結」的藝術風格及成因》，
長春：東北師範大學碩士論文，2007 年 12 月。

【期刊論文】

1. 郭素霞：〈論馮延巳詞的歷史地位〉，《鐵道師院學報》第 14 卷第 3
期，1997 年 6 月。

2. 吳銘如：〈南唐詞人馮延巳詞之特色〉，《嘉南學報》第 23 期，1997
年 11 月。

3. 黎烈南：〈亡國之音哀以思馮延巳詞的風格及其成因〉，《首都師大學
報》1998 年第 3 期。

4. 陳嘉琳：〈正中詞對晏歐詞風影響之研究〉，《華醫學報》第 12 期，
2000 年 5 月。

5. 陳恕誠：〈南唐詞人的創作及其在詞史演進中的地位〉，《安徽師範大

學》（人文社會科學版）第 28 卷第 3 期，2000 年 8 月。

5. 曹章慶：〈論馮延巳詞的焦慮情緒和臣妾心態〉，《中國韻文學刊》2000
   年第 2 期。

7. 趙曉蘭：〈論花間詞的傳播及南唐詞對花間詞的接受〉，《四川師範大
   學學報》第 3 卷第 1 期，2003 年 1 月。

8. 李建國：〈論馮延巳「深美閎約」藝術風格的構成〉，《山峽大學學報》
   （人文社會科學版）第 27 卷第 2 期，2005 年 3 月。

9. 胡淑慧：〈馮延巳、晏殊詞異同辨〉，《北京理工大學學報》（社會科
   學版）第 7 卷第 3 期，2005 年 6 月。

10. 張曉寧：〈為問新愁，何事年年有──晏幾道馮延巳詞比較〉，《陝西
    師範大學繼續教育學報》（西安）第 22 卷第 4 期，2005 年 12 月。

11. 劉立杰：〈論正中詞對溫韋詞的繼承〉，《黑龍江社會科學》2005 年第
    6 期。

12. 曹章慶：〈論馮延巳詞對屈宋辭賦和韓偓詩歌的受容性〉，《中山大學
    學報》第 26 卷第 1 期，2006 年。

13. 李梅：〈淺論馮延巳詞中的憂患意識〉，《漳州師範學院學報》（哲學
    社會科學版）2007 年第 1 期。

【專書論文】

1. 施蟄存：〈讀馮延巳詞札記〉，《詞學研究論文集》，上海：上海古籍
   出版社，1982 年 3 月。

2. 葉嘉瑩：〈論馮延巳詞〉，《四川大學學報叢刊》第 15 輯《古典文學
   論叢》，西安：陝西人民出版社，1982 年 10 月。

3. 曾昭岷：〈馮延巳詞考辨〉，《詞學》（第七輯），上海：華東師範大學
   出版社，1989 年 2 月。

4. 葉嘉瑩：〈馮延巳詞承先啟後之成就與王國維之境界說〉，《詞學》（第
   九輯），上海：華東師範大學出版社，1992 年 7 月。

5. 黃進德：〈馮延巳及其詞考辨〉，《中華詞學》（第二輯），南京：東南
   大學出版社，1995 年 12 月。

（二）其 他

【碩、博士論文】

1. 陳松宜：《清代接受宋詞之研究》，臺北：國立中央大學碩士論文，
   1999 年。

2. 程志媛：《宋代詞學批評研究──批評形式與文化詮釋》，南投：暨

南國際大學碩士論文，2000 年。

3. 葉祝滿：《性別與認同——李清照其人其詞的創作與接受研究》，臺北：國立政治大學碩士論文，2007 年。

4. 黎蓉：《二晏詞接受史論》，武漢：湖北大學碩士論文，2007 年 5 月。

5. 王麗琴：《歐陽脩詞在宋代的傳播接受研究》，武漢：湖北大學碩士論文，2007 年 5 月。

6. 王曉雯：《譚瑩「論詞絕句」研究》，臺北：東吳大學中國文學系博士論文，2008 年 7 月。

【期刊論文】

1. 張黎：〈關於「接受美學」筆記〉，《文學評論》1983 年第 6 期，1983 年 11 月。

2. 朱立元、楊明：〈接受美學與中國文學史研究〉，《文學評論》1988 年第 4 期。

3. 陳文忠：〈古典詩歌接受史研究芻議〉，《文學評論》1996 年第 5 期。

4. 金鮮：〈晚清詞論中「詞品與人品」說〉，《中國學術年刊》18 期，1997 年 3 月。

5. 陳瑞文：〈姚斯的接受美學及其文藝溝通理論：從藝術理論到審美理論〉，《高雄師大學報》第 10 期，1999 年 4 月。

6. 張漢東：〈「濮上鬼曲」與《陽春》《白雪》〉，《安徽大學學報》（哲學社會科學版），2000 年第 3 期。

7. 金元浦：〈文化研究的視野：傳播與接受〉，《文學前沿》2000 年第 1 期。

8. 馬大勇：〈朱彝尊《錦蕃集》評議——兼談集句之價值〉，《南京師範大學文學院學報》第 3 期，2003 年 9 月。

9. 方建中：〈論姚斯接受美學思想〉，《求索》2004 年第 5 期。

10. 張新偉：〈接受美學與文學批評的主體性〉，《求索》2004 年第 9 期。

11. 徐秀菁：〈由選詞與評點的角度看張惠言《詞選》中比興寄託說的實踐〉，《彰化師大國文學誌》第 12 期，2006 年 6 月。

12. 吳小英：〈從比興手法看詞的抒情美創造〉，《杭州電子科技大學學報》（社會科學版）第 2 卷第 3 期，2006 年 9 月。

13. 王偉勇、鄭琇文合撰：〈清‧江昱〈論詞十八首〉探析〉，《國文學報》（高師大）第 5 期，2006 年 12 月。

14. 張明華：〈集句詩的發展與其特點〉，《南京師範大學文學院學報》第 4 期，2006 年 12 月。

15. 彭玉平：〈選本編纂與詞學觀念——晚清陳廷焯詞選編纂探論〉，《學術研究》2006 年第 7 期。

16. 葉曄：〈明詞中的次韻宋元名家詞現象——以蘇軾、崔與之、倪瓚詞的接受為中心〉，《中國文化研究》（秋之卷），2007 年 8 月。

17. 尚永亮：〈接受美學視野下的元和詩歌及其研究進路〉，《陝西師範大學學報》（哲學社會科學版）第 36 卷第 5 期，2007 年 9 月。

18. 陳文忠：〈接受史視野中的經典細讀〉，《江海學刊》2007 年第 6 期。

19. 顏文郁：〈宋代東坡接受〉，《東方人文學誌》第 7 卷第 4 期，2008 年 12 月。

20. 袁志成：〈天籟軒詞譜研究〉，《廣西大學學報》（哲學社會科學版）第 30 卷第 5 期，2008 年 10 月。

【專書論文】

1. 龍沐勛：〈選詞標準論〉，《詞學季刊》（第 1 卷第 2 號），上海：上海書店，1985 年 12 月。

2. 趙山林：〈詞的接受美學〉，《詞學》（第八輯），上海：華東師範大學出版社，1990 年 10 月。

3. 吳宏一：〈論劉熙載詞論中的「元分人物」〉，《王叔岷先生八十壽慶論文集》，臺北：大安出版社，1993 年 6 月。

4. 饒宗頤：〈人間詞話平議〉，《饒宗頤二十世紀學術文集》，臺北：新文豐出版公司，2003 年 10 月。

5. 王偉勇、王曉雯合撰：〈馮煦〈論詞絕句〉十六首探析〉，《近世文學國際學術研討會論文集之三・清代文學與學術》，臺北：新文豐出版公司，2007 年 3 月。

6. 王偉勇〈兩宋詞人仿擬典範作品析論〉，《人文與創意學術研討會論文集》，臺北：里仁書局，2008 年 6 月。

7. 王偉勇、鄭琇文：〈高旭論〈十大家詞〉絕句探析〉，《清代學術研討會論文集》，高雄：中山大學中文系，2008 年 6 月。

【會議論文】

1. 王偉勇：〈清代論詞絕句之整理、研究及其詞學價值〉，「世新大學中國文學系第二屆兩岸韻文學學術研討會——韻文學的欣賞與研究」會議論文，2009 年 5 月。

三、電子資源

1. 羅鳳珠教授主持「國科會數位典藏國家型科技計畫──94 年度數位
   典藏創意學習計畫」──「唐宋詞全文資料庫」
   網址：http://cls.hs.yzu.edu.tw/CSP/W_DB/index.htm。

附錄一　《陽春集》作品出處及數量統計

| 馮延巳《陽春集》（曾昭岷、王兆鵬《全唐五代詞》本） | | | | 歷代《陽春集》收錄情形 | | | | | |
編號	詞調	首句	出處	〔明〕吳訥刊刻《唐宋元明百家詞》本	重刻《名家詞集》本〔清〕侯文燦、金武祥	印齋》本〔清〕王鵬運刊刻《四	輯評》黃進德《馮延巳詞新釋	施蟄存〈讀馮延巳詞〉
01	〈鵲踏枝〉	梅落繁枝千萬片	頁 649	V	V	V	V	V
02	〈鵲踏枝〉	誰道閑情抛擲久	頁 650	V	V	V	V	●
03	〈鵲踏枝〉	秋入蠻蕉風半裂	頁 652	V	V	V	V	V
04	〈鵲踏枝〉	花外寒雞天欲曙	頁 652	V	V	V	V	V
05	〈鵲踏枝〉	回耐爲人情太薄	頁 653	V	V	V	V	V
06	〈鵲踏枝〉	蕭索清秋珠淚墜	頁 653	V	V	V	V	V
07	〈鵲踏枝〉	煩惱韶光能幾許	頁 653	V	V	V	V	V
08	〈鵲踏枝〉	霜落小園瑤草短	頁 654	V	V	V	V	V
09	〈鵲踏枝〉	芳草滿園花滿目	頁 654	V	V	V	V	V
10	〈鵲踏枝〉	幾度鳳樓同飲宴	頁 654	V	V	V	V	V
11	〈鵲踏枝〉	幾日行雲何處去	頁 655	V	V	V	V	●
12	〈鵲踏枝〉	庭院深深深幾許	頁 656	V	V	V	V	●
13	〈鵲踏枝〉	粉映墻頭寒欲盡	頁 657	V	V	V	V	V

14	〈鵲踏枝〉	六曲闌干偎碧樹	頁 658	V	V	V	V	●
15	〈採桑子〉	中庭雨過春將盡	頁 659	V	V	V	V	V
16	〈採桑子〉	馬嘶人語春風岸	頁 660	V	V	V	V	V
17	〈採桑子〉	西風半夜簾櫳冷	頁 660	V	V	V	V	V
18	〈採桑子〉	酒闌睡覺天香煖	頁 660	V	V	V	V	V
19	〈採桑子〉	小堂深靜無人到	頁 661	V	V	V	V	V
20	〈採桑子〉	畫堂燈煖簾櫳捲	頁 661	V	V	V	V	V
21	〈採桑子〉	笙歌放散人歸去	頁 661	V	V	V	V	V
22	〈採桑子〉	昭陽記得神僊侶	頁 662	V	V	V	V	V
23	〈採桑子〉	微風簾幕清明近	頁 662	V	V	V	V	V
24	〈採桑子〉	畫堂昨夜愁無睡	頁 663	V	V	V	V	V
25	〈採桑子〉	寒蟬欲報三秋候	頁 663	V	V	V	V	V
26	〈採桑子〉	洞房深夜笙歌散	頁 664	V	V	V	V	V
27	〈採桑子〉	花前失卻遊春侶	頁 664	V	V	V	V	V
28	〈酒泉子〉	庭下花飛	頁 664	V	V	V	V	V
29	〈酒泉子〉	雲散更深	頁 665	V	V	V	V	V
30	〈酒泉子〉	庭樹霜凋	頁 666	V	V	V	V	V
31	〈酒泉子〉	芳草長川	頁 666	V	V	V	V	V
32	〈酒泉子〉	春色融融	頁 667	V	V	V	V	V
33	〈酒泉子〉	深院空幃	頁 667	V	V	V	V	V
34	〈臨江仙〉	秣陵江上多離別	頁 668	V	V	V	V	V
35	〈臨江仙〉	冷紅飄起桃花片	頁 668	V	V	V	V	V
36	〈臨江仙〉	南園池館花如雪	頁 669	V	V	V	V	V
37	〈清平樂〉	深冬寒月	頁 670	V	V	V	V	V
38	〈清平樂〉	雨晴煙晚	頁 670	V	V	V	V	●
39	〈清平樂〉	西園春早	頁 671	V	V	V	V	V
40	〈醉花間〉	獨立階前星又月	頁 671	V	V	V	V	V
41	〈醉花間〉	月落霜繁深院閉	頁 672	V	V	V	V	V
42	〈醉花間〉	晴雪小園春未到	頁 672	V	V	V	V	V
43	〈醉花間〉	林雀歸棲撩亂語	頁 672	V	V	V	V	V
44	〈應天長〉	石城山下桃花綻	頁 673	V	V	V	V	●
45	〈應天長〉	朱顏日日驚憔悴	頁 674	V	V	V	V	V
46	〈應天長〉	石城花落江樓雨	頁 674	V	V	V	V	V

47	〈應天長〉	當時心事偷相許	頁 675	V	V	V	V	V
48	〈應天長〉	蘭舟一宿還歸去	頁 675	V	V	V	V	V
49	〈謁金門〉	聖明世	頁 675	V	V	V	V	V
50	〈謁金門〉	楊柳陌	頁 676	V	V	V	V	V
51	〈謁金門〉	風乍起	頁 676	V	V	V	V	V
52	〈虞美人〉	畫堂新霽情蕭索	頁 677	V	V	V	V	V
53	〈虞美人〉	碧波簾幕垂朱戶	頁 678	V	V	V	V	V
54	〈虞美人〉	玉鈎鸞柱調鸚鵡	頁 679	V	V	V	V	V
55	〈虞美人〉	春山澹澹橫秋水	頁 679	V	V	V	V	V
56	〈喜遷鶯〉	霧濛濛	頁 679	V	V	V	V	V
57	〈舞春風〉	嚴妝才罷怨春風	頁 680	V	V	V	V	V
58	〈歸國遙〉	何處笛	頁 681	V	V	V	V	●
59	〈歸國遙〉	春豔豔	頁 682	V	V	V	V	●
60	〈歸國遙〉	江水碧	頁 682	V	V	V	V	●
61	〈南鄉子〉	細雨濕流光	頁 683	V	V	V	V	●
62	〈南鄉子〉	細雨泣秋風	頁 684	V	V	V	V	V
63	〈南鄉子〉	玉枕擁孤衾	頁 685				V	
64	〈薄命女〉	春日宴	頁 685	V	V	V	V	V
65	〈喜遷鶯〉	宿鶯啼	頁 685	V	V	V	V	V
66	〈芳草渡〉	梧桐落	頁 686	V	V	V	V	●
67	〈更漏子〉	金剪刀	頁 687	V	V	V	V	V
68	〈更漏子〉	秋水平	頁 687	V	V	V	V	V
69	〈更漏子〉	風帶寒	頁 687	V	V	V	V	●
70	〈更漏子〉	雁孤飛	頁 688	V	V	V	V	V
71	〈更漏子〉	夜初長	頁 689	V	V	V	V	V
72	〈拋球樂〉	酒罷歌餘興未闌	頁 689	V	V	V	V	V
73	〈拋球樂〉	逐勝歸來雨未晴	頁 690	V	V	V	V	V
74	〈拋球樂〉	梅落新春入後庭	頁 690	V	V	V	V	V
75	〈拋球樂〉	年少王孫有俊才	頁 691	V	V	V	V	V
76	〈拋球樂〉	霜積秋山萬樹紅	頁 691	V	V	V	V	V
77	〈拋球樂〉	莫厭登高白玉杯	頁 691	V	V	V	V	V
78	〈拋球樂〉	盡日登高興未殘	頁 692	V	V	V	V	V
79	〈拋球樂〉	坐對高樓千萬山	頁 692	V	V	V	V	V

80	〈鶴沖天〉	曉月墜	頁 693	V	V	V	V	V
81	〈醉桃源〉	南園春半踏青時	頁 694	V	V	V	V	●
82	〈醉桃源〉	角聲吹斷隴梅枝	頁 695	V	V	V	V	●
83	〈醉桃源〉	東風吹水日銜山	頁 696	V	V	V	V	●
84	〈菩薩蠻〉	金波遠逐行雲去	頁 697	V	V	V	V	V
85	〈菩薩蠻〉	畫堂昨夜西風過	頁 698	V	V	V	V	V
86	〈菩薩蠻〉	梅花吹入誰家笛	頁 698	V	V	V	V	V
87	〈菩薩蠻〉	回廊遠砌生秋草	頁 699	V	V	V	V	V
88	〈菩薩蠻〉	嬌鬟堆枕釵橫鳳	頁 699	V	V	V	V	V
89	〈菩薩蠻〉	西風嫋嫋淩歌扇	頁 699	V	V	V	V	V
90	〈菩薩蠻〉	沉沉朱戶橫金鎖	頁 700	V	V	V	V	V
91	〈菩薩蠻〉	欹鬟墮髻搖雙槳	頁 700	V	V	V	V	V
92	〈浣溪沙〉	春到青門柳色黃	頁 700	V	V	V	V	V
93	〈浣溪沙〉	轉燭飄蓬一夢歸	頁 700	V	V	V	V	V
94	〈相見歡〉	曉窗夢道昭華	頁 701	V	V	V	V	V
95	〈三臺令〉	春色	頁 701	V	V	V	V	V
96	〈三臺令〉	明月	頁 702	V	V	V	V	V
97	〈三臺令〉	南浦	頁 702	V	V	V	V	V
98	〈點絳脣〉	蔭綠圍紅	頁 702	V	V	V	V	●
99	〈上行盃〉	落梅著雨消殘粉	頁 703	V	V	V	V	V
100	〈賀聖朝〉	金絲帳煖牙牀穩	頁 703	V	V	V	V	V
101	〈憶仙姿〉	塵拂玉臺鸞鏡	頁 704	V	V	V	V	V
102	〈憶秦娥〉	風淅淅	頁 704	V	V	V	V	V
103	〈憶江南〉	去歲迎春樓上月	頁 704	V	V	V	V	V
104	〈憶江南〉	今日相逢花未發	頁 705	V	V	V	V	V
105	〈思越人〉	酒醒情懷惡	頁 705	V	V	V	V	●
106	〈長相思〉	紅滿枝	頁 706	●	●	V	V	V
107	〈莫思歸〉	花滿名園酒滿觴	頁 707	●	●	V	V	V
108	〈金錯刀〉	日融融	頁 708	●	●	V	V	V
109	〈金錯刀〉	雙玉斗	頁 708	●	●	V	V	●
110	〈玉樓春〉	雪雲乍變春雲殘	頁 709	●	●	V	V	V
111	〈壽山曲〉	銅壺滴漏初盡	頁 710	●	●	V	V	V
112	〈搗練子〉	深院靜	頁 712	●	●	●	●	●

存目詞（指《全唐五代詞》列入存目詞，不作馮詞；而他本誤作馮詞者）							
01	〈酒泉子〉	楚女不歸	頁 713	V	V	V	●	●
02	〈清平樂〉	春愁南陌	頁 713	V	V	V	●	●
03	〈應天長〉	一鈎新月臨鸞鏡	頁 713	V	V	V	●	V
04	〈應天長〉	綠槐蔭裏黃鶯語	頁 713	V	V	V	●	●
05	〈謁金門〉	秋色暮	頁 713	V	V	V	●	●
06	〈虞美人〉	金籠鸚鵡天將曙	頁 713	V	V	V	●	●
07	〈歸國遙〉	雕香玉	頁 714	V	V	V	●	●
08	〈更漏子〉	玉爐煙	頁 714	V	V	V	●	●
09	〈菩薩蠻〉	人人盡說江南好	頁 714	V	V	V	●	●
10	〈浣溪沙〉	桃杏香風簾幕閑	頁 714	V	V	V	●	●
11	〈浣溪沙〉	醉憶春山獨倚樓	頁 714	V	V	V	●	V
12	〈浣溪沙〉	春色迷人恨正賒	頁 714	V	V	V	●	●
13	〈相見歡〉	羅幃繡袂香江	頁 714	V	V	V	●	●
14	〈江城子〉	曲闌干外小中庭	頁 714	V	V	V	●	●
15	〈江城子〉	碧羅衫子鬱金裙	頁 715			V	●	V
16	〈採桑子〉	櫻桃謝了梨花發	頁 714	●	●	V	●	●
17	斷句	卍字回闌旋看月	頁 714	●	●	●	V	●
	合　計			118	118	126	112	91

【備註】

1、上錄馮延巳《陽春集》調名與首句，據曾昭岷、王兆鵬等：《全唐五代詞》，他本或有別作，本表統一用之。

2、「V」表該書收錄之詞，「●」表該書未收之詞。

3、存目詞係經曾昭岷、王兆鵬等編《全唐五代詞》據《陽春集》「百家詞」本、「名家詞」本、「四印齋」本考辨，認為非屬馮延巳詞，姑且錄之，以示選本選錄情形。

4、曾昭岷、王兆鵬等：《全唐五代詞》錄馮延巳〈南鄉子〉（細雨泣秋風）（玉枕擁孤衾）兩闋，舊本視為雙調，作上、下片，今依《全唐五代詞》分之為二。又〈江城子〉（曲闌干外小中庭）、（碧羅衫子鬱金裙）二詞，《全唐五代詞》不收，而《百家詞》本及《名家詞》本錄之，視為一闋，為上、下片；王鵬運分之為二。

5、所據底本：

　（1）曾昭岷、王兆鵬等編：《全唐五代詞》（北京：中華書局，1999 年12 月）。

　（2）〔明〕吳訥刊刻：《陽春集》「唐宋元明百家詞」本（臺北：廣文書

　　　局，1971 年 5 月）。

（3）〔清〕侯文燦刊刻：《陽春集》「名家詞集」本（江蘇：古籍出版社，
　　　1988 年 2 月）（金武祥重刻本）。

（4）〔清〕王鵬運刊刻：《陽春集》「四印齋」本（上海：上海古籍出版
　　　社，2002 年 3 月《續修四庫全書》冊 1721）（據清光緒王鵬運輯
　　　刻四印齋所刻詞影印）。

（5）黃進德：《馮延巳詞新釋輯評》（北京：中國書店，2006 年 7 月）。

（6）施蟄存：〈讀馮延巳札記〉，原刊於《上海師範大學學報》1979 年
　　　第 3 期，收入《詞學研究論文集》（上海：上海古籍出版社，1982
　　　年 3 月）。

附錄二　馮延巳詞見錄歷代選本一覽表

序號	詞調	首句	排名	統計	尊前集	草堂詩餘	金奩前集草堂詩餘	唐宋諸賢絕妙詞選	類編草堂詩餘	續編草堂詩餘	天機餘錦	續選草堂詩餘	花草粹編	百琲明珠	詞林萬選	古今詞統	唐詞紀	古今詩餘醉	詩學筌蹄	嘯餘圖譜	歷代詩餘	古今詞綜	清綺軒詞選	蓼園詞選	續詞選	詞辨	詞則·大雅集	詞則·閑情集別調集	湘綺樓詞選	藝蘅館詞選	唐五代詞選·續集	填詞圖譜	詞律	欽定詞譜	詞律拾遺	詞律補遺	天籟軒詞譜	白香詞譜	金奩香詞譜
01	鵲踏枝	梅落繁枝千萬片	13	1																	∨																		
02	鵲踏枝	誰道閒情拋擲久	7	7									∨			∨					∨	∨				∨	∨				∨		∨							
03	鵲踏枝	秋入蠻蕉風半裂	13	1																			∨																	
04	鵲踏枝	花外寒雞天欲曙	10	4									∨	∨		∨					∨											∨								

序號	詞牌	首句		
05	鵲踏枝	回廊人為人情太溥	13	1
06	鵲踏枝	蕭索清秋珠淚墜	9	5
07	鵲踏枝	煩惱韶光能幾許	12	2
08	鵲踏枝	霜落小園瑤草短	12	2
09	鵲踏枝	芳草滿園花滿目	10	4
10	鵲踏枝	幾度鳳樓同飲宴	10	4
11	鵲踏枝	幾日行雲何處去	5	9
12	鵲踏枝	庭院深深深幾許	9	5
13	鵲踏枝	粉映牆頭寒欲盡	13	1
14	鵲踏枝	六曲闌干偎碧樹	3	11
15	探桑子	中庭雨過春將盡	10	4
16	探桑子	馬嘶人語春風岸	5	9
17	探桑子	西風半夜簾櫳冷	10	4
18	探桑子	酒闌睡覺天香煖	10	4

序	詞牌	首句		
19	採桑子	小堂深靜無人到	7	7
20	採桑子	畫堂燈暖簾櫳捲	10	4
21	採桑子	笙歌放散人歸去	9	5
22	採桑子	昭陽記得神便侶	11	3
23	採桑子	微風簾幕清明近	11	3
24	採桑子	畫堂昨夜愁無睡	10	4
25	採桑子	寒蟬欲報三秋候	12	2
26	採桑子	洞房深夜笙歌散	10	4
27	採桑子	花前失卻遊春侶	8	6
28	酒泉子	庭下花飛	11	3
29	酒泉子	雲散更深	13	1
30	酒泉子	庭樹霜凋	13	1
31	酒泉子	芳草長川	10	4
32	酒泉子	春色融融	10	4
33	酒泉子	深院空幃	10	4
34	臨江仙	秣陵江上多離別	8	6

編號	詞牌	詞句	字數	數
35	臨江仙	冷紅飄起桃花片	8	6
36	臨江仙	南園池館花如雪	13	1
37	清平樂	深冬寒月	13	1
38	清平樂	雨晴煙晚	7	7
39	清平樂	西園春早	12	2
40	醉花間	獨立階前星又月	11	3
41	醉花間	月落霜繁深院閉	11	3
42	醉花間	晴雪小園春未到	11	3
43	醉花間	林雀歸棲撩亂語	10	4
44	應天長	石城山下桃花綻	13	1
45	應天長	朱顏日日驚憔悴	13	1
46	應天長	石城花落江樓雨	12	2
47	應天長	當時心事偷相許	13	1
48	應天長	蘭舟一宿還歸去	13	1
49	謁金門	聖明世	13	1
50	謁金門	楊柳陌	11	3

編號	調金門	詞句		
51	調金門	風午起	1	22
52	虞美人	畫堂新霽情蕭索	11	3
53	虞美人	碧波簾幕垂朱戶	11	3
54	虞美人	玉鈎鸞柱調鸚鵡	5	9
55	虞美人	春山澹澹橫秋水	11	3
56	喜遷鶯	霧濛濛	8	6
57	舞春風	嚴妝才罷怨春風	7	7
58	歸國遙	何處笛	9	5
59	歸國遙	春豔豔	12	2
60	歸國遙	江水碧	4	10
61	南鄉子	細雨濕流光	8	6
62	南鄉子	細雨泣秋風	8	6
63	南鄉子	玉枕擁孤衾	14	0
64	薄命女	春日宴	9	5
65	喜遷鶯	宿鶯啼	6	8
66	芳草渡	梧桐落	5	9
67	更漏子	金剪刀	13	1
68	更漏子	秋水平	13	1

	詞牌			
69	更漏子	風帶寒	11	3
70	更漏子	雁孤飛	12	2
71	更漏子	夜初長	9	5
72	拋球樂	酒罷歌餘興未闌	12	2
73	拋球樂	逐勝歸來雨未晴	12	2
74	拋球樂	梅落新春入後庭	8	6
75	拋球樂	年少王孫有俊才	13	1
76	拋球樂	霜積秋山萬樹紅	3	11
77	拋球樂	莫厭登高白玉杯	13	1
78	拋球樂	盡日登高興未殘	12	2
79	拋球樂	坐對高樓千萬山	11	3
80	鶴沖天	曉月墜	12	2
81	醉桃源	南園春半踏青時	9	5
82	醉桃源	角聲吹斷隴梅枝	10	4
83	醉桃源	東風吹水日銜山	14	0

編號	詞牌	首句		
84	菩薩蠻	金波遠逐行雲去	9	5
85	菩薩蠻	畫堂昨夜西風過	8	6
86	菩薩蠻	梅花吹入誰家笛	8	6
87	菩薩蠻	回廊遠砌生秋草	9	5
88	菩薩蠻	嬌鬟堆枕釵橫鳳	8	6
89	菩薩蠻	西風嫋嫋凌歌扇	9	5
90	菩薩蠻	沉沉朱戶橫金鎖	9	5
91	菩薩蠻	欹鬟墮髻搖雙槳	8	6
92	浣溪沙	春到青門柳色黃	13	1
93	浣溪沙	轉燭飄蓬一夢歸	12	2
94	相見歡	曉窗夢迴昭華	12	2
95	三臺令	春色	7	7
96	三臺令	明月	6	8
97	三臺令	南浦	9	5

#	詞牌	首句		
98	點絳脣	陸緯園紅工	11	3
99	上行盃	洛梅菁雨消殘粉	8	6
100	賀聖朝	金絲帳綬牙抹穩	9	5
101	憶仙姿	塵拂玉釜鸞鏡	12	2
102	憶秦娥	風淅淅	8	6
103	憶江南	去歲迎春樓上月	8	6
104	憶江南	今日相逢花未發	10	4
105	思越人	酒醒情懷惡	10	4
106	長相思	紅滿枝	2	13
107	莫思歸	花滿名園酒滿觴	13	1
108	金錯刀	日融融	9	5
109	金錯刀	雙玉斗	11	3
110	玉樓春	雪雲乍變春雲簇	11	3
111	壽山曲	銅壺滴滴初盡	9	5
112	搗練子	深院靜	10	4

存目詞（指《全唐五代詞》列入存目詞，不作馮詞；而他本誤作馮詞者）

1	酒泉子	楚女不歸	13	1				※		
2	清平樂	春愁南陌	13	1			※			
3	應天長	一鈎初月臨妝鏡	11	3	※	※	※			
4	應天長	綠槐陰裏黃鶯語	14	0						
5	謁金門	秋已暮	14	0						
6	虞美人	金籠鸚鵡天將曙	14	0						
7	歸國遙	雕香玉	13	1					※	
8	更漏子	玉爐煙	13	1	※					
9	菩薩蠻	人人盡說江南好	14	0						
10	浣溪沙	桃李相逢簾幕閑	14	0						
11	浣溪沙	醉憶春山獨倚樓	13	1					※	
12	浣溪沙	春色迷人恨正賒	14	0						
13	相見歡	羅襦繡袂相紅	14	0				※		
14	江城子	曲闌干外小中庭	13	1						
15	江城子	碧羅衫子鬱金裙	14	0						
16	探春子	櫻桃謝了梨花發	13	1			※			

選本誤收作品

01	河傳	曲檻	13	1
02	浣溪沙	馬上凝情憶舊遊	11	3

馮延巳詞，見收 112 首；非馮詞而誤收者 10 首。

477	487	10	0	2	2	2	3	2	1	4	2	1	3	20	0	71	2	6	1	5	3	5	17	2	13	1	14	54	3	6	9	0	21	5	14	1	5
計14首				計179首										計6首									計214首										計74首

【備註】

1、所錄詞調名及首句，依據曾昭岷、王兆鵬等編《全唐五代詞》（北京：中華書局，1999 年 12 月），歷代選本或有別作，本表統一用之。

2、全元詞選均不收南唐詞，不列入討論範圍。

3、存目詞係經曾昭岷、王兆鵬等編《全唐五代詞》據《陽春集》「百家詞」本、「名家詞」本、「四印齋」本考辨，認為非馮延巳詞，姑且錄之，以示選本選錄情形。

4、〈河傳〉（曲檻），見《花間集》，顧敻詞；〈浣溪沙〉（馬上凝情憶舊遊），見《花間集》，張泌詞，而選本誤作馮詞。

5、〈南鄉子〉（細雨泣秋風）、《花草粹編》、《詞綜》、《歷代詩餘》、《詞辨》，與下闋〈南鄉子〉（玉枕擁孤衾）合為上、下片，作雙調，唯《欽定詞譜》、《天籟軒詞譜》區分為一詞。蓋歷代選家所題詞人為主，而選本誤作他詞，凡屬馮延巳詞，代表歷代讀者之眼光。

6、本論文之統計數據，是以選家所錄為據，均視為接受讀者之現象。

附：歷代選本版本

1. 〔宋〕佚名：《尊前集》（臺北：廣文書局，1971 年 5 月《唐宋元明百家詞》）。

2. 〔宋〕佚名：《金奩集》（上海：上海古籍出版社，2002 年 3 月《續修四庫全書》）（據末祖謀輯刻彊村叢書影印）。

3. 〔宋〕書坊刻：《草堂詩餘》（上海：上海古籍出版社，2002 年 3 月《續四庫全書》）（據上海圖書館藏明洪武二十五年遵正書堂刻本影印）

4. 〔宋〕黃昇：《花庵詞選‧唐宋諸賢絕妙詞選》（臺北：曾文出版社，1975年）。

5. 〔明〕顧從敬：《類編箋釋草堂詩餘》、錢允治：《類編箋釋續選草堂詩餘》（上海：上海古籍書版社，2002年3月《續修四庫全書》）。

6. 〔明〕佚名：《天機餘錦》（1931年（民國20年）國立中央研究院歷史語言研究所排印本）。

7. 〔明〕楊慎：《詞林萬選》（臺南：莊嚴文化出版公司，1997年6月《四庫全書存目叢書》）。

8. 〔明〕楊慎：《百琲明珠》（上海圖書館藏明萬曆41年原刻本）。

9. 〔明〕陳耀文：《花草稡編》（臺北：臺灣商務印書館，1986年3月《景印文淵閣四庫全書》）。

10. 〔明〕董逢元：《唐詞紀》（臺南：莊嚴文化出版公司，1997年6月《四庫全書存目叢書》）。

11. 〔明〕卓人月：《古今詞統》（上海：上海古籍出版社，2002年3月《續修四庫全書》）。

12. 〔明〕茅暎：《詞的》（北京：北京出版社，2000年1月《四庫未收書輯刊》），藏於中國國家圖書館。

13. 〔明〕陸雲龍：《詞菁》（明刻本），藏於中國國家圖書館。

14. 〔明〕潘游龍：《古今詩餘醉》（據明崇禎丁丑（10年）海陽胡氏十竹齋刊本影印）。

15. 〔明〕周瑛：《詞學筌蹄》（上海：上海古籍出版社，2002年3月《續修四庫全書》）。

16. 〔明〕張綖：《詩餘圖譜》（上海：上海古籍出版社，2002年3月《續修四庫全書》）。

17. 〔明〕程明善：《嘯餘譜》（上海：上海古籍出版社，2002年3月《續修四庫全書》）。

18. 〔清〕朱彝尊：《詞綜》（臺北：世界書局，1956年）。

19. 〔清〕先著、程洪輯、劉崇德校：《詞潔》（保定：河北大學出版社，2007年9月）。

20. 〔清〕沈辰垣、王奕清等：《歷代詩餘》（臺北：廣文書局，1972年5月）。

21. 〔清〕沈時棟：《古今詞選》（臺北：臺灣東方書店，1956年5月）。

22. 〔清〕夏秉衡：《清綺軒詞選》（《歷代名人詞選》）（臺北：大西洋圖書公司，1968年5月）。

23. 〔清〕黃蘇：《蓼園詞選》，見《清人選評詞集三種》（濟南：齊魯書社，1988 年 9 月）。

24. 〔清〕張惠言：《詞選》（臺北：廣文書局，1979 年 6 月）。

25. 〔清〕周濟：《詞辨》，見《清人選評詞集三種》（濟南：齊魯書社，1988 年 9 月）。

26. 〔清〕董毅：《續詞選》（臺北：廣文書局，1979 年 6 月）。

27. 〔清〕陳廷焯：《詞則》（上海：上海古籍出版社，1984 年 5 月）。

28. 〔清〕王闓運：《湘綺樓詞選》（民國 6 年（1917）王氏湘綺樓刊本）。

29. 〔清〕梁令嫻：《藝蘅館詞選》（臺北：中華書局，1970 年 10 月）。

30. 〔清〕成肇麐：《唐五代詞選》（臺南：莊嚴文化出版公司，1997 年 6 月）《四庫全書存目叢書》）。

31. 〔清〕賴以邠：《塡詞圖譜》（臺灣商務印書館：2006 年 5 月）。

32. 〔清〕萬樹：《詞律》、徐本立：《詞律拾遺》、杜文瀾《詞律補遺》，見《索引本詞律》（臺北：廣文書局，1989 年 10 月）。

33. 〔清〕王奕清等：《欽定詞譜》（臺北：臺灣商務印書館，1986 年 3 月）。

34. 〔清〕秦巘：《詞繫》（北京：北京師範大學出版社，1996 年 9 月）。

35. 〔清〕葉申薌：《天籟軒詞譜》（清道光間刊本）。

36. 〔清〕舒夢蘭、謝朝徵：《白香詞譜》（臺北：世界書局，1994 年 3 月）。

37. 〔清〕謝元淮：《碎金詞譜》（臺北：學海出版社，1980 年 11 月）。